12 Nächte | Till Pahlke

12 Nächte

Ein Schauermärchen

von

Till Pahlke

LZV

2. überarbeitete Auflage

Leuchtturm Zeitungsverlag

Umschlaggestaltung: Katrin Umlandt
Printed in Germany

ISBN 978-3-9823040-0-7

Für meine Kinder, die zahm wie Lämmer und
wild wie Wölfe sein können.

Prolog

20.12.1751

Der Apotheker Wilhelm Kelting stand in seinem Arbeitszimmer, tief gebeugt über ein Buch. In der einen Hand hielt er eine Phiole, in der anderen eine Karaffe mit der soeben gebrauten Essenz, die bläulich im Gegenlicht schimmerte. Er machte sich eine Notiz auf einem kleinen Zettel und sah sich plötzlich misstrauisch um. Hatte da nicht gerade eben noch jemand am Fenster gestanden? Aber es war nur der Wind, der an den Fensterläden rüttelte. Er schüttelte die Karaffe einmal kräftig und goss deren Inhalt dann behutsam in eine Phiole. Danach verschloss er sie mit einem Silberdeckel, den eine Waage zierte, und verpackte sie dann sorgsam in einer Schatulle, die er in einem geheimen Fach seines Schreibtisches versteckte.

„Es ist vollbracht“, flüsterte er.

Draußen heulte der Wind und trieb Schneeflocken gegen die Fensterscheiben. Drinnen klopfte es leise an die Tür des Arbeitszimmers. Kelting drehte sich um, stellte die Karaffe auf den Tisch und klappte das Buch zu, bevor er es ebenfalls in der Schublade des Tisches verschwinden ließ.

„Herein!“, sagte er und drehte den Schlüssel im Schubladenschloss herum.

In der Tür stand Änne Hansen, die Haushälterin, mit einem Tee in der Hand und einem Lächeln auf den Lippen.

„Herr Medizinalrat, Ihr Tee ist fertig. Ich dachte, Ihr

möchtet ihn sicherlich gleich trinken, bei der Kälte.“

„Danke, Änne. Stell ihn nur dort hin.“ Er deutete auf eine kleine Anrichte an der Zimmerwand.

„Sehr gut. Nun ist meine Arbeit beendet. Ich bin sehr müde und sehr zufrieden. Kannst Du mir die Pfeife bringen? Und nimm den guten Tabak. Dieser Tag hat einen würdigen Abschluss verdient.“

Sie verließ den Raum und ging in die Stube, um die Pfeife zu holen und das Feuerholz nachzulegen. Als sie die Stube betrat, stand ein Fenster offen. Sie fröstelte und schloss es sorgfältig wieder. Auf dem Boden vor dem Fenster waren ein paar nasse Flecken, aber Änne beachtete sie nicht weiter. Der Wind hatte sicherlich einige Schneeflocken ins Zimmer wehen lassen. Sie drehte die Öllampe etwas höher und bückte sich nach dem Feuerholz. Als sie aufblickte, erschrak sie und ließ dabei das Holz aus ihrer Hand gleiten. Polternd schlug es auf den Dielenboden.

Der Apotheker streckte seinen Kopf aus der Tür des Arbeitszimmers.

„Änne, was ist denn da los? Ich brauche jetzt Ruhe. Bitte!“

Sie konnte nicht antworten, denn ein kräftiger Arm mit einer großen schlanken Hand hatte sich um ihren Hals gelegt. Die Hand ruhte auf ihrem Mund. Nah an ihrem Ohr flüsterte ein Mann.

„Wenn du jetzt leise bist, wird dir nichts passieren. Verstanden?“

Änne nickte und augenblicklich ließ der Mann sie los. Er war in einen schwarzen Mantel mit einer Kapuze gehüllt, erschien ihr fast unnatürlich groß und seine Augen funkelten kurz im Lichtschein des Feuers auf.

„Sag ihm, es ist alles in Ordnung", zischte der Mann Änne zu.

„Es … ist alles in Ordnung, Herr", rief sie Kelting zu.

„Sehr gut. Dann bring mir doch jetzt die Pfeife."

Änne sah zur Pfeife und von dort wieder zum Fremden. Seinen Gesichtsausdruck konnte sie nicht deuten, denn er verbarg den Rest seiner Miene hinter einem dicken schwarzen Schal.

„Ich mache das schon", sagte er leise, fast spöttisch und nahm vorsichtig die Pfeife von ihrem Platz. Dann verließ er das Zimmer und Änne sank kurzzeitig in sich zusammen. Ihre Neugier ließ sie jedoch schneller wieder nach dem Rechten sehen, als ihr selbst lieb war. Der Fremde öffnete die Tür zum Arbeitszimmer und sie hörte Kelting rufen.

„In aller Herrgotts Namen!"

„Nicht doch, Kelting. Den Herren wollen wir lieber nicht hier mit reinziehen. Was Ihr treibt, ist doch eher gottlos, oder nicht?", antwortete der Fremde.

„Was wollt Ihr von mir?", fragte Kelting, deutlich verängstigt.

„Zunächst einmal solltet Ihr aufhören, Eure Zeit mit Dingen zu verschwenden, die Ihr nicht einmal im Ansatz begreifen könnt. Daran wäre dem Kloster und mir sehr gelegen. Dann müsst Ihr mir das Buch und die Tränke geben. Sie gehören nicht in Menschenhand. Ihr könnt damit einfach nicht umgehen. Sie sind zu mächtig für Euresgleichen."

Änne schlich sich näher an die Tür heran. Der Fremde stand genau vor dem Apotheker und hielt ihm die geöffnete Hand hin. Sie sah keinerlei Waffe.

„Das geht nicht", erwiderte der Apotheker. „Ich habe das Buch verbrannt, bevor ich auch nur einen einzigen Trank fertigstellen konnte."

„Ich glaube Euch kein Wort. Muss ich denn erst garstig werden, bevor Ihr mir die Wahrheit sagt?"

Der Fremde machte einen Schritt auf den Apotheker zu und tippte ihm einmal gegen die Brust.

„Nein, nein. Wirklich. Ich habe das Buch nicht mehr. Ihr müsst mir glauben!", stieß dieser hervor.

Der Fremde machte noch einen Schritt auf Kelting zu, stand nun fast Nase an Nase mit ihm und überragte ihn um Einiges. Änne hielt die Luft an.

„Nun gut, ich will Euch glauben", sagte der Fremde mit einem leichten Knurren in der Stimme. „Aber wehe, Ihr lügt mich an! Dann kann Euch nicht einmal der Herr noch helfen."

Der Apotheker schluckte.

„So glaubt mir doch, ich habe keinen der Tränke hergestellt. Ich habe es nicht zu Stande gebracht", stammelte er und stellte sich schützend vor seinen Schreibtisch. „Mein Können reichte einfach nicht aus."

„Lügner!", zischte der Fremde, machte einen Satz und sprang dem Apotheker aus dem Stand auf die Brust. Dieser kippte nach hinten um, schlug mit dem Kopf auf den Tisch, riss dabei einige Notizen, sowie einen silbernen

Brieföffner mit sich und lag dann besinnungslos auf dem Boden. Der Fremde kniete auf ihm und knurrte zwischen zusammengepressten Kiefern hindurch. Diesmal schlug sich Änne die Hand vor den Mund, um nicht laut aufzuschreien. Der Mann erhob sich und strich sich mit einer eleganten Bewegung die Kleidung glatt.

„Ich werde wiederkommen und dann habt Ihr besser das Buch und die Tränke. Sonst Gnade Euch Gott!"

Damit öffnete er das Fenster und verschwand in die Dunkelheit.

Kelting kam langsam wieder zu sich, Änne kniete hinter ihm und strich ihm vorsichtig über den Kopf.

„Änne, bist du das?", fragte er verwirrt.

„Ja, Herr. Der Teufel ist weg", sagte sie und zitterte noch am ganzen Leib.

„Du musst etwas für mich tun", keuchte der Apotheker und deutete auf die Schublade. Er zog mit zittrigen Händen einen Schlüssel aus der Westentasche.

„Hier, nimm den Schlüssel. In der Schublade findest du ein Buch und eine Schatulle. Versteck beides gut, sag niemandem, von wem du es hast oder was du hier gesehen hast. Bitte, das ist sehr wichtig."

Änne nickte nur und zog ihre Hand unter Kelting hervor. Erschrocken sah sie darauf hinab. Blut tropfte über ihre Finger.

„Oh Herr Jesus, steh uns bei!", flüsterte sie.

„Und Änne, hinten im Buch habe ich eine Karte versteckt. Bring sie in Sicherheit. Nimm das Geheimnis mit ins Grab. Schwöre es, bei allem, was dir heilig ist!"

„Ja, ja doch, Herr. Schont Euch. Ihr blutet. Bitte, sprecht nicht weiter."

Kelting fasste sich mit einer Hand an die Rippen und lachte leise.

„Es musste ja so kommen", keuchte er, bevor er mit einem leichten Ruck den Brieföffner aus seinem Fleische zog. Das Blut ergoss sich leuchtend rot auf den Dielenboden und der Apotheker schloss für immer die Augen.

20.12.1851

Die Ankunft

Wild schnaubend schob sich die Lokomotive durch die eisige Dunkelheit. Die Petroleumlampen der Lok vermochten nichts auszurichten gegen das dichte Schneetreiben. Die Eiszapfen an den Lampen wirkten wie Miniatur-Stalaktiten und das Stahlross schob sich schwerfällig durch die Schneewehen, die immer wieder wie aus dem Nichts die Gleise versperrten. Der Zug hatte Elmshorn hinter sich gelassen. Der nächste Halt war in Horst vorgesehen. Die Passagiere im einzigen Waggon des Zuges hielten sich Taschentücher vor die Münder. Der dicke schwarze Qualm der Lokomotive biss in den Lungen und ließ die Augen tränen. Das Atmen fiel den Fahrgästen schwer. Die ausgefallene Heizung machte das Reisen unbequem an diesem späten Abend des 20. Dezember im Jahre 1851.

Jonathan Fenris sah aus dem Fenster in das Dunkel hinaus. Er rieb sich seine Hände warm und hauchte immer wieder hinein. Die Beine hatte er lässig übereinander geschlagen und der schwarze Zylinder ruhte neben ihm auf der Bank. Ihm gegenüber saß eine Bauersfrau mit einem Bündel in der Hand. Zu ihren Füßen spielte ein Kind mit Jonathans Schnürsenkeln der schweren Stiefel. Er ließ es gewähren. Die Kinder auf dem Dorf hatten nicht viel Abwechslung und wenn Schuhe schon eine solche Attraktion waren, so war er froh um das Glück, welches er dem Kind bescheren konnte. Neben der Bäuerin saß eine junge Frau, die Jonathan immer wieder verstohlen musterte. Seine akkurat nach hinten gekämmten schwarzen Haare und die strahlend blauen Augen, die von kleinen goldenen Sprenkeln durchzogen waren, zogen ihre Blicke an. Er beachtete die Frau nicht weiter, dafür hatte er keine Muße.

Jonathan kauerte sich in seinen schweren Lodenmantel. Die kalte Luft ließ seinen Atem sichtbar werden. Vor Elmshorn war der Zug in einer Schneewehe stecken geblieben. Ein Umstand, der es den männlichen Fahrgästen abverlangte, die Lok mit vereinten Kräften wieder frei zu schaufeln. Jonathan steckten die Arbeit und die Kälte in den Knochen. Er fror und war erschöpft. Die kurze Strecke von der Stadt Uetersen nach Horst bereitete unter normalen Umständen keine Schwierigkeiten, doch der plötzlich einsetzende Schnee, die starken Minustemperaturen und die etwas ungewohnte körperliche Belastung ließen ihn sein Ziel herbeisehnen. Das Kloster hatte ihn nach Horst entsandt. Merkwürdige Vorkommnisse waren gemeldet worden aus diesem Dörfchen zwischen Marsch und Geest. Der Probst wollten wissen, was sich zutrug und wer wäre besser geeignet, als Hofbieter Jonathan Fenris, um dem Ganzen auf den Grund zu gehen.

Der Zug wurde langsamer. Der Lokführer betätigte die Dampfpfeife und schrill zerschnitt das Signal die Ruhe in der verqualmten Dunkelheit. Der Zug kam zum Stehen.

„Wir haben Horst erreicht. Alle, die hier aussteigen wollen, tun es bitte. Horst! Wir sind in Horst!", rief der Schaffner durch den Waggon.

Jonathan griff nach seiner großen Reisetruhe und verließ das Abteil. Etwas mühsam kletterte er aus dem Waggon, zog die Truhe hinterher und schloss die Tür hinter sich. Er war der Einzige, der in Horst ausstieg. Nach kurzer Zeit wurde erneut die Dampfpfeife betätigt und augenblicklich setzte sich die Lokomotive mit großem Getöse und Gestank wieder in Bewegung. Mit abnehmender Lautstärke des sich entfernenden Zuges drangen verstärkt angenehmere Klänge in die Ohren des Frierenden. Es war Musik. Jonathan blickte in die Richtung, aus der die Musik kam und erkannte durch das dichte Schneetreiben einen schwachen gelblichen Lichtschein hinter den Fenstern eines Hauses.

„*Hansens Bahnhofswirtschaft*" stand in großen Lettern über der Eingangstür. Jonathan drückte die massive Klinke nach unten und zog die schwere Tür auf. Die Musik, die ein laienhafter Spieler auf einem Klavier fabrizierte, wurde lauter. Eine angenehme Wärme strömte Jonathan entgegen. Er schloss die Tür hinter sich und zog den schweren Samtvorhang, der als provisorischer Windfang diente, auf. Der kleine Gastraum, den der Vorhang versteckte, war voll besetzt. Gut zwanzig Gäste tranken Bier, spielten Karten oder hielten Klönschnack. Die Stube wurde von einem gusseisernen Ofen beheizt und leichter Schnapsgeruch lag in der Luft. Die Kerzen auf den Tischen und an den Wänden tropften gewaltig und verwandelten den Raum in eine diffuse halbdunkle Schattenwelt.

„Guten Abend, der Herr. Was kann ich denn für Euch tun?", rief ihm eine ältere Frau, die hinter dem Tresen stand, mit heiserer Stimme zu.

„Guten Abend. Ein heißer Grog wäre gut und, wenn es keine Umstände macht, einen Happen zu essen?", erwiderte Jonathan.

„Umstände? Guter Mann, das hier ist ein Gasthaus. Setzt Euch zu den anderen, ich bin gleich wieder da", rief die Wirtin zurück und verschwand im Nebenzimmer.

Er sah sich um und entdeckte einen freien Stuhl an einem Sechser-Tisch. Dort unterhielten sich angeregt und lautstark fünf kräftige Männer. Jeder hatte einen Humpen Bier vor sich und sie stießen gerade an, als Jonathan zu ihnen kam.

„Ist noch ein Platz frei, meine Herren?", fragte er mit sonorer Stimme.

„Immer doch", antwortete einer der grobschlächtigen Kerle.

„Sett di dal, verpust di mal", grinste ein weiterer aus der feucht-fröhlichen Runde.

„Wo kommst Du denn her? Bist du frisch von der Mutti weg?" fragte ein dritter und alle Fünf lachten lautstark.

Jonathan lächelte ob dieser ungewohnten Anrede nur knapp.

„Ich komme aus Uetersen und bin Gesandter des Klosters. Mein Name ist Jonathan Fenris. Und wenn ich frisch von einer *Mutti* weg sein sollte, so war es vielleicht deine?"

Lautstarkes Gelächter brach am Tisch aus.

„Und was willst du von uns? Uns bekehren oder unser Geld eintreiben?"

Das Gelächter wurde stärker und zog nun auch die Aufmerksamkeit der anderen Gäste der Wirtschaft auf sich.

Die Klaviermusik verstummte. Einer der fünf Männer am Tisch stand auf und rief in die Runde:

„Darf ich vorstellen: Der Klosterschüler Herr von und zu Fenris beehrt uns mit seiner werten Anwesenheit. Er wird gleich Maß nehmen für unsere Kutten und uns dafür noch tief in die Taschen greifen."

Die Geschehnisse am Tisch schienen den angetrunkenen Gästen zu gefallen. Sie lachten und schlugen sich gegenseitig auf die Schultern.

„Lasst Euch nicht veräppeln. Die meinen es nicht so." Mit einem Grinsen stellte die Wirtin einen Teller warme Grützwurst mit Brot und ein Glas heißen Grog vor den Gast auf den Tisch.

„Ich bin Lisbeth Hansen, aber alle nennen mich Tante Lisbeth. Und wer seid Ihr?"

„Ich heiße Jonathan Fenris", erwiderte er eisig und setzte sich dann, um sich dem Grog zu widmen. Sollten diese Dorfmenschen doch ihren Spaß haben. Er würde nicht weiter mitspielen.

„Also gut, Herr Fenris, und was verschlägt Euch hier in unser schönes Horst?"

Fenris zog seine Marke aus dem Mantel und zeigte sie der Wirtin, die daraufhin hastig nickte. Das beginnende Gespräch zwischen der Wirtin und dem neuen Gast ließ die restlichen Besucher der Gaststätte wieder zur Ruhe kommen. Der Klavierspieler haute wieder in die Tasten und das übliche Gemurmel, welches gelegentlich durch Gelächter unterbrochen wurde, setzte ein.

Jonathan schlang die Grützwurst hinunter und stopfte

das Brot hinterher. Gleich darauf vermischte sich der heiße Grog mit dem Gemisch aus Grützwurst und Brot zu einem breiigen Mus in seinem Mund. Mit dem letzten Rest Grog spülte er die kleine Mahlzeit herunter. Die Lebensgeister kehrten wieder in seinen Körper zurück. Dann beantwortete er die Frage der Wirtin.

„Ich wurde vom Kloster entsandt, um im Dorf einmal nach dem Rechten zu sehen. Man munkelte, es gäbe seltsame Vorkommnisse. Einer Kuh sei die Milch sauer geworden, einem Bauern soll der Ochse durchgegangen sein. Ich denke, ich werde für Aufklärung sorgen können."

Er faltete die Serviette und die Männer am Tisch sahen ihn neugierig an. Allerdings war ihm nicht danach, weitere Fragen zu beantworten und so richtete er das Wort erneut an die Wirtin.

„Danke für das Essen und den Grog, Frau Hansen. Was bin ich Euch schuldig?", fragte Fenris. „Und vielleicht könnt Ihr mir auch noch verraten, wann die nächste Droschke in den Ort fährt? Ich habe ein Zimmer im Hotel *Zur schönen Aussicht* bestellt."

„Für Essen und Trinken bekomme ich zwei Groschen, aber eine Droschke fährt hier nicht. Wenn Ihr Glück habt, nimmt Euch ein Bauer mit ins Dorf."

Fenris reichte Lisbeth drei Groschen und bedankte sich. Er sah, wie einer der Männer aufstand und ebenfalls zur Wirtin kam.

„Was macht das, Tante Lisbeth?", fragte er.

„Sechs Groschen, Hans", gab sie als Antwort, „und wenn Du heute noch eine besonders gute Tat vollbringen willst, dann nimmst Du diesen jungen Mann hier mit und fährst ihn zur *Schönen Aussicht*."

Die Münzen tanzten auf dem Tresen und Hans musterte Fenris genauer.

„Klar, kann ich machen. Ich fahre aber über Heisterende, muss noch zum alten Lefenau", sagte er und schlurfte zur Tür.

Jonathan folgte dem Bauern. Dieser stieg auf sein Fuhrwerk und gab ihm mit einem Kopfnicken zu verstehen, sich neben ihn zu setzten. Zuvor hob Jonathan erstaunlich geschickt und fast mühelos seine schwere Truhe über die Ladewand des Fuhrwerkes. Sichtlich erleichtert nahm er neben dem Bauern Platz. Der Friese vor dem Wagen spürte die Gerte und setzte sich schwerfällig in Bewegung. Beide Männer schlugen ihre Kragen hoch. Es schneite noch immer und der Wind frischte immer mehr auf. Die Fahrt war mühselig und gefährlich. Seit guten sieben Jahren, mit Einweihung des Horster Bahnhofs, wurden die Wege dorthin ungleich häufiger genutzt als zuvor. Die aufgeweichten Feldwege glichen zur meisten Zeit des Jahres großen Morastpfützen, die selbst einem Vierspänner Probleme bereiteten. Das Fahrzeug schaukelte derbe hin und her und ließ beide Männer wie merkwürdig tanzende Puppen aussehen.

„Hört mal, ich habe da eben auch gelacht. War nicht so gemeint. Doch sagt mir, was macht Ihr denn nun in unserem Dorf?", fragte der Bauer namens Hans.

Jonathan seufzte. Hörte denn hier niemand zu? Erneut zog er seine Marke aus der Manteltasche und hielt sie gegen die an der Kutsche angebrachte Lampe.

„Na gut, ich sage es auch gern ein drittes Mal. Ich bin Hofbieter im Kloster Uetersen und somit für die Sicherheit des Bezirks zuständig. Probst Otto von Rantzau gab mir persönlich den Befehl, mich in Horst einmal genauer umzusehen."

„Umsehen? Was gibt es denn hier in unserem Horst schon groß zu sehen?", fragte der Fahrer misstrauisch.

Jonathan lachte leise.

„Das frage ich mich in der Tat auch."

Der Bauer sah ihn mürrisch an. Es war eine Sache, wenn er sein Dorf beleidigte, aber wenn das ein Fremder tat, war es unverzeihlich. Ein wachsender Argwohn machte sich breit.

„Uns passiert hier nichts im Dorf. Dafür sorgt schon unser Vogt."

„Also gibt es etwas, dass Euch Angst macht?", fiel ihm Jonathan ins Wort.

„Redet keinen Unsinn! Ich fürchte mich vor nichts. Ich kann es nur nicht ab, wenn Klostermänner hierherkommen und meinen, uns was erzählen zu müssen. Langt es Euch denn nicht, uns zu schröpfen? Müsst Ihr uns jetzt auch noch hinterher schnüffeln?"

Der Bauer redete sich in Rage. Der Hofbieter grub sich noch tiefer in seinen warmen Mantel ein und sagte nichts mehr. Gut zehn Minuten saßen die Männer schweigend auf dem Bock, bis der Bauer mit einem lauten „Hooooo!" das Fuhrwerk zum Stehen brachte. Der Friese schnaubte und schüttelte sich.

„Endstation“, grummelte der Horster mürrisch und sprang vom Bock. Jonathan versuchte, durch die wild tanzenden Schneeflocken seine Umgebung auszumachen. Zu seiner Linken nahm er ein Gebäude wahr, dass einer Schmiede gleichkam. Der mürrische Horster stapfte schweren Schrittes zur Tür und verschwand im Inneren. Jonathan blieb auf dem Fuhrwerk sitzen. Bestimmt hatte er sich verhört. Endstation? Das Aufreißen der alten Holztür ließ seine Gedanken wie den Schnee zerfallen. Der Bauer schaute zornig drein und sprang auf das Fuhrwerk.

„Ich sagte: Endstation!“, brüllte er. Er packte die Truhe und zerrte sie vom Wagen in den Schnee.

„Aber, aber mein Herr. Ich bin mir sicher, wir können das klären? Und mit ein wenig Unterstützung durch ein paar Groschen könnt Ihr unsere Fahrt bestimmt fortsetzen, oder nicht?“, erwiderte Jonathan gelassen.

„Wir mögen es nicht, von Fremden schikaniert zu werden. Und noch weniger mögen wir es, wenn so feine Herren zu uns kommen und uns nachspionieren. Da hilft auch Euer Geld nichts. Geht den Weg 2000 Schritte geradeaus. Dann die große Straße links“, sagte der Bauer grimmig und wies Jonathan den Weg.

Dieser erkannte, dass er bei dem Bauern nicht weiterkam und stieg vom Bock.

„Wat de Buer nich kennt...“, murmelte Jonathan und sah dem Bauern zu, der das alte Fuhrwerk wieder klappernd in Bewegung setzte. Jonathan blickte dem Gespann nach, bis er schließlich nur noch die weißen Flocken vor seinen Augen tanzen sah. Er zog seine schwere Truhe aus dem

Schnee und trottete zur Schmiede. Doch er hörte bereits wenige Schritte bevor er die Tür erreichte, das Geräusch eines schweren Riegels, der vor die Tür geschoben wurde. Kurz darauf erlosch das Licht im Gebäude. Die Botschaft war deutlich und angekommen.

Ungläubig und verärgert sah Jonathan auf das dunkle Gemäuer. Er musste sich beherrschen, nicht laut zu fluchen. Noch einmal sah er in die Richtung, in die der Bauer mit dem Wagen verschwand, schaute sich kurz um und ging dann los. Die Spuren des Fuhrwerkes wurden bald schon von der weißen Himmelsfracht verdeckt. Die zugefrorene Kraterlandschaft macht ein Vorwärtskommen auf dem Weg nahezu unmöglich. Einige Male blieb er stecken und seine Reisetruhe kippte um, doch er rappelte sich immer wieder auf und zog das schwere Gepäck weiter hinter sich her. Als er an einem großen Hof vorbeikam, schaute er in die Fenster. Aber alles war Dunkel. Die Bewohner waren längst schlafen gegangen.

„Der Probst hätte mich warnen können. Ich habe vergessen, wie unzugänglich die Menschen sein können. Warum stand keine Kutsche bereit, um mich abzuholen? Wenn ich diesen Auftrag erledigt habe, muss ich ein ernstes Wort mit den Oberen reden. So geht es nicht!“, grummelte er vor sich hin.

Er blickte in die dunkle Stille. Nichts außer Wind und Schnee. Doch dann vernahm er plötzlich, wie durch seidene Watte, das Schellen kleiner Glöckchen. Ungläubig hielt er sich kurz die Ohren zu und lauschte dann erneut. Da war es wieder, dieses Geklingel, nun ein wenig lauter. Zum Klingen der Glöckchen hörte Jonathan jetzt auch noch das Gelächter und den Gesang vieler Männer. Es war, als sänge ein ganzer Männerchor in der Nacht. Narrte ihn der Branntwein? Sehen konnte er in der Dunkelheit nichts, aber der Gesang wurde lauter. Jonathan konnte nun sogar einige Textpassagen verstehen.

„…füttert die Rosse im Flug…Gerstengetränke… reicht der Wirt mir im Krug…Hinter den Fensterscheiben …. lacht ein Gesicht so hold. Ich möcht so gerne noch bleiben, aber der Wagen, der rollt“

„Hoch auf dem gelben Wagen“, schoss es ihm durch den Kopf. Da sangen Männer im Dunkeln und im Kalten „Hoch auf dem gelben Wagen“. Auf einmal sah er prasselnde Funken, die auf ihn zukamen. Aus der verschneiten Dunkelheit tauchten Pferde auf. Sie trabten auf ihn zu. Der Funkenflug wurde von dunklem Qualm begleitet und er erkannte, dass ein riesengroßer Pferdeschlitten direkt auf ihn zuhielt. Er schrie laut und begann wild mit seinen Armen zu fuchteln.

„He da! Haltet an!“

Der Fahrer des unheimlichen Gespanns konnte die Situation nicht richtig einschätzen, denn heißer Grog und Branntwein ließen ihn viel zu langsam handeln. Er zog die Zügel an und nuschelte etwas in seinen Bart. Keine Sekunde zu früh sprang Jonathan geschmeidig zur Seite und landete knapp neben der Straße im Schnee. Die donnernden Hufe zerbrachen das Eis auf dem Weg in tausend kleine Stücke und einige schlugen Jonathan schmerzhaft ins Gesicht. Keine Armlänge von ihm entfernt schnitten riesige silbrige Kufen an seinem Kopf vorbei durch den Schnee. Der Gesang verstummte schlagartig, die Männer wurden durch das abrupte Bremsmanöver kreuz und quer durch den Schlitten geschleudert. Schreie mischten sich mit Gelächter und ein in der Mitte des Schlittens stehender Feuerofen rutschte in den vorderen Teil des Gefährts, rammte einige Sänger und flog dann im hohen Bogen und lichterloh brennend, als hätte ein alter Drache ihn persönlich ausgespuckt, über die Pferde hinweg. Der Topf landete laut zischend und qualmend in einer Schneewehe auf der Hauptstraße.

Jonathan holte einmal tief Luft und stand auf. Er blickte an sich herunter und tastete sich ab. Bis auf ein paar Prellungen schien aber alles in Ordnung zu sein. Er trat an das merkwürdige Gefährt heran, auf dessen Flanke groß das Wort „Eintracht“ stand. In ihm hätten bestimmt 50 Personen Platz gehabt, schätzte Jonathan. Zum Glück schien keiner der Schlittenfahrer ernsthaft verletzt zu sein.

„Was in Gottes Namen war denn das?“, fragte einer der Männer aus dem Schlitten.

„Frag Rohwedder, der hatte die Zügel“, antwortete eine Stimme.

„Rohwedder?“, schrie der Mann

„Jo!“, kam es von vorne.

„Was war denn das?“

„Keine Ahnung, da stand plötzlich ein Mann direkt vor uns.“

„Ja, das war ich“, schaltete sich Jonathan ein. „Verzeihung, ich komme vom Kloster Uetersen, mein Name ist

Jonathan Fenris. Ich bin Gesandter des Probstes und muss nach Horst. Ist jemand verletzt?“

„Männer? Allesamt in Ordnung?“ fragte Rohwedder in die Tiefen des Schlittens hinein.

Alle Fahrgäste bejahten die Frage.

„Wo ist unser Ofen hin?“ fragte einer.

„Da vorne liegt er und qualmt“, erwiderte der Fahrer und zeigte mit dem Finger in Fahrtrichtung.

„Der schöne heiße Rum. Kommt, wir müssen den Ofen bergen.“

Die Männer sprangen vom Schlitten und torkelten zur dampfenden Schneewehe. Mit den Händen gruben die Männer den Ofen frei und zogen ihn an den Standbeinen heraus. Sie hievten das Ungetüm aus Gusseisen wieder in den Schlitten.

„Zum Glück ist der Ofen nicht kaputt gegangen“, merkte einer der Männer an.

„Sagt, wer seid Ihr und was in Gottes Namen ist das für ein Gefährt?“, wollte Jonathan wissen.

Ein Mann von derber Statur in mittlerem Alter mit blonden Haaren, die unter einer Wollmütze leicht hervorschauten, antwortete:

„Ich bin Theodor Piening und wir sind die Horster Liedertafel, die besten Sänger zwischen Marsch und Geest. Wir trinken aus silbernen Bechern und singen aus goldenen Kehlen und das Gefährt, junger Mann, das ist nicht nur ein Gefährt, das ist unsere Eintracht. Ganze 70 Personen fasst er und sechs Rösser braucht man, um ihn zu bewegen. Das ist der ganze Stolz unserer Liedertafel. Und darauf, Männer, ein dreifaches Lied *hoch*, Lied *hoch*, Lied *hoch*!"

„Wohl eher ein Schweinetrog", dachte Jonathan bei sich, als er sich das Innere des Schlittens genauer besah.

„Alle wohlauf?", fragte Theodor Piening.

„Jawohl!", sangen die Männer zurück.

„Gut, dann lasst uns weiter. Die Baugilde wartet nicht gerne und um zehn Uhr ist Schluss. Wir müssen uns beeilen. Sollen wir Euch mitnehmen, Herr Fenris? Wir fahren zu meinem Gasthof in Horst", sagte der Mann mit fester Stimme.

„Gern. Ich möchte ins Hotel *Zur schönen Aussicht*." erklärte Jonathan.

„Dann steige ein, mein Freund. Das Hotel liegt gegenüber dem Gasthof. Wir nehmen Euch mit", sagte Rohwedder.

Jonathan nickte dankend und zog seine leicht ramponierte Reisetruhe zu sich, um sie dann über die Bordwand des Schlittens zu bugsieren.

Er setzte sich mit hinein und die Pferde trabten an. Zeitgleich stimmten die Männer an.

„Wo Marsch und Geest sich nah berühren,
zum Elbestrom ist es nicht weit,
da liegt der Flecken Horst in Holstein,
ein Ort mit viel Vergangenheit …"

Der Gesang zog mit dem Schlitten nach Horst und über die Spuren auf der Straße, die von der rauen Begegnung des Reisenden und der Männer im Schlitten zeugten, legte sich langsam aber beständig eine Schicht aus Schnee.

Als sie in Horst einfuhren, drehte der Fahrer eine Extrarunde über den Marktplatz und fuhr dann zu Pienings Gasthof, der sich dahinter befand.

„Vielen Dank, dass Ihr mich mitgenommen habt", sagte Jonathan zu Theodor Piening. „Wenn Ihr mir bitte noch sagen könntet, wo das Hotel *Zur schönen Aussicht* ist?"

„Das Hotel ist gleich da drüben", sagte Piening und zeigte mit dem Finger in die gegenüberliegende Richtung. „Aber Ihr kommt noch mit in den Gasthof. Die Baugilde feiert heute ihr Gildefest. Da müsst Ihr dabei sein. Offiziell geht das Fest bis zehn Uhr, aber inoffiziell ... " Piening beendete seinen Satz mit einem Zwinkern und fing laut an zu lachen.

„Nein danke. Ich bin müde und möchte das Hotel aufsuchen."

„Unsinn. Schlafen könnt Ihr, wenn Ihr tot seid! Ihr kommt mit, mein junger Freund, oder möchtet Ihr etwa auf unsere leckeren Horster Pillen verzichten?" grinste Piening, während er Jonathan an der Schulter packte und ihn fast schon in die Tür des Gasthofes schob.

„Na gut, auf einen Becher Bier."

Vielleicht würde er im Gasthof herausfinden, was Horster Pillen waren. Im Erdgeschoss saßen einige Einheimische und tranken Branntwein und Bier. Die Gäste blickten allesamt zur Tür, als die singende Meute in die Gaststube stürmte.

„Marga, mach uns schnell einen für den Weg.", rief Theodor Piening seiner Ehefrau zu, die hinter dem Tresen stand.

Im Nu stellte Marga drei Dutzend Gläser auf den Tresen und ließ den hochprozentigen Inhalt laufen. Die Männer der Horster Liedertafel griffen gierig nach den Kurzen. Theodor Piening erhob sein Glas und schrie: „Auf unsere Eintracht, auf unsere Kehlen und auf unser Horst. Ein dreifaches Lied *hoch*, Lied *hoch*, Lied *hoch*."

Die Männer kippten den Schnaps mit einem Schluck herunter und liefen zusammen die Treppe, die zum Festsaal führte, laut stampfend hoch. Der Ältermann Carsten Jessen wischte sich den Schweiß von der Stirn. Sichtlich erleichtert ging er auf Piening zu und gab ihm die Hand.

„Wo in aller Herrgotts Namen wart Ihr denn so lange?", zischte Jessen vorwurfsvoll in Pienings Richtung.

„Ach, beruhige Dich, mein Freund. Wir waren noch bei den Eskimos, zum Weihnachtssingen. Der alte Koopmann wurde 80. Da können wir doch nicht nein sagen. Kennst uns doch", sagte Piening lächelnd.

„Wie auch immer. Nun seid ihr endlich da. Also, worauf wartet ihr? Auf die Bühne. Los, los, wir haben nur noch eine Stunde!", befahl der Mann von der Baugilde, der unruhig auf seine Taschenuhr schaute.

Die Horster Liedertafel versammelte sich auf der Bühne des Festsaals. Im Saal wurde es still. Aus den Zuschauern heraus trat Sänger Johann Carstens. Er wirkte als Direktor der Tafel und fummelte leicht schwankend seinen Taktstock aus dem Jackett. Mit geneigtem Kopf, die Arme angewinkelt nach oben gestreckt und in der rechten Hand den Taktstock zwischen Daumen und Zeigefinger haltend, sinnierte er in dieser Haltung einen längeren Augenblick. Dann nickte er den Sängern zu und fing an, den Stock zu schwingen. Nahezu zeitgleich ertönte aus über 30 Männerkehlen lautstark und sonor die Schleswig-Holstein Hymne.

Jonathan blieb am Tresen stehen. Er war müde und wollte endlich sein Nachtlager aufsuchen.

„Na junger Mann, womit kann ich dienen?“, fragte Marga.

„Danke, ich brauche nichts. Ich möchte nur ins Hotel *Zur schönen Aussicht*“, antwortete er und wandte sich der Tür zu.

„Moment. Ich sehe hier noch ein volles Glas Branntwein stehen. Es gehört Euch“, lächelte die Wirtin.

Der Hofbieter holte tief Luft und ging zum Tresen zurück. Er wollte nicht unhöflich sein.

„Dankeschön“, sagte er und nahm das Glas.

„Mit wem habe ich die Ehre?“, zwinkerte die Gastwirtin dem Uetersener zu, bevor sie sich ebenfalls ein Glas einschenkte.

„Ich komme vom Kloster Uetersen. Ich bin Gesandter des Probsten. Mein Name ist … “

„Fenris!“, fiel ihm Marga ins Wort. „Euer Ruf eilt Euch voraus“, fuhr sie fort, schaute in die verwunderten Augen des Mannes und trank den Branntwein, ohne einmal abzusetzen.

Jonathan nippte am Glas und sah die Frau fragend an.

„Fremde fallen hier sehr schnell auf. Noch schneller fallen sie auf, wenn sie vorhaben, zu spionieren“, sprach die Frau leise in sein Ohr.

„Gute Frau, es liegt mir fern, anderen Leuten hier im Dorfe hinterher zu spionieren. Ich möchte mir vielmehr auf Weisung des Probsten ein Bild verschaffen über die Vorkommnisse in der letzten Zeit. Es mehren sich Berichte, die belegen, dass besonders hier in Horst einige Dinge passiert sind, die es zu untersuchen gilt. Bevor die Menschen noch unruhig werden und an so einen Aberglauben wie die Rauhnächte denken.“ Jonathan merkte, wie ihm langsam aber sicher der Geduldsfaden riss. Wer spionierte hier denn wem nach? Diese dauernden Fragen langweilten ihn. Die umsitzenden Einheimischen tuschelten und steckten die Köpfe zusammen. Das war eine Reaktion, die er eigentlich vermeiden wollte.

„Seit Stunden quäle ich mich mit Gepäck durch die Eiseskälte, werde von einem Bauern aus seinem Wagen geworfen, stapfe dann durch eine Landschaft aus Eis und Schnee und wäre um Haaresbreite von einem riesengroßen Schlitten überfahren worden.“

„Dann gebe ich Euch einen guten Rat. Schaut Euch lieber um, wenn Ihr die Straßen überquert. In Dörfern, in denen der Aberglaube umgeht, geschehen seltsame Dinge“, zischte die Frau des Gastwirtes mit spitzer Zunge.

„Frau Piening, danke für Eure Gastfreundschaft und Eure Ratschläge“, antwortete Jonathan, nahm seine Truhe, drehte sich um und ging zur Tür. Er blieb stehen und hielt inne.

Oben auf dem Saal johlten die Gäste. Sie forderten weitere Gesangseinlagen und pfiffen und klatschten, während sich draußen vor dem Gasthof eine Reiterschar einfand.

Die Tür flog auf und mit ihr der Vorhang. Schneewehen sprangen in die Stube, setzten sich auf die Holzdielen und wechselten ihren Zustand von fest zu flüssig. Eine dunkle Gestalt füllte die Tür zum Hof aus. Der dunkle Umhang des Mannes flatterte im eisigen Wind. Der Mann verharrte eine kurze Weile an der Tür, dann schritt er in den Raum, gefolgt von acht seiner Knechte. Jonathan stand dem Mann genau gegenüber und musterte ihn interessiert.

„Sieh an, ein neues Gesicht in unserer Gemeinde. Ich, Vogt Erk von Moordeich, heiße Euch in unserer bescheidenen, aber gastfreundlichen Ortschaft herzlich Willkommen. Seid mein Gast, Herr … “ sagte der Mann lächelnd und sah zum Hofbieter.

„Fenris. Jonathan Fenris.“

„Ja, Fenris, ich hörte bereits von Eurer Anwesenheit. Ihr seid Sicherheitsinspektor, oder? Mit der Sicherheit kann man es nie ernst genug nehmen, oder was sagt Ihr dazu, mein Freund?“, fragte er mit süffisantem Lächeln.

„Hofbieter. Es heißt Hofbieter und verzeiht, aber ich bin erschöpft und möchte mein Zimmer aufsuchen“.

„Gewiss, gewiss. So eine Reise bei Eis und Schnee zehrt an den Kräften. Ihr hättet im schönen Lenz zu uns kommen sollen. Das Licht des Frühlings lässt alles sanfter und ungefährlicher erscheinen.“

„Nun, Probst Otto von Rantzau befahl mir, mich zu dieser Zeit einmal im Orte umzusehen. Wie Ihr sicherlich wisst, stehen die 12 Nächte bevor und … “

„Sachte, sachte, mein Freund. Nicht so laut“, unterbrach ihn der Vogt, während das hektische Getuschel unter den anwesenden Gästen im Schankraum verebbte, um die beiden Männer besser zu hören.

„Kommt! Gehen wir an den Tresen. Marga? Bereite uns doch bitte zwei Horster Pillen zu. Ihr werdet merken, danach geht es Euch viel besser“, sagte von Moordeich und schob Jonathan dabei mit.

„Danke. Aber ich habe für heute genug. Mein Zimmer wartet auf mich“, versuchte Jonathan den Vogt abzuwimmeln. Der jedoch hielt ihn fast schon mit eisernem Griff fest. Jonathan sah in Erks Gesicht. Die Adlernase und die kräftigen Kiefermuskeln verrieten ihm, dass er es hier mit einem herrischen Menschen zu tun hatte. Das Grübchen am Kinn konnte nicht darüber hinwegtäuschen, dass Erk von Moordeich es gewohnt war, Befehle zu geben.

„Gewiss mein Lieber, gewiss. Ein kurzer Plausch und Ihr könnt ins Reich der Träume“, lächelte er und Jonathan gab nach. Vielleicht könnte er etwas Nützliches über das Dorf von diesem Mann erfahren.

Die Wirtsfrau stellte zwei größere Schnapsgläser vor die sich setzenden Herren. Die Knechte, die von Moordeich im Schlepptau hatte, durften sich nach kurzem Nicken des Vogts in das Saalgetümmel stürzen.

Marga fingerte währenddessen aus einem großen bauchigen Tontopf zwei Pflaumen heraus. Sie legte je eine ins Glas der beiden Herren und stellte den Topf wieder ins Regal hinter sich. Sie griff nach einer weiteren Tonflasche, zog den Korken aus dem Flaschenhals und schenkte eine klare Flüssigkeit über die eingelegten Pflaumen. Von Moordeich riss ein Streichholz an der rauen Front des

Tresens an. Funkensprühend wanderte das Holz zu den Gläsern, während Marga Piening eine kleine Sanduhr auf den Tresen stellte. Unmittelbar darauf fingen kleine blaue Flammen an, wild auf den Rändern der Gläser zu tanzen. Als das Gesöff in Flammen stand, drehte Marga die Miniatur-Sanduhr um.

„Eine Minute wird der Sand durch das Glas rieseln. Eine Minute, die wir nun Zeit haben, uns über die besagten Nächte zu unterhalten, denn mehr Zeit werden wir dafür nicht brauchen. Wenn das letzte Korn gefallen ist, werden wir mit der Innenhand das Spiel der Flammen beenden und uns dann dem köstlichen Inhalt der Gläser widmen", erklärte von Moordeich dem Gast.

Jonathan blickte auf die Sanduhr. Die Hälfte des Sandes war bereits verflossen.

„Meine Aufgabe ist es, die Bürger des Dorfes über die kürzlich berichteten Sachverhalte zu befragen. Unsicherheit erzeugt Aberglaube, der zu Angst werden kann und Ängste lassen die Bürger schnell unüberlegte Dinge tun und dafür werde ich mir die Zeit nehmen, die ich brauche. Da ist es mit einer Sanduhr nicht getan."

„Mein lieber Herr Fenris, ich bin auf Eurer Seite. Ich bin für die Sicherheit meiner Bürger verantwortlich und jeder ist mir willkommen, der hier zu unserem Wohle handelt. Nur solltet Ihr die zwölf Nächte nicht zu laut aussprechen. Der Gedanke an diese Zeit erzeugt bei vielen Unbehaglichkeit, die dann, wie von Euch vermutet, in Angst umschlägt. Das wollen wir beide nicht, oder?", flüsterte von Moordeich den letzten Satz in Fenris Richtung und mit dem letzten Wort aus des Vogts Munde fiel auch das letzte Korn der oberen Glaskugel der Uhr.

„Meine Herren, löschen!“, befahl Marga.

Die Männer hielten eine Hand über das vor ihnen stehende Schnapsglas. Zeitgleich senkten sie die Hand auf den Rand ihrer Gläser. In dem Bruchteil einer Sekunde fraß die Flamme die letzte Luft, die sich zwischen Handinnenfläche und Schnapsoberfläche befand, auf. Das dadurch entstandene Vakuum ließ das heiße Glas an der Handinnenseite kleben. Jonathan verzerrte das Gesicht und riss das Glas von seiner Hand, während der Vogt lachte, als sei nichts geschehen. Der Mann aus dem Kloster betrachtete seine verbrannte Hand.

„Mein lieber Freund, wer Schmerzen zeigt oder das Glas von der Hand entfernt, hat unser kleines Spiel leider verloren. Aber macht Euch nichts daraus, trinken dürft Ihr dennoch“, sagte von Moordeich, während er nun auch das Vakuum auflöste und dem Mann aus Uetersen zuprostete. Beim Schlucken des Inhalts ereilte Jonathan der nächste Schlag. Ein Würgereiz ergriff ihn, den er gerade noch unterdrücken konnte. Das Brennen in seinem Hals ließ das Brennen seiner Hand in Vergessenheit geraten. Er hustete und verschluckte sich. Marga, der Vogt und die Gäste im Schankraum lachten laut und zeigten ihre Schadenfreude.

Theodor Piening kam die Treppe herunter und hörte das schallende Gelächter. Er sah die Utensilien der Horster Pillen und ging zum Tresen.

„Wie ich sehe, habt Ihr schon die von mir erwähnten Horster Pillen gekostet?“, schmunzelte der Wirt und sah

Fenris dabei zu, wie er seine Truhe nahm und unter dem Gelächter der Gäste hoch erhobenen Hauptes und grußlos zur Tür schritt.

Piening folgte ihm und öffnete ihm die Tür.

„Nehmt es denen nicht krumm. Sie meinen es nicht so", versuchte der Wirt zu beschwichtigen. „Morgen ist ein neuer Tag und Ihr werdet sehen, die Horster können auch recht freundlich sein."

„Das glaube ich Euch gerne, Herr Piening", knurrte Jonathan zwischen zusammengepressten Zähnen hervor. „Allerdings höre ich das heute bereits zum zweiten Mal und damit zwei Mal zu viel. Gehabt Euch wohl!"

Er verließ das Gasthaus und zog seine Truhe durch den Schnee, überquerte die Straße in Richtung des Hotels und mit jedem Schritt wurden die Geräusche der feiernden Gesellschaft leiser. Er ging weiter und wenig später erkannte er ein freundliches Haus mit den Lettern *Zur schönen Aussicht* an der Front.

„Endlich!", sagte sich Fenris und ging hinein. Vom Flur des Hauses aus betrat er das liebevoll eingerichtete Empfangszimmer. Die wenigen noch leuchtenden Petroleumlampen tauchten den Raum in einen bernsteinfarbenen Schimmer. Am Tresen der Rezeption, der nicht besetzt war, ließ Jonathan eine kleine silberne Tischglocke zweimal erklingen. Im Zimmer, das hinter dem Tresen anschloss, wurden Bewegungen hörbar.

„Sofort!", hörte er eine weibliche Stimme aus dem Zimmer. Einen Augenblick später erschien eine junge Frau mit einem ebenmäßigen Gesicht, angenehmen Proportionen und dunklen Haaren, die sich die Schürze glattstrich.

„Schönen guten Abend und entschuldigt meine späte Störung. Jonathan Fenris ist mein Name, ich wurde leider aufgehalten."

„Ah, Herr Fenris. Wir freuen uns, dass Ihr es noch zu uns geschafft habt und begrüßen Euch auf das Herzlichste in unserem Hotel *Zur schönen Aussicht*", begrüßte die Frau den Gast. Sie mochte wohl an die 25 Jahre alt sein und trotz der kleinen Schlaffalten in ihrem Gesicht sah sie mehr als bezaubernd aus.

„Mein Name ist Mina Hansen, ich bin die Tochter des Hotelbesitzers. Ich habe für Euch Zimmer 8 reserviert. Es ist gleich die Treppe hinauf links und liegt zum Markt raus. Ihr habt eine schöne Aussicht auf unsere Kirche. Deswegen hat mein Vater dieses Hotel auch so benannt", lächelte die hübsche Frau ein wenig verschämt. „Kann ich noch etwas für Euch tun? Habt Ihr Hunger oder Durst?"

„Hansen?", Jonathan überlegte einen Moment. „Seid Ihr verwandt mit den Besitzern der Bahnhofsgaststube?"

Mina lächelte kurz. „Nein, leider nicht. Der Name Hansen ist hier so verbreitet, wie Kelting. Es ist ein Fluch."

Jonathan lachte leise.

„Vielen Dank, Fräulein Hansen. Ich werde mich gleich auf den Weg in mein Zimmer machen. Ich bin sehr müde und möchte ins Bett."

Mit diesen Worten nahm Jonathan den Schlüssel des Zimmers entgegen. Er nickte der Frau freundlich zu, nahm seine Truhe und ging die Holztreppe in die obere Etage hinauf. Er fand sein Zimmer, ging hinein und schloss die

Tür hinter sich. Er stellte nun endlich seine Truhe vorsichtig ab, überprüfte alle Schlösser und schritt zum Fenster. Er öffnete das Fenster einen Spalt und fing an, sich auszuziehen. Plötzlich hielt er inne. Hatte da jemand geschrien? Da war es wieder. Es klang wie der Schrei einer gehetzten Person. Er ging ans Fenster und riss es nun ganz auf. Erneut hörte er, wie eine Person laut etwas rief, aber er konnte die Worte nicht verstehen. Die Schneedecke schluckte die Schreie und der Wind machte eine Ortung der Quelle unmöglich. Jonathan kannte sich im Dorf zwar nicht aus, aber wenn er aus seinem Fenster die Horster Kirche sehen sollte, was er aufgrund des Schneetreibens aktuell nicht konnte, dann kamen die Schreie von dort. Angestrengt lauschte er erneut in die Dunkelheit. Es war nichts mehr zu hören. „Wahrscheinlich waren es Betrunkene", dachte er sich und wollte das Fenster gerade wieder schließen, als er einen Schatten wahrnahm. Dieser rannte, von der Kirche kommend, über die Straße direkt auf das Hotel zu. Plötzlich fing der Schatten an zu schreien. Wie von den Furien gehetzt, schrie die Person erneut und hämmerte nun mit den Fäusten gegen die Eingangstür. Er beobachtete die Szene interessiert.

„Die Dämonen werden kommen und der Leibhaftige wird aufsteigen, um uns alle zu richten, zwölf Tage und Nächte … und mit ihm wird das Biest kommen und uns fressen!", schrie die Alte.

„He da!", rief Jonathan laut zu der Frau hinab. „Was soll denn dieses Geschrei?"

Die Alte hörte abrupt auf, gegen die Tür zu schlagen

und starrte fortan nur noch gegen das Holz. Von der Straße her hörte Jonathan Stimmen, die rasch lauter wurden. Drei Knechte näherten sich dem Hotel.

„Da vorne ist sie.", rief einer den anderen zu. Sie kamen langsam auf die alte Frau zu.

„Anna, was ist mit dir?"

Sie antwortete nicht, sondern starrte nur weiter auf die Eingangstür des Hotels. Einer der Knechte ging näher zur Alten und streckte den Arm aus. Er legte ihn auf ihre Schulter. Sie ließ es geschehen und blieb still. Mittlerweile wurden weitere Fenster der Häuser an der Straße geöffnet und Menschen schauten heraus. Andere traten sogar zur Tür hinaus und starrten, eingepackt in dicken Mänteln, auf das Treiben. Als die Gehilfen des Dorfvorstehers die alte Frau abführen wollten, riss diese den Kopf nach oben und blickte Jonathan tief in die Augen. Dieser erschrak. Damit hatte er nicht gerechnet.

„Du! Du bist einer von denen. Du bist ein Dämon. Du bist Satans Scherge. Du bist das Biest! Fasst ihn!", schrie die Frau lautstark und zeigte mit dem Finger auf ihn. Die Knechte umzingelten die Alte und packten zu. Sie wehrte sich mit Händen und Füßen, spuckte und schrie und biss einem der Männer in die Hand. Dieser löste vor Schmerz den Griff, was die alte Frau sofort ausnutzte. Sie befreite sich, griff in ihre Manteltasche und holte ein Messer heraus.

„Wagt es ja nicht, mich anzufassen, ihr Ketzer!" rief die Alte den Männern zu. Diese gingen jeder drei Schritt zurück und legten ihre Gewehre auf die Frau an. Sie schaute noch einmal verächtlich zum Hofbieter hinauf, drehte sich um und lief in Richtung Pienings Gasthof davon, während die Tür des Hotels von innen geöffnet wurde und Mina Hansen heraustrat.

„Was war denn hier los?“, fragte die junge Frau die Männer, die vor dem Hotel standen und ihre Waffen wieder schulterten.

„Die alte Kruse lief schreiend rum und faselte was von Geistern und Dämonen“, antwortete einer der Knechte.

„Die zwölf Nächte stehen an. Da werden noch weitere Zwischenfälle geschehen“, prophezeite ein weiterer.

„Die arme Frau Kruse. Was geschieht nun mit ihr?“, wollte Mina Hansen wissen.

„Keine Ahnung. Kommt Männer, das Freibier wartet nicht auf uns.“ Mit diesen Worten gingen die Männer des Vogts im Stechschritt in Richtung Gasthof zurück. Jonathan schloss das Fenster und zog sich wieder an. Dann ging er zur Tür, öffnete sie und eilte durch den Flur zur Treppe.

„Fräulein Hansen?“, rief er leise die Treppe hinab. „Habt Ihr noch eine Minute?“

Mina Hansen schloss die Hoteltür wieder zu und ging die Treppe hinauf.

„Es tut mir leid, dass Ihr wegen des Lärms nicht schlafen konntet.“

„Das ist nicht schlimm. Kennt Ihr die alte Frau von draußen?“

„Ja, das ist Anna Kruse, das arme Ding. Sie hat vor zwei Jahren ihren Mann verloren. Seither ist sie dem Branntwein verfallen. Es wird leider immer schlimmer mit ihr. Sie trinkt nun beinahe täglich. Erk von Moordeich kümmert sich gelegentlich um sie."

„Ich hörte, wie einer der Knechte meinte, dass die zwölf Nächte anstehen und solche Vorkommnisse sich zu häufen scheinen. Könnt Ihr das bestätigen?"

„Nun ja, es ist eben ein alter Aberglaube und der geht schon gelegentlich durch unser Dorf. Und die zwölf Nächte kennt ja auch jedes Kind. Wieso interessiert Euch das so? Seid Ihr ein Büttel?"

„So ähnlich. Ich bin Hofbieter des Klosters zu Uetersen. Der Probst persönlich hat mich beauftragt, hier nach dem Rechten zu schauen."

„Wenn ich Euch helfen kann, tue ich das sehr gern. Ich stehe zu Eurer Verfügung", bot die junge Frau an.

„Ich werde sicherlich Eure Hilfe brauchen", beendete Jonathan das Gespräch.

Er ging auf sein Zimmer, zog die Tür fest ins Schloss und drehte den Schlüssel um. Dann zog er sich aus, legte seine Kleidung pedantisch auf den kleinen Stuhl neben dem Bett zurecht. Er schlüpfte zwischen die Laken und schaute an die Decke des Zimmers. Er war keine vier Stunden in diesem Dorf und hatte schon mehr erlebt, als in einem Jahr im Kloster. Ist schon ein merkwürdiges Völkchen, diese Horster, dachte er und schloss seine Augen. Die zehn Glockenschläge von der Sankt Jürgen Kirche gegenüber nahm er nicht mehr wahr.

21.12.1851

Jonathan Fenris schlug die Augen auf, kurz nachdem er im Schlaf geknurrt hatte. Er wachte häufiger von seinen eigenen Lauten auf, war dann aber immer sofort hellwach. Er brauchte keinen Moment der Orientierung, sondern sah sich nur kurz in seiner Kammer um. Das Bett war leidlich bequem gewesen und trotzdem hatte er unruhig geschlafen. Ob es an den Vorfällen der vorherigen Nacht gelegen hatte oder an der ungewohnten Umgebung, wusste er nicht. Im Endeffekt war es an diesem Morgen auch bereits gleichgültig. Am Fenster zeigten sich erneut Eiskristalle. Es war eine kalte Nacht, die nun langsam einem kalten, verschneiten Morgen wich. Seine Kleidung und seine Truhe waren noch an Ort und Stelle. Niemand schien im Zimmer gewesen zu sein, während er schlief. Er streckte sich, schlug die Decke beiseite und stellte seine Füße auf den kalten Boden. In dem Moment schlug die Kirchturmglocke sieben Uhr. Fröstelnd ging er zum Waschtisch, sah in den Spiegel und strich sich mit der Hand durch die dunkle Mähne. Kurz darauf tauchte er sein Gesicht in die Waschschüssel mit eisigem Wasser und tastete nach dem Handtuch, welches neben dem Waschtisch an einem Haken hängen sollte. Allerdings griff seine Hand ins Leere. Er sah sich noch mal im Zimmer um, öffnete die Schublade des Waschtisches, den Nachtschrank und den Kleiderschrank. Schließlich gab er die Suche auf und fluchte kurz.

„Verdammt, dann eben nicht", murmelte er und schrubbte sich das Gesicht mit seinem Unterhemd ab. Er kämmte sich die Haare ordentlich zurück, nahm ein neues Hemd aus seiner Truhe und zog es sich über. Mehrmals überprüfte er den Sitz seiner Kleidung im Spiegel, der von einem Rahmen gehalten wurde, der von kunstfertiger Hand aus Mooreiche geschnitzt war. Zufrieden war er erst, als kein Staubkorn mehr auf seinem Rock zu finden war und sein Hemdkragen korrekt hervorstach. Er nickte sich selbst kurz zu, als wenn er sich Mut zusprechen musste und knurrte ein „Auf ein Neues“ in den Spiegel.

Auf dem Flur traf er Mina, die gerade den Teppich bürstete. Mit einer erhobenen Augenbraue betrachtete er das Mädchen, das da so versunken in seine Tätigkeit war und ihn kaum kommen hörte. Er räusperte sich, damit sie sich nicht erschrak und trotzdem zuckte sie zusammen, als sie ihn hinter sich hörte. Etwas unbeholfen stand sie vom Boden auf und glättete ihre Schürze.

„Oh, Herr Fenris. Habt Ihr gut geschlafen?“, fragte sie scheu und schlug die Augen nieder.

„Danke, wie ein Stein. Es ist wirklich wunderbar ruhig hier, wenn sich der Trubel erst einmal gelegt hat.“

„Ich weiß nicht, was in Anna gefahren ist. Sie ist sonst nicht so. Wunderlich? Vielleicht! Alt? Auf jeden Fall! Betrunken? Leider zu häufig. Aber nicht verrückt.“

Mina hob bedauernd die Schultern und ließ sie mit einem Seufzen wieder sinken. „Es tut mir leid, dass Ihr so einen schlechten Anfang in unserem Dorf hattet. Kann ich heute etwas für Euch tun?“

„Unbedingt“ sagte Jonathan. „Ich benötige dringend ein Handtuch auf meinem Zimmer. Könntet Ihr Euch darum kümmern?"

Noch bevor er zu Ende gesprochen hatte, rannte sie eilfertig über den Flur zu einem großen Schrank, öffnete eine der Türen und kam mit einem ganzen Arm voller Handtücher zurück.

„Entschuldigt bitte vielmals. Normalerweise sind alle Zimmer selbstverständlich mit Handtüchern ausgestattet. Ich weiß nicht, wie ich das vergessen konnte", sagte Mina und sah dabei so zerknirscht aus, dass er schon befürchtete, ihre Eltern könnten sie tadeln.

„Ach bitte, das kann doch einmal durchrutschen. Demnächst solltet Ihr einfach noch mal hinschauen."

So ganz konnte er nicht aus seiner Haut als ordnungsliebender Hofbieter. Er deutete mit seiner schlanken, aber großen Hand auf seine Zimmertür. „Es ist offen, legt die Handtücher doch einfach auf den Waschtisch, was?"

Mina nickte und tat schnell, wie ihr geheißen. Als sie wieder auf den Flur trat, stand Fenris noch immer an Ort und Stelle.

„Kann ich noch etwas für Euch tun?"

„Um ehrlich zu sein, ich habe Hunger wie ein Wolf. Wie sieht es mit einem Frühstück aus?"

„Aber sicher", lachte Mina. „Kommt, ich bringe Euch zu Eurem Tisch."

Im Gastraum waren keine weiteren Gäste zu sehen. Er war angenehm beheizt und Mina führte Jonathan zu einem behaglichen Tisch in der Nähe des großen Kachelofens. Sie eilte in ihrem gewohnten Tempo in die Küche und kam wenig später mit einem vollen Tablett wieder an seinen Tisch zurück. Er musste schmunzeln, als er neben fünf großen Scheiben des guten Brotes auch zwei dicke Würste, einen Pott Marmelade und ein Viertel Käse sah.

„Also, verhungern werde ich hier nicht“, sagte er freundlich und lächelte Mina an.

„Gewiss nicht. Nach einem solchen Schrecken am Abend sollte Euer Magen nicht leer bleiben. Wer weiß, was der Tag noch so bringt?“

Hungrig stürzte sich Jonathan auf das Essen, besann sich jedoch sogleich und legte etwas mehr Förmlichkeit an den Tag. Immerhin war er als Gesandter des Klosters hier. Da hatte er eine Vorbildfunktion zu erfüllen. So nahm er sich nach den ersten gierigen Bissen Messer und Gabel zur Hand und aß langsamer, jedoch nicht unwesentlich weniger.

„Ihr seid ein guter Esser“, kommentierte Mina seitlich hinter seinem Rücken.

Er drehte sich zu ihr herum und nickte.

„Wenn die Küche gut ist, kann man doch nicht widerstehen.“

Mina errötete und senkte den Blick.

„Wollt Ihr mir nicht etwas Gesellschaft leisten? Ich sehe hier derzeit keinen weiteren Gast und der Teppich wird Euch nicht vermissen, oder?“

Mina setzte sich freudestrahlend an seinen Tisch, nicht ohne sich vorher nach ihrer Mutter und ihrem Vater umgesehen zu haben.

„Ein paar Minuten kann ich sicherlich verschnaufen.“

Er trank einen großen Schluck des heißen Tees, den Mina ihm serviert hatte.

„Was gibt es denn hier so zu tun, wenn nicht gerade der Schlitten durchs Dorf rollt oder betrunkene Weibsbilder an die Türen klopfen?"

Mina verzog das Gesicht und wünschte, die alte Vettel hätte ihren Gast einfach in Ruhe gelassen.

„Also, wo soll ich da nur anfangen? Horst ist ein lebendiges Dorf. Wir haben viel Unterhaltung. Gerade morgen und übermorgen steht der traditionelle Weihnachts-Ochsenmarkt an. Die ganze Umgebung ist auf den Beinen, ob nun auf Zweien, oder auf Vieren, und trifft sich hier, um das letzte Mal im Jahr Vieh zu handeln."

Mina wurde vom Erzählen schon ganz aufgeregt. Er konnte die Vorfreude auf diese Zusammenkunft deutlich spüren.

„Aber das Handeln allein ist es nicht, was Euch so aufgeregt werden lässt, oder?"

„Nein", erwiderte Mina und fühlte sich ertappt. „Es wird nicht nur gehandelt, sondern auch gefeiert, mit Tanz und Gesang und wenn man Glück hat, findet man sogar noch einen Ochsen, der einen über das Jahr bringt."

Er überlegte, ob Mina dies nun zweideutig gemeint haben könnte, entschied sich aber dafür, sie als das zu sehen, was sie war. Ein unschuldiges Mädchen vom Land und so kommentierte er ihren letzten Satz nicht weiter, sondern schmunzelte in sich hinein.

„Dieser Markt findet also morgen statt?", fragte er stattdessen.

„Ja, genau. Morgen und übermorgen, damit die Leute auch etwas davon haben."

Er legte sein Besteck zur Seite und wischte sich mit der Serviette den Mund akkurat sauber. Kein Krümel war mehr zu sehen, als er mit der Unterhaltung fortfuhr.

„Und was gibt es noch?"

Mina überlegte kurz, dann brach es nur so aus ihr heraus.

„Den Hexentanz!"

Er hob eine Braue und sah sie an.

„Aha. Ein weiterer Aberglaube in diesem heidnischen Dorf?"

„Nein, keine Sorge, es kommen keine Hexen darin vor und getanzt wird auch nicht."

„Warum heißt es dann so? Was immer es auch ist?"

„Es ist das Marschreiten am 27. Dezember. Angemeldete Reiter müssen vom Tor zur Marsch aus bis zum Hof Dannwisch reiten, dort einen Sack mit einem Dutzend Eiern, einem Pfund Mehl und einer Flasche Wein füllen und diesen Sack möglichst unversehrt wieder ins Dorf bringen. Jeder Reiter hat einen Reisigbesen dabei und versucht, die Beute des Anderen kaputt zu schlagen. Von den Resten, die einigermaßen genießbar im Dorf ankommen, wird das Kirchenbrot für das erste Abendmahl am Neujahrstag gebacken. Gewinner des Reitens ist derjenige, der die Strecke am schnellsten zurücklegt und am wenigsten an die Hiebe der Anderen verloren hat."

Mina war ganz außer Atem von ihrer Erzählung und schnaubte, als sie geendet hatte.

Jonathan nickte bedächtig.

„Das hört sich nach einer Herausforderung an."

Doch bevor Mina noch mehr sagen konnte, bemerke er etwas Bewegung vor den Fenstern. Er sah, wie einige Dorfbewohner mit Laternen in den Händen zielgerichtet Pienings Garten ansteuerten. Mit einer Handbewegung gab er Mina zu verstehen, dass sie abräumen konnte. Sie nickte knapp und machte sich an die Arbeit.

„Vergesset Euren Mantel nicht. Es ist kalt draußen.", sagte sie noch, bevor sie in der Küche verschwand.

Jonathan stand langsam auf, zog sich seinen Mantel über und trat durch das Empfangszimmer hinaus in die Morgendämmerung. Entfernt konnte er die Sonne zwischen dichtem Nebel ausmachen. Der kalte Wind schnitt ihm kurz die Luft ab. Nach wie vor liefen vereinzelt Menschen über die Straße auf Pienings Garten zu. Sie übersahen den Hofbieter geflissentlich, als wollten sie nicht mit ihm reden oder überhaupt mit einem Fremden in Kontakt kommen. Aber das war er ja bereits gewohnt und es machte ihm nichts aus. Sein Interesse war geweckt. Wohin wollten alle diese Menschen? Es war doch nicht Sonntag und der Kirchgang war noch in weiter Ferne.

„He, Ihr da!", rief er einem grobschlächtigen Kerl zu, der gerade mit einer Laterne in der einen und einem halben Laib Brot in der anderen Hand an ihm vorbei stapfte.

„Ja?", sagte der Kerl ungehalten, als hätte man ihn bei einer wichtigen Angelegenheit gestört.

„Wohin des Weges? Wie heißt Ihr?"

Fenris legte in seine Worte alle Autorität, die er aufbringen konnte, was aktuell noch nicht viel war, denn er war neu im Dorf und die Leute vertrauten ihm nicht.

„Martin Schlüter", murmelte der Mann. „Ich will da hin."

Seinen Worten folgte eine kleine Geste in Richtung des Parks .

„Wo ist da?", fragte er, nun doch leicht ungehalten. Musste man denn den Dörflern alles aus der Nase ziehen?

„Na da eben, zu Pienings Garten. Man munkelt, da ist was passiert, was man sich auf jeden Fall ansehen sollte."

Schlüter stapfte davon, nicht ohne ihm noch einen geringschätzigen Blick zuzuwerfen. Jonathan kam es vor, als hätte er noch etwas in den Bart gemuffelt, dass wie „Fremde, kommen ins Dorf und haben von nichts eine Ahnung." klang. Er entschied sich jedoch, den Mann nicht zur Rede zu stellen, sondern ihm stattdessen zu folgen.

Müde und frierend bahnte er sich einen Weg durch den Schnee, nur um kurz darauf festzustellen, dass sich bereits eine beträchtliche Menschenmenge zusammengefunden hatte. Sie standen nicht nur in Pienings Garten, der durch einen weißen Holzzaun vom Weg getrennt war, sondern auch davor, bis auf die Straße, dicht an dicht. Die Laternen wurden kaum noch gebraucht, hatte sich die Sonne doch langsam ihren Weg durch die Wolken gebrochen. Die Atemluft vieler Menschen stieg wie Dampf auf und er versuchte, von hinten durch die Menge zu kommen. Dabei schlitterte er auf dem vereisten Schnee hin und her, wäre fast gefallen, hielt sich dann aber an dem Mantelsaum eines Umstehenden fest.

„Was zum Teufel?“ fragte dieser unwirsch.

„Entschuldigen Sie. Lassen Sie mich durch, ich bin der Gesandte des Klosters zu Uetersen. Was ist denn hier geschehen?“

„Haste keine Augen im Kopf?“, fragte ein weiterer aus der Menge und deutete mit einer groben, von Arbeit gezeichneten Hand auf eine imposante Blutbuche in der Mitte des Gartens.

Jonathans Blick folgte dem Fingerzeig und er runzelte die Stirn.

„Um Himmels Willen!“

Hektisch stieß er die Menschen vor ihm beiseite und bahnte sich einen Weg durch die Menge, bis er genau unter dem Baum stand. An einem kahlen gefrorenen Ast in etwa zwei Meter Höhe hing eine Frauenleiche. Sie hing dort nicht einfach nur, sie war regelrecht aufgespießt. Ihr Gesicht war nicht zu erkennen, denn der Schnee war gnädig darauf gefallen. Er senkte betroffen den Kopf und sah Blut auf der gefrorenen Erde, von zahlreichen Fußabdrücken bereits mit dem frischen Schnee vermischt. Bei diesem Anblick kam Leben in seinen Körper, seine Gedanken wurden messerscharf. Es gab hier etwas zu tun.

„Holt eine Leiter!“, befahl er lautstark.

Als hätten die Menschen nur auf jemanden gewartet, der endlich wusste, was zu tun war, liefen sofort zwei kräftige Kerle davon, um seinen Befehl auszuführen. Es dauerte einen Moment, bis sie mit einer wackeligen Holzleiter zurückkamen.

„Hier, etwas Besseres konnten wir nicht finden.“

„Es wird gehen.“

Die Männer lehnten die Leiter an den Stamm der Buche und Jonathan erklomm recht leichtfüßig die Sprossen, die bedenklich knarzten. Hätte er nur nicht so viel gefrühstückt, kam ihm in den Sinn, aber für solcherlei Gedanken war jetzt keine Zeit. Je näher er der Leiche kam, desto klarer sah er. Es handelte sich um eine alte Frau in einem weißen Nachthemd, knapp unterhalb der Brust nun blutgetränkt. Etwa auf Höhe des Brustbeins ragte ein zackiges Astende aus der Haut. Vielleicht war der Ast bei einem der letzten Herbststürme abgebrochen und hatte so zu einer tödlichen Falle werden können. Er schüttelte bedauernd den Kopf, fragte sich kurz, was die Alte im Baum zu dieser Jahreszeit gesucht haben mochte, bevor er mit der Rechten den Schnee vom Gesicht der Frau wischte, behutsam, als wolle er sie nicht wecken. Er zog scharf die Luft ein. Die Tote war Anna Kruse, die Alte vom vorherigen Abend. Aus leeren Augen starrte sie auf die Menschen hinab. Auch die Menge unter ihm konnte nun sehen, wer da am Baum hing. Ein Schrecken und Raunen gingen durch die Menschen, heisere Schreie erklangen.

„Die zwölf Nächte sind nah!“

„Gott hilf uns!“

„Steh uns bei, Allmächtiger!“

Er wurde ungehalten auf seiner Leiter. Mit einer Hand klammerte er sich an das morsche Holz, mit der anderen versuchte er so vorsichtig wie möglich, Anna vom Ast zu ziehen. Sie bewegte sich nicht und er fluchte innerlich. Er war so mit der Bergung der Toten beschäftigt, dass er die Ankunft des Dorfbüttels Hein Kelting gar nicht bemerkte. Der ältere, etwas untersetzte Mann stieg von seinem Pferd ab, pfiff in seine Trillerpfeife und die Leute beruhigten sich ein wenig. Die Angst war fast mit den Händen zu greifen, was man von der Leiche leider nicht sagen konnte. Jonathan kam in seinem Bemühen kein Stück weiter und hing etwas hilflos auf der Leiter. Der herbeigeeilte Pastor Julius stand nun ebenfalls unter dem Baum, noch immer ganz außer Atem von dem kurzen Weg von der Kirche bis zu Pienings Garten. Der Garteninhaber, Theodor Piening höchst selbst, kam gerade aus dem Haus geeilt, zog sich noch im Laufen die Stiefel vollends an und schaute ungläubig in die Luft.

„Könnte mir endlich jemand zur Hand gehen?", fragte Jonathan von oben herab mit deutlich angestrengtem Atem.

„Holt eine zweite Leiter!", wies Piening einen seiner Knechte an, der auch unter dem Baum stand und Maulaffen feilhielt.

Der Knecht lief los und kam wenig später mit einer deutlich stabileren Variante wieder und Jonathan dachte sich, warum man ihm so ein Klappergestell angeboten hatte. Er konnte es sich denken.

Kaum stand die Leiter neben der seinen, kletterte nicht etwa der Knecht hinauf, sondern der Pastor. Es musste ein seltsamer Anblick gewesen sein, denn der Herr hatte schon längst die Mitte des Lebens hinter sich gelassen und eine rot geäderte Nase zeugte von dem ein oder anderen

Glas Wein des Abends. Nun jedoch war er stocknüchtern und eilte Jonathan zu Hilfe.

„Komm Junge, lass dir helfen“, sagte er freundlich, als er neben ihm auftauchte.

„Junge? Ich darf doch sehr bitten. Ich bin der Hofbieter des Klosters zu Uetersen, Jonathan Fenris“, erwiderte er, schüttelte kurz ob dieser Unverschämtheit den Kopf, besann sich dann aber wieder seiner Aufgabe. „Haltet ihren linken Arm fest, ich nehme den Rechten. Dann sollte es gehen.“

„Versuchen wir es auf drei.“

Während er und Pastor Julius versuchten, die Frau aus ihrer grausamen Lage zu befreien, hörte die Menge nicht auf, ihrer Angst deutliche Worte zu verleihen.

„Das waren die Geister!“, rief eine Frau und schlug die Hände vor das Gesicht.

„Ach was, das war der Teufel persönlich“, raunte ein älterer Mann ihr zu.

Jonathan sah hinab und wünschte sich, er wäre unten und könnte widersprechen. Aber in seiner momentanen Situation blieb ihm nichts übrig, als die Leute gewähren zu lassen. Anna hingegen rührte sich nicht vom Fleck, selbst mit der Hilfe des Pastors nicht. Unter ihnen kam Bewegung in die Menge und er hörte Hufe klappern, viele Hufe. Mit lautem Getöse ritt der Vogt in den Garten ein, zusammen mit seinen Knechten.

„Muss er die überall mit hinnehmen?“, fragte Jonathan den Pastor zwischen zusammengebissenen Zähnen. Der Pastor überging seine Frage, schmunzelte aber kurz.

Die Menge wich ehrfurchtsvoll vor den Hufen der vielen Pferde zurück und Erk von Moordeich konnte sich ungehindert in all seiner Pracht vor der Blutbuche aufbauen.

„Räumt das Gelände, sofort!", bellte er einen Befehl an seine Männer und die Menschen brauchten nicht lange gebeten zu werden, sondern zerstreuten sich recht schnell. Einige der Knechte mischten sich unter die verängstige Menge und bekräftigten die Rufenden in ihrem Aberglauben.

„Sicher war es der Teufel, wer denn sonst?", hörte Jonathan unter sich und er schloss kurz resignierend die Augen. Was für eine Aufgabe hatte man ihm da zugemutet?

Er sah, wie Erk von Moordeich zu Hein Kelting ging und kurz mit ihm sprach. Der Büttel konnte noch nicht viel sagen, außer dass die Frau im Baum Anna Kruse war und man noch keine Spur, geschweige denn eine Idee hatte, wie genau sie dort heraufgekommen war.

„Vielleicht ist sie geflogen? Auf ihrem Besen?", schallte es herauf und ein paar der Knechte lachten grimmig auf.

Von Moordeich quittierte das Lachen mit einem missgelaunten Schnauben.

„Schluss damit!"

Er baute sich vor der nun zurückgewichenen Menschenmenge auf und demonstrierte seine Stärke.

„Hört zu! Ich und meine Männer hier werden Euch beschützen. Sei es vor dem Teufel, seinen Dienern oder vor den Gräueltaten der Hexen, die es natürlich nur in Eurer Fantasie gibt. Ihr habt rein gar nichts zu befürchten, außer des Leibhaftigen selbst. Wir werden bald schon eine Erklärung für Annas Ableben haben und ich werde nicht eher ruhen, bis diese Schandtat gerächt und gesühnt wurde, so wahr ich Euer Vogt bin.“

Die Knechte applaudierten lautstark.

Jonathan indessen wünschte sich, der Vogt würde ihm endlich helfen, anstatt große Reden zu schwingen. Er nickte Pastor Julius zu und knurrte angestrengt:

„Los, noch einmal, auf Drei. Eins! Zwei! Drei!“

Mit einem gewaltigen Ruck zogen sie Anna endlich weit genug nach oben, dass der Ast mit einem Schmatzen aus der Wunde glitt. Plötzlich ohne Widerstand und mit dem Gewicht eines weiteren Körpers beschwert, verloren die Männer den Halt auf den Leitern. Jonathan trat zu heftig auf eine der wurmstichigen Sprossen, so dass diese unter seinem Gewicht nachgab und er strauchelte. Der Pastor hielt noch den knochigen Arm der Toten in der Hand, versuchte sich mit der anderen an der Leiter festzuhalten, was jedoch misslang. So fielen letztlich alle Drei unsanft auf die gefrorene Erde. Anna schlug mit einem grässlichen Laut auf dem Boden auf und wäre sie nicht bereits tot gewesen, nun wäre sie es allemal. Der Pastor keuchte auf, erhob sich vom Boden und klopfte sich den Schnee vom Mantel. Jonathan schüttelte sich kurz, kam auf die Füße und griff mit einer Hand in den Nacken, den er sich nun wohl etwas verzogen hatte.

„Die hier solltet ihr verbrennen“, knurrte er und drückte dem Knecht die kaputte Leiter in die Hand, bevor er sich über die Tote beugte.

Das Blut floss rot in den noch nicht zertrampelten

Schnee, die Augen sahen nach wie vor ins Leere.

„Ruhe in Frieden", sagte Pastor Julius und Jonathan schloss Anna die Augen.

Die Menschen drängten sich enger um sie, doch von Moordeich trat dazwischen.

„Kommt schon, geht nach Hause oder an die Arbeit. Der Morgen wird nicht jünger und es gibt doch sicherlich viel zu tun. Denkt an den Ochsenmarkt morgen. Er soll doch ein Erfolg werden. Wir kümmern uns hier schon um diesen unappetitlichen Vorfall!" brüllte der Vogt der Menge zu. „Ich beschütze Euch!"

Die Menschen zerstreuten sich nach und nach, jeder war damit beschäftigt, das grausame Bild der alten Anna zu vergessen, oder es noch ein wenig auszuschmücken, um sich im wohlig warmen Haus noch etwas zu Gruseln. Nichts ging über eine gute Geschichte in der dunklen Jahreszeit.

Zurück blieben Pastor Julius, Piening, Jonathan, der Dorfbüttel Kelting und natürlich der Vogt mit seinem Gefolge. Während Jonathan und der Pastor mit gefalteten Händen bei Anna standen und ihr ein paar letzte Gebete als Geleit sprachen, stand Erk von Moordeich unschlüssig und fahrig neben ihnen, als wäre ihm diese Geste eine Zumutung.

„Ist ja gut jetzt. Das hilft ihr auch nicht mehr", raunte er ungeduldig.

Fenris sah auf und schüttelte unmerklich den Kopf. So wenig Mitgefühl hatte er selten erlebt.

Die Knechte sahen sich im Garten um, als suchten sie

bereits nach Spuren für dieses Verbrechen oder nach anderen Merkwürdigkeiten. Immerhin sollte hier der Teufel seine Hände im Spiel gehabt haben. Wer wusste da schon genau, wonach man suchen musste.

Pastor Julius beendete das Gebet und wandte sich an Jonathan.

„Wir sollten eine Gruppe bilden und den Täter suchen. Vielleicht läuft er unerkannt durchs Dorf und sucht sich schon ein neues Opfer aus."

„Die Menschen brauchen Gewissheit. Sonst hört dieser unsägliche Unsinn mit dem Teufel nicht auf. Wenn sich der Aberglaube erst einmal in die Köpfe der Leute geschlichen hat, kann man ihn nur äußerst schwer wieder loswerden. Wir sollten keine Zeit verlieren", erwiderte Jonathan gespannt.

„Ich werde ein paar vertrauenswürdige Männer aus dem Dorf ansprechen. Vielleicht möchten sie helfen. Piening, was ist mit Euch?", fragte der Büttel Hein Kelting.

Der Angesprochene hatte sich im Hintergrund gehalten. Die Tat war auf seinem Hof geschehen und er fühlte sich in der Pflicht, zu helfen.

„Natürlich, ich bin dabei. Was immer ich für Euch tun kann, Ihr sollt es bekommen."

Jonathan nickte und dachte bei sich, dass er gut mit dem Wirt auskommen würde und er seine Hilfe annehmen konnte, sollte er sie brauchen.

Der Vogt kam langsam auf den Pastor und Jonathan zu. Er machte den Anschein, als könne er vor Kraft und Stolz kaum geradeaus laufen. Bei jedem Schritt merkte man ihm die Tatkraft förmlich an und er rieb sich die Hände, als hätte er einen guten Witz gemacht oder sogar Freude an der ganzen Angelegenheit.

„So, meine Herren. Ich denke, das ist ein klarer Fall. Ich übernehme ab hier. Sie können ja die Alte zum Bestatter bringen. Nicht wahr, Pastor? Sie wissen doch, wohin Sie gehen müssen?“

Pastor Julius stand kurz verdattert da, bevor er seine Sprache wiederfand.

„Ich denke, Pienings Knechte werden uns da aushelfen. Wir sollten uns unverzüglich auf die Suche nach dem Täter machen, wie ich eben auch schon Herrn Fenris hier erläuterte.“

„Es ist, so scheint es mir, eine Angelegenheit für den Büttel, oder nicht?“, sagte Jonathan und sah Moordeich an.

„Was?“

„Naja, ist es nicht üblicherweise an der Gendarmerie, den Schurken zu finden und ihn der gerechten Strafe zuzuführen?“

„Ha!“, schnaubte Moordeich. „Als wenn der Büttel auch nur einmal so etwas zustande brächte. Ein verlorenes Huhn finden oder eine gestohlene Kuh vielleicht. Aber einen Mörder? Ganz sicher nicht. Dafür bin ich da und meine Männer ebenfalls. Sie brennen für die Gerechtigkeit und werden sicherlich in kürzester Zeit den Übeltäter dingfest machen. Vertraut mir, Fenris, ich weiß, was ich tue.“

Jonathan schüttelte den Kopf.

„Es hat nichts mit Vertrauen zu tun, Herr von Moordeich. Mir geht es hier ums Prinzip. Jeder Mann hat seine Aufgabe, und ich denke nicht, dass es zu dem Aufgabenbereich eines Vogts gehört, einen Mörder zu suchen, oder?“

Der Büttel Kelting war die meiste Zeit still geblieben, hatte zugehört und seltsamerweise die Beleidigungen des Vogts über sich ergehen lassen. Nun trat er hinzu und richtete das Wort an alle.

„Wenn der Herr Vogt mich in dieser Sache unterstützen möchte, dann wäre ich ihm sehr dankbar. Ich denke, es ist in unser aller Interesse, wenn im Dorf schnellstmöglich wieder Ruhe einkehrt und dies gelingt nur, wenn man kundige Personen mit der Suche beauftragt. Einen kundigeren Menschen als unseren Vogt kann ich mir nicht vorstellen.“

Jonathan hob erneut eine Augenbraue und überlegte, in welcher Beziehung der Büttel zu Moordeich stehen mochte. Aber das würde er noch früh genug herausfinden, befürchtete er.

„Dieses Untier bedroht MEINE Bürger. Also sollte ich auch derjenige sein, der es zur Strecke bringt!“, pflichtete Moordeich dem Büttel bei.

Der Pastor mischte sich ein: „Ihr solltet stets bedenken, dass es sich auch bei dem Missetäter um einen Menschen handelt und nicht um ein Tier. Das schürt nur den Aberglauben und wir wissen doch alle, dass es so etwas wie Menschenfressende Untiere nicht gibt, nicht wahr?“

Erk von Moordeich wurde ärgerlich und stieß mit dem

Fuß einen Stein über den gefrorenen Boden.

„Papperlapapp! Untier, Unmensch, Unwesen, was auch immer. Ich und meine Männer finden es und machen ihm den Garaus!"

Böse funkelte er zuerst den Pastor und dann auch noch Jonathan an.

„Was mischt Ihr Euch überhaupt ein? Es ist eine Dorfsache und das Dorf, das bin ich!"

Mit diesen Worten gab er seinen Männern ein Zeichen und marschierte durch die Gartenpforte davon in Richtung des Gefängnisses, um dort eine erste Lagebesprechung vorzubereiten und sich gebührend aufzuwärmen. Kelting folgte ihm schweigend.

Jonathan, Pastor Julius und Theodor Piening sahen sich kurz an, letzterer zuckte mit den Schultern und Pastor Julius seufzte leise.

„So ist er nun einmal."

Piening betrachtete noch einmal die tote Anna und bedeutete dann seinen Knechten, eine Bahre zu holen.

„Wir sollten sie zum Bestatter bringen lassen und morgen beisetzen. Nicht, dass noch jemand auf die Idee kommt, sie noch mal anschauen zu wollen", schlug er vor und Jonathan nickte zustimmend.

„Hatte sie Familie?", fragte der Hofbieter.

„Nicht, dass ich wüsste. Sie war die Letzte und darüber sehr bekümmert. Nun ist sie an einem besseren Ort", erwiderte der Pastor.

Zusammen hoben sie so würdevoll wie möglich die Tote vom kalten Boden auf. Einer der Knechte hatte sich von Pienings Frau ein altes Laken geben lassen, in das sie nun Anna behutsam einwickelten, damit sie beim Transport durch das Dorf keine weiteren Blicke auf sich ziehen konnte. Langsam setzten sich die Knechte in Bewegung.

Jonathan wollte sich von den Männern verabschieden und zum Gasthaus *Zur schönen Aussicht* zurück.

„Halt, wo wollt Ihr hin, junger Mann?“, fragte Julius.

„Ich habe für den Vormittag genug gesehen und will mich aufwärmen.“

„Aber nicht doch. Ihr kommt mit uns und wir trinken einen Klaren in meiner Gastwirtschaft auf den Schrecken. So etwas wird Euch allemal besser aufwärmen, als Euer Zimmer“, fiel Piening ein.

„Dann würde ich sagen, ich gehe schnell hinein und hole mein Notizheft, denn sicherlich könnt Ihr mir noch einige Dinge über das Dorf und den Aberglauben erzählen und wir treffen uns bei Euch.“

Die Männer nickten sich zu und Jonathan öffnete die Tür zum Hotel.

Mina stand im Flur und zog die Gardinen zurück, als er eintrat. Sie fühlte sich ertappt, hatte sie doch zugesehen, was da im Dorf für ein Trubel herrschte.

„Kann ich etwas für Euch tun?“

„Nein. Danke. Es ist alles in Ordnung. Ich habe nur etwas in meinem Zimmer vergessen und wollte es eben holen.“

„Sehr gern. Ist denn etwas vorgefallen heute Morgen? Ihr seht so bleich aus und Euer Mantel ist ganz verschmutzt.“

Er sah an sich hinab und schlug sich die Erde von der

Mantelschulter.

„Ach, ich bin gestürzt als ich ... ", er stockte kurz, denn er war sich nicht sicher, in wie weit er einer zarten Seele wie Mina eine so grausige Geschichte erzählen sollte. Dann entschied er sich jedoch für die Wahrheit. Eine solche Sache ließ sich in einem kleinen Dorf nicht lange unter dem Teppich halten.

„Ich bin gestürzt, als ich die Leiche der armen Anna vom Baum in Pienings Garten holte."

„Oh nein, wie furchtbar!" Mina schlug sich erschrocken die Hand vor den Mund. „Sie hat doch keiner Menschenseele etwas getan. Wie konnte es denn dazu kommen? Der Herr steh ihr bei!"

„Wenn ich das wüsste, wären wir alle einen Schritt weiter. Aber seid unbesorgt. Wir werden es herausfinden."

Er legte Mina kurz die Hand auf die Schulter, um sie zu trösten.

„Aber dazu muss ich jetzt auf mein Zimmer und mein Notizheft holen, in Ordnung?"

Mina nickte.

„Aber wartet kurz und gebt mir den Mantel. Ich werde ihn ausputzen. Was sollen die Menschen von Euch denken, wenn Ihr so herumlauft?"

Er zog den Mantel aus, gab ihn ihr und lief dann hoch in sein Zimmer. Als er die Treppe wieder herunterkam, war Mina fertig und reichte ihm den Mantel, nicht ohne ihm in die Augen zu sehen.

„Passt auf Euch auf", sagte sie leise und er nickte knapp.

„Immer!"

Er schlug die Tür zu und eilte über den gefrorenen Boden zurück zu Pienings Gasthaus. Dort erwarteten ihn der Pastor und der Hausherr bereits, beide jeweils über ein kleines Glas gebeugt.

„Setzt Euch, Fenris“, bedeutete ihm Piening und dieser tat, wie ihm geheißen.

„Hier, nehmt einen tiefen Schluck und der Schrecken wird aus Euren Gliedern verschwinden, wie der Teufel vor dem Weihwasser.“

Jonathan lachte leise und winkte ab.

„Bitte, nicht noch mehr Aberglaube am heutigen Tag.“

„Auf Anna!“, sagte der Pastor und hob sein Glas.

„Auf Anna!“, stimmten die beiden Männer ein und so versuchten sie, dem Schrecken des Morgens zu entkommen.

„Was mir keine Ruhe lässt … “, begann Jonathan nach einer Weile, „wie kam die gute Anna in den Baum?“

Pastor Julius und Piening schauten sich an, letzterer zuckte mit den Schultern und seufzte.

„In der Tat, eine gute Frage. Wir sollten den Täter finden und ihn das fragen, oder nicht?“

„Wenn es nur einer war“, sagte Pastor Julius auf Pienings Aussage.

Piening schnippte mit dem Finger und sofort stellte seine Frau drei neue Schnäpse vor die Männer.

„Kannst Du uns ein paar Eier in die Pfanne hauen und etwas guten Speck? Ich weiß nicht, wie es meinen Gefährten geht, aber ich bin hungrig.“

Jonathan hatte zwar keinen Hunger, wollte aber nicht

unfreundlich sein und nickte knapp. Pastor Julius strich sich über den Bauch und lächelte.

„Eine gute Idee, Piening. Die Turnerei auf der Leiter hat mich ordentlich hungrig gemacht."

Also eilte Pienings Frau in die Küche und die Männer waren wieder unter sich. Jonathan streckte sich, denn sein Körper kribbelte, als die Wärme seine Glieder hochstieg.

Schweigend saßen sie da. Ein jeder überlegte, was nun geschehen sollte und inmitten des Schweigens räusperte sich Piening.

„Also. Ich weiß nicht, wie es Euch geht, aber ich finde, wir sollten den Vogt im Auge behalten. Dieser Großkotz meint doch tatsächlich, er hätte mehr Verstand als der Büttel. Wie er heute wieder aufgetreten ist. Unglaublich! Als hätten wir nicht alle Augen im Kopf."

„Ach Piening", unterbrach ihn der Pastor. „Du kennst ihn genauso gut und so lange, wie ich. Der Vogt ist nun einmal, wie er ist. Ein großes Mundwerk, aber wenig dahinter. Ich bin sicher, wir werden schon bald merken, dass er keinen blassen Schimmer hat, wie er den Täter überführen könnte. Diesen Schabernack von einem Teufel oder einem Biest hier in unserem Dorf glaubt doch kein guter Geist mehr, wenn die zwölf Nächte vorbei sind, das neue Jahr eingeläutet ist und die Tage wieder heller werden."

„Also ist der Aberglaube nur ein saisonales Ereignis?", fragte Jonathan interessiert nach. Er machte sich nebenbei immer wieder eine paar Notizen, um dem Probst berichten zu können.

„Ja, ich denke, der Spuk wird bald vorbei sein. Morgen

schon werden die Menschen nicht mehr über die Leiche im Baum reden, weil sie zu sehr mit dem Ochsenmarkt beschäftigt sind. Alles wird wieder ruhig und beschaulich."

„Ruhig und beschaulich, schön wäre es", fiel Piening dem Pastor ins Wort. „Erst einmal kommen jede Menge Fremde ins Dorf und wer weiß, welche Gerüchte sie mit in ihre Heimatdörfer nehmen? Gerade die Hohenfelder werden es sich nicht nehmen lassen, genüsslich über uns herzuziehen. Das hat uns gerade noch gefehlt."

„Aber sind Fremde nicht Euer täglich Brot, Herr Piening?", gab Jonathan zu bedenken.

„Sicher, aber ich mag sie ruhig und unaufdringlich."

Der Pastor musste lächeln. Piening verstand es wirklich, unterschwellig eine Beleidigung mitschwingen zu lassen, wie kein anderer.

„Ach so. Entschuldigt meine Frage. Das war wohl etwas zu direkt."

Piening musterte Jonathan kurz und setzte dann ein Schmunzeln auf.

„Oh, bitte. Anwesende ausgenommen."

Kaum war dieser kleine Wortwechsel vorüber, erschien Pienings Frau mit drei Tellern und einer Servierplatte.

„Hier, bedient Euch nur."

Die gebratenen Eier und der gesottene Speck ließen Jonathan nun doch das Wasser im Munde zusammenlaufen. Dazu brachte die Wirtin noch einen Korb voll warmen Brotes und so ließen es sich die Herren munden. Als er satt war, kramte er in seinem Beutel.

„Was bin ich Euch schuldig?", fragte er Piening.

„Nicht doch, das geht aufs Haus. Ihr habt heute eine gute Tat vollbracht."

Jonathan nickte und steckte seine Geldkatze zurück in seinen Beutel. Schon seit geraumer Zeit war die Tür zur Gaststätte immer wieder in Bewegung gewesen. Es kamen definitiv Leute ins Dorf, wahrscheinlich mehr, als für die Bewohner gut sein konnte.

„Es geht schon los.", schmatzte der Pastor zwischen zwei Bissen. „Der Ochsenmarkt zieht die Leute an, wie der Mist die Fliegen."

„Ihr entschuldigt mich? Ich werde mich auf dem Festgelände umsehen", sagte Jonathan, erhob sich von seinem Stuhl und nickte den Männern zu.

„Haltet die Augen offen, vielleicht läuft Euch der Täter über den Weg. Oft sind die schlimmsten Halunken noch in der Nähe und wollen sehen, was ihre Tat angerichtet hat", gab ihm Piening mit auf den Weg.

Als Jonathan vor die Tür trat, war das Dorf fast wie verwandelt. Nichts erinnerte mehr an den düsteren Beginn dieses Tages. Er sah Pferdefuhrwerke über die Hauptstraße fahren. Die ersten Viehtreiber zogen mit ihren Tieren durch das Dorf. Dazu kam jede Menge fahrendes Volk, Gaukler und, falls ihn nicht alles täuschte, auch ein paar leichte Mädchen.

„Na, das wird ja ein Fest", grummelte er in sich hinein.

Das letzte, was er nun gebrauchen konnte, war ein Menschenauflauf. Er wollte in Ruhe nach dem Übeltäter suchen und Anna Gerechtigkeit widerfahren lassen.

Außerdem wollte er die Dorfbewohner weiter über die Vorkommnisse befragen. Aber im Moment schien das unmöglich. Jeder war auf den Beinen und mit den Vorbereitungen für den Markt beschäftigt, der rund um die Kirche und den umliegenden Straßen stattfinden sollte. Das Vieh wurde zwar auf den Feldern hinter dem Tor zur Marsch gehandelt, aber die Gaukler bauten ihre Buden dort auf, wo Kundschaft vorbeikommen konnte.

Er bahnte sich seinen Weg durch die Menschen. Dabei sah er sich wachsam um und überprüfte immer wieder die Umgebung. Gab es jemanden, der sich auffällig nah an Pienings Garten herumtrieb? Oder die Dirnen allzu neugierig musterte? Nein, beschloss er. Der Täter war nicht hinter Frauen her, sonst hätte er sich wohl kaum die alte Anna ausgesucht. Außerdem hätte er sonst die halbe Dorfjugend unter die Lupe nehmen müssen, die sich um die Damen scharrten und gafften. Die Damen wiederum lächelten kokett und hakten sich unter. Sie liefen durch das Dorf und überlegten sicherlich, wo sie übernachten sollten. Wie sollte es erst am Abend werden, wenn alle angetrunken waren? Er sah über den grauen Platz hinweg und beobachtete die Tür zum Hotel *Zur schönen Aussicht*. Allerlei Volk ging dort gerade ein und aus. Wenn die Tür ein wenig länger offenstand, konnte er Mina hinter der Rezeption ausmachen. Sie lächelte und begrüßte die Gäste. Bestimmt war der Markt eine der Haupteinnahmequelle des Hotels. Warum sonst sollte sich jemand in dieses Dorf verirren, wenn schon nicht zu einem Festtag in der dunklen Jahreszeit. Er schlitterte unbedacht auf einem Eisfeld aus und landete unsanft auf einem Knie.

„Na sowas, woher kommt Ihr denn angeflogen?“, sagte eine Stimme über ihm. Es war Hein Kelting, der Büttel.

Jonathan knurrte leise und erhob sich dann.

„Diese Straße sollte man mit Salz behandeln. Das ist eine Gefahr für Leib und Leben.“

„Ich werde es weitergeben“, sagte der Büttel, verschränkte die Arme hinter seinem Rücken und wollte sich bereits wieder entfernen, als Jonathan ihm hinterherrief.

„Halt, Herr Kelting. Gibt es schon Neuigkeiten im Fall der toten Anna?“

„Das Verbrechen geschah heute Nacht. Vor nicht einmal drei Stunden habt Ihr die Leiche geborgen und jetzt wollt Ihr schon Ergebnisse?“, schnaubte der Büttel. „Was glaubt Ihr denn, wo Ihr seid? In Hamburg? Ich tue mein Bestes, aber bisher habe ich noch keine weitere Spur. Wie sieht es denn mit Euren Nachforschungen aus? Ist dabei etwas herumgekommen?“

Jonathan klopfte sich den schlammigen Dreck von der Hose und schüttelte den Kopf.

„Leider nein. Wir rätseln derzeit, wie Anna in den Baum gekommen ist. Wie hat der Täter das angestellt, ohne das halbe Dorf zu wecken? Er müsste einen Flaschenzug benutzt haben, oder zumindest ein Fuhrwerk, um die Dame allein hinauf zu bringen. Oder er war eben nicht allein.“

„Sieh an, sieh an. Ihr hättet einen guten Büttel abgegeben, Fenris“, schnarrte Erk von Moordeich in seinem Rücken.

Für einen kurzen Moment stellten sich Jonathans Nackenhaare auf. Zumindest fühlte es sich für ihn so an.

„Der schon wieder“, murmelte er leise und drehte sich dann zum Vogt um.

„Ist es nicht merkwürdig, dass Ihr hier auftaucht und keine 24 Stunden später ist jemand tot, der Euch kurz zuvor beleidigt hat?“, sagte Moordeich und ging dabei langsam um Jonathan herum.

„Wo habt Ihr denn Eure Verstärkung gelassen?“, fragte dieser sichtlich unbeeindruckt. „Mussten alle nach Hause zur Mutter?“

Der Vogt lachte leise.

„Nein, meine Männer sind im Dorf unterwegs und untersuchen jede Scheune, jede Hütte und jede Kate. Was ich verspreche, das pflege ich zu halten. Wir finden die Bestie und Anna wird in Frieden ruhen können, so wie das ganze Dorf.“

Jonathan legte den Kopf schief und musterte Moordeich vorsichtig.

„Das ganze Dorf soll in Frieden ruhen? Das bedeutet, es kommen noch mehr Morde auf die armen Menschen zu, oder wie meint Ihr das?“

„Verdreht mir nicht die Worte im Munde!“, schnaubte Moordeich.

„Dann redet nicht so einen Unsinn“, erwiderte Jonathan müde und strich sich dabei über die Augen.

„Genug von dem Gewäsch! Ich habe besseres zu tun“, rief Moordeich, drehte sich auf der Stelle um und lief zackigen Schrittes in Richtung der Viehtreiber davon.

Jonathan nickte dem Büttel zu und ging ebenfalls weiter.

Er wollte lieber mit keinem Menschen mehr reden, bis sich seine Laune besserte.

Missmutig betrat er das Hotel *Zur schönen Aussicht*. Mina stand noch immer hinter der Rezeption und verteilte Schlüssel an die Neuankömmlinge.

„Sie gehen bitte ins Zimmer mit der Nummer Vier, die Dame dort erhält das Zimmer Neun und Sie da hinten? Ja, bitte sehr, hier der Schlüssel für die Zwölf."

„Die Zwölf?", rief ein junger Viehtreiber, nicht viel jünger als Jonathan selbst. „Das kann ja heiter werden. Dann muss ich heute Nacht wohl den Teufel selbst aus meinem Bette vertreiben, was?" Seine Mitreisenden fielen in lautes Gelächter ein und Jonathan verengte die Augen.

„Wenn ihr das glaubt, solltet Ihr die Tür besser doppelt verschließen. So kann er wenigstens nicht mehr raus", knurrte er in Richtung der Truppe, bevor er sich Mina zuwandte.

„Lasst Euch nicht aus der Ruhe bringen von einer Bande dahergelaufener Taugenichtse."

„Sicher nicht, Herr Fenris."

Unbeirrt fuhr Mina fort, ihre Arbeit zu erledigen. Jonathan hatte Hochachtung vor ihrem Eifer und ihrem Mut, sich dieser Horde zu stellen.

Er ging ins Speisezimmer, das jedoch schon fast aus allen Nähten platzte. Hier würde er keine Mahlzeit einnehmen, beschloss er und wandte sich wieder um. Einer der Gaukler stieß die Tür zum Hotel auf, stellte sich in die Mitte des Empfangsraumes und ließ einen Blumenstrauß aus lauter bunten Papierblumen aus seinem Ärmel hervorspringen. Diesen überreichte er Mina mit theatralischen Gesten. Mina lachte auf, deutete einen Knicks an und legte den Strauß oben auf den Schlüsselschrank. Jonathan hatte die Szene beobachtet und konnte sich ein kleines Lächeln nicht verkneifen, bis der Gaukler auf ihn zutrat. Aus einer Papierblume an seinem Revers spritzte dieser nun etwas Wasser in sein Gesicht. Die Menge grölte auf und klatschte in die Hände. Jonathan schüttelte sich kurz und musste hart an sich halten, um dem Possentreiber nicht die Visage zu verschandeln. Am liebsten hätte er ihn zu Brei gehauen, aber Mina sah ihn an, eilte auf ihn zu und reichte ihm eine Serviette, die sie dem nächstbesten Kellner aus dem Arm riss.

„Es tut mir so unendlich leid, Herr Fenris", hauchte sie.

Er trocknete sich das Gesicht ab und reichte ihr die Serviette zurück.

„Anscheinend hatte ich eine Reinigung nötig", versuchte er sich in Galgenhumor und schluckte seine Wut mit einer enormen Kraftanstrengung hinunter.

Der Gaukler verbeugte sich nochmals vor der Menge und verließ schleunigst das Hotel, bevor der Hofbieter ihm doch noch an den Kragen ging.

„Ich werde auf mein Zimmer gehen."

„Sicher. Es wird bestimmt nicht ruhiger hier."

Er stieg leichtfüßig die Treppen hoch und öffnete die Tür zu seiner Kammer. Alles war noch immer an seinem Platz. Nur die Sonne sank langsam hinter den hohen Bäumen von Pienings Garten. Die Tage waren kurz und das

Dunkle kroch heran, wie eine unheimliche Macht, die nur darauf zu lauern schien, ihre Kraft zu entfalten.

Bevor er sich müde auf das Bett sinken ließ, zog er sich aus, bürstete gewissenhaft seinen Mantel aus und wusch sich erneut das Gesicht. Was der Gaukler ihm nicht abgespült hatte, kam nun in die Waschschüssel. Das Wasser färbte sich leicht schmutzig. Dafür, dass er eine Leiche geborgen hatte und gleich zweimal im Dreck gelandet war, sah er noch recht glimpflich aus. Sein Spiegelbild verriet jedoch die Müdigkeit, die nun in seine Knochen schlich. Er wischte mit einem Tuch seine Stiefel sauber und sah noch rote Blutflecken vom Morgen darauf. Ob er jemals wieder das Bild der toten Anna aus seinem Gedächtnis vertreiben konnte?

Er rieb sich über die Augen und schloss diese kurz. Jedenfalls dachte er, es wäre kurz gewesen. Zu Anfang schlief er traumlos, dann jedoch kamen die Bilder, die er nur zu gut kannte. Ein dunkles Haus. Glasphiolen und Tierkreiszeichen. Gebleckte Zähne und tropfende Lefzen. Pranken, die in einen Leib große Lücken hieben und schwarzes Fell. Er wachte schweißgebadet von seinem eigenen Knurren auf. Sein Atem ging schwer und er musste sich hinsetzen. Inzwischen war es vollends dunkel geworden und er entzündete die kleine Petroleumlampe auf seinem Nachttisch. So erwartete er den nächsten Tag.

22.12.1851

Jonathan öffnete die Augen, kurz bevor die Kirchturmuhr den achten Glockenschlag begann. Er saß noch einen Moment im Bett ohne sich zu bewegen. Sein Hemd war verschwitzt von den Träumen in der Nacht und der kleine Ofen im Zimmer verbreitete eine bullige Wärme. Er streckte sich, erhob sich geschmeidig und öffnete das Fenster, um die kühle Luft ins Zimmer und in seine Gedanken zu lassen. Vor dem Fenster herrschte erneut reges Treiben. Diesmal schienen die Menschen nicht sensationshaschend durch das Dorf zu strömen, sondern waren konzentriert bei der Arbeit.

Es wurden nun Buden auf dem Marktplatz aufgebaut um für das leibliche Wohl in jeder Hinsicht zu sorgen. Vor Pienings Gasthaus konnte er einen Zeitungsjungen ausmachen, der lautstark in die Menge hineinrief.

„Elveshörner Morgenblatt! Mordfall in Pienings Garten! Elveshörner Morgenblatt! Der Ochsenmarkt, ein voller Erfolg! Kauft, Leute, kauft! Wir haben die Wahrheit und nichts als die Wahrheit!“

Er wandte sich vom Fenster ab.

„Die hätte ich auch gern“, murmelte er vor sich hin und wusch sich das Gesicht. Neben der frisch gefüllten Wasserkanne konnte er mit geschlossenen Augen einen ganzen Stapel voller Handtücher erfühlen und musste schmunzeln. Mina hatte sich wirklich gut um ihn gekümmert. Er trocknete sich ab und kleidete sich in der gewohnt sorgfältigen Art und Weise an. Nur seine Stiefel gefielen ihm überhaupt nicht. Von Schlamm verkrustet und mit Salzflecken darauf, machten sie keinen guten Eindruck. Vielleicht hatte er Glück und es befand sich ein Schuhmacher unter den Händlern. Dann würde er sich ein neues Paar Stiefel machen lassen und wäre mit seiner Erscheinung wieder zufrieden. Wie gut, dass der Spiegel ihn nur bis knapp unter die Hüfte zeigte und er so die Schuhe einfach ausblenden konnte. Er zog noch einmal seine Weste glatt, strich sich über die dunkle, gebändigte Mähne und warf einen Blick auf seine Taschenuhr, bevor er seinen Beutel nahm und die Tür zum Zimmer verschloss. Bei den vielen Besuchern im Hotel wollte er kein Risiko eingehen. Nicht, dass es bei ihm viel zu holen gegeben hätte, aber er bestand auf seiner Privatsphäre.

Auf der Treppe zum Empfangsraum war bereits zu dieser Stunde viel Verkehr. Die Truppe der kräftigen Kerle vom Vortag konnte er nicht ausmachen, wahrscheinlich lagen sie noch in ihren Betten, betrunken vom Schnaps und eventuell mit der einen oder anderen Dame an der Seite. Die Gäste liefen an ihm vorbei, als gäbe es nicht genug Frühstück für alle. Aber vielleicht waren es Viehhändler, die um diese Uhrzeit die besten Geschäfte witterten und keine Zeit hatten für irgendetwas. Oder es waren Händler, die ihre Stände noch an den besten Plätzen aufbauen wollten, bevor jemand anderes es tat.

Er wechselte mit keinem der Menschen ein Wort. Ihm war es ganz recht, denn er wollte sich weiter auf den Mordfall konzentrieren und sich nicht durch so eine lächerliche Veranstaltung wie einen Ochsenmarkt ablenken lassen. Als er den Empfangsraum erreicht hatte, bemerkte er dezente Veränderungen in dem sonst so sauberen und ordentlichen Umfeld. Lag hinter dem Vorhang zur Haustür etwa eine Flasche? Steckte im Blumenkübel am Fuße der Treppe ein abgeknickter Gehstock? Er wunderte sich kurz, betrat dann den Gastraum und wunderte sich dort etwas länger. Die Tische waren mit schmutzigen Tischtüchern bedeckt, das Geschirr war nur halb abgedeckt. In einer Ecke in der Nähe des großen Kachelofens schlief ein Mann zusammengerollt auf der Bank, wie eine Katze und schnarchte leise vor sich hin. Einige Kerzenstummel brannten noch, andere waren mitsamt dem Halter umgeworfen worden und das Wachs tropfte auf die Dielen. Er überlegte ernsthaft, ob er hier überhaupt ein Frühstück einnehmen wollte, als Mina aus der Tür zur Küche gestolpert kam. Sie hatte sich in einem herunterhängendem Tischtuch verheddert und fiel ihm buchstäblich in die Arme.

„Ohje, Herr Fenris! Entschuldigen Sie vielmals."

Er betrachtete Mina kurz amüsiert, stellte sie vorsichtig wieder auf die Füße und ließ sie dann abrupt los, als würde er sich seiner Stellung gewahr.

„Fräulein Mina, was ist denn hier passiert?"

Mina sah sich um und hob kurz die Schultern.

„Der Ochsenmarkt ist passiert. Wartet nur erst den heutigen Abend ab. Das hier", sie deutete auf den halb verwüsteten Gastraum, „ist noch gar nichts."

„Nun, ich überlegte gerade, ob es Euch so möglich ist, überhaupt ein Frühstück zu servieren, oder ob ich mich besser dazu in Pienings Gasthof einfinden sollte."

„Nein. Bitte, bleibt ruhig. Ich räume Euch sofort einen Tisch frei und dann könnt Ihr bestellen, was Ihr möchtet."

Sie sah sich um und trat festen Schrittes auf den schlafenden Mann zu.

„Hinnerk, wach auf! Los, geh nach Hause. Frauke wartet sicher schon."

Der Angesprochene schüttelte unwirsch den Kopf.

„Mag nich."

„Bei allen guten Geistern!", Mina sah sich erschrocken zu Jonathan um. Der hatte jedoch ihre Worte gar nicht gehört, sondern war dabei, die Kerzenständer aufzustellen. „Jetzt mach schon, Hinnerk. Beweg deinen Hintern!"

„Nee, lass mich. Hier ist es schön warm und draußen nicht. Ich bleibe hier."

Mina zerrte Hinnerk am Arm und der fiel polternd von der Bank.

„Mensch, Mina! Was soll das denn? Ich habe gerade so schön geträumt. Vom größten Ochsen, den du dir vorstellen kannst. Ein Prachtexemplar, mit einer Brust, wie geschaffen zum Pflügen und einem Hinterteil … "

„Wenn du jetzt nicht machst, dass du nach Hause kommst, dann setzt es was und zwar auf dein Hinterteil, du Riesenrindvieh!"

Nun drehte sich Jonathan doch zu Mina um, denn diese Worte konnte er nicht überhört haben. Der Betrunkene rappelte sich vom Boden auf und trottete langsam Richtung Ausgang.

„Ist ja gut. Ich geh ja schon", grummelte er noch.

Mina putzte mit einem Lappen über die Bank und zog das Tischtuch glatt, das noch keine größeren Flecken aufwies.

„Bitte sehr, Herr Fenris. Was kann ich Euch bringen?"

Er setzte sich, doch bevor er etwas sagen konnte, ging die Tür zur Küche erneut auf und eine ältere Frau betrat den Gastraum. In ihrem Fahrwasser tauchte ein kleiner, rundlicher Mann auf.

„Siehst Du, Martin, was Deine Gäste hier veranstaltet haben? Das ist doch einfach nicht zu fassen. Wie sollen wir das denn jemals wieder sauber bekommen?", sagte die Frau aufgebracht und dabei hektisch winkend.

„Ach, Elisabeth. Das wird schon. Ein bisschen putzen hier, ein wenig Wäsche dort und schon glänzt alles wieder. Ist doch nicht unser erster Ochsenmarkt. Mina macht das schon. Das Mädchen ist patent!"

Mina errötete und versuchte, sich auf ihren Gast zu konzentrieren. Dieser sagte jedoch erst einmal nichts, sondern musterte die zwei Gestalten genauer.

„Darf ich vorstellen, meine Eltern", erläuterte Mina und es war ihr anzumerken, wie peinlich berührt sie von beiden war.

„Minalein, komm doch mal her. Wir müssen über die Verhältnisse im Gastraum reden.", rief ihre Mutter.

„Mutter, siehst du nicht, dass ich gerade einen Gast bediene?"

„Oh, ach so. Natürlich. Entschuldigt vielmals, Herr … ?"

„Fenris, Jonathan Fenris."

Er erhob sich kurz von der Bank und deutete eine Verbeugung an.

„Elisabeth Hansen, sehr erfreut. Bitte habt Nachsicht mit uns an diesem ungewöhnlichen Tag im Jahr. Wisst Ihr, der Ochsenmarkt ist für die Menschen im Dorf und weit darüber hinaus ein Anlass, sich so richtig daneben zu benehmen. Wäret Ihr zu einer anderen Zeit unser Gast, so wüsstet Ihr, wie viel Wert wir auf die Sauberkeit in unserem Hause legen."

Sie setzte sich neben Jonathan auf die Bank und er konnte nun klar sehen, von wem Mina ihre braunen Haare geerbt hatte.

„Ja, genau", sprang ihr Mann ihr bei, setzte sich ihm gegenüber und sah ihn mit fast den gleichen blauen Augen an, die auch Minas Gesicht zierten.

„Ich bitte Euch. Das ist mir doch bewusst und Eure Tochter hat sich redlich Mühe gegeben, alles in Ordnung zu halten. Davon bin ich überzeugt. Wenn Ihr nichts dagegen habt, würde ich nun jedoch gern bestellen. Ich bin hungrig und habe noch Einiges zu erledigen."

„Aber sicher, natürlich. Wir werden hier derweil etwas Ordnung machen. Das geht ja auf keine Ochsenhaut, wie das hier aussieht."

Mit diesen Worten erhob sich Elisabeth Hansen und gab ihrem Mann einen hektischen Wink, dass er es ihr gleichtun sollte.

„Guten Appetit! Sie entschuldigen uns?", fügte dieser noch hinzu, bevor beide damit begannen, die Tische zu säubern.

Mina stand immer noch wie angewurzelt neben seinem

Tisch und sagte erst einmal nichts.

„Reizend, Eure Eltern. Sehr arbeitsam“, begann er, um Mina aus ihrer Schockstarre zu holen.

„Ihr müsst entschuldigen. Sie waren die ganze Nacht auf den Beinen und konnten dieses Chaos trotzdem nicht verhindern. Die Leute sind wie von Sinnen, wenn es einmal etwas zu feiern gibt.“

Wie zur Bestätigung ihrer Worte torkelten weitere Gäste in den Gastraum. Sie rieben sich müde über ihre roten Nasen und strichen sich die zerzausten Haare glatt.

„Ihr bekommt Kundschaft. Wir beeilen uns besser.“

„Oh ja, natürlich. Also, was darf ich Euch heute bringen?“

Er nickte aufmunternd und gab seine Bestellung auf.

„Zwei Spiegeleier mit Brot und zwei Scheiben Schinken. Dazu bitte recht starken Kaffee. Und falls noch etwas von der guten Marmelade da sein sollte, dann auch damit noch ein kleines Brot. Vielen Dank.“

Mina nickte und rannte in ihrem gewohnten Tempo in die Küche. Er lehnte sich zurück und besah sich abwechselnd die doch sehr mitgenommenen Gäste und die Menschen draußen im Dämmerlicht vor dem Fenster. Der Zeitungsjunge bemühte sich noch immer um Abnehmer, während sich der Markt langsam füllte. Neben den Zuckerbuden sah er einen Stand zum Dosenwerfen. Etwas weiter dahinter konnte er einen Quacksalber ausmachen, der seine Tinkturen ordnete. Er war bereits gespannt, welche Tränke man bei dem Herren wohl erwerben konnte. Auch ein paar Handwerker waren dabei. Ein Pferdekarren hatte soeben mit einem Rad eine Bude gestreift und es schepperte und klirrte nur so. Der Töpfer war drauf und dran, dem Kutscher eins mit einem Krug über zu braten. Aber Hein Kelting ging beschwichtigend dazwischen. Was gesagt wurde, konnte Jonathan nicht verstehen. Kaum konnte er sich von der Szenerie losreißen, als auch schon sein Frühstück vor ihm stand. Mina nickte ihm knapp zu und eilte dann bereits an den nächsten Tisch.

Gierig verschlang er das Essen, an diesem Tag war er auch wenig um seine Außenwirkung besorgt, es nahm niemand Notiz von ihm, war ein jeder doch mit seinem eigenen Kopfschmerz vollauf beschäftigt.

Als er sein Frühstück beendet hatte, verließ er den Gastraum und trat zielstrebig auf die Straße.

Er schlug seinen Mantelkragen auf und stapfte durch den angetauten Schnee hindurch. Es war ganz gut, keine neuen Stiefel zu tragen, denn zu dem Matsch des Schnees kamen noch die Überreste von zig Rindviechern dazu, die über Nacht und am Morgen über die Straße zum Tor zur Marsch getrieben worden waren, um dort auf den Feldern versteigert zu werden. Er bahnte sich seinen Weg durch die Händler und nickte dem ein oder anderen Dorfbewohner zu, die jedoch zu müde waren, um ihn zu beachten. Zumindest redete er es sich ein, denn dass man ihn immer noch argwöhnisch musterte, obwohl er schon zwei Tage im Dorf war, wollte ihm nicht in den Sinn kommen. Als er Pienings Gasthof erreichte, trat der Zeitungsjunge auf ihn zu.

„Elveshörner Morgenblatt, nur ein Groschen. Wir haben

die Wahrheit. Mord in Pienings Garten, habt Ihr davon schon gehört, mein Herr? Eine echte Sensation soll dort passiert sein, Ihr könnt alles bei uns nachlesen. Für nur einen lausigen Groschen gehört Euch dieses Exemplar. Druckfrisch und noch warm. Na?“

Jonathan sah auf den Knaben hinab, war kurz versucht, ihm die Mütze zu richten und den Straßenschmutz aus dem Gesicht zu reiben, besann sich jedoch dann eines Besseren.

„Danke, ich brauche keine Zeitung.“

„Ach was, Zeitung. Das ist doch keine Zeitung. Das ist die Wahrheit und die kann doch jeder gebrauchen, oder nicht?“, ließ der kleine Kerl nicht locker.

„Wirklich, ich brauche keine Zeitung. Ich war dabei und habe den Schrecken mit eigenen Augen gesehen. Das reicht mir völlig.“

„Oh, ein Augenzeuge. Das muss ich gleich dem Herren Redakteur weitergeben. Vielleicht will er noch ein Gespräch mit Euch führen. Aber solange könntet Ihr doch schon einmal rein schmökern. Vielleicht gibt es ja etwas, dass Ihr noch nicht wisst.“

Er lächelte ob der Beharrlichkeit des Jungen.

„Kommt schon, nur einen Groschen. Das ist doch nichts für einen Herren wie Euch, oder? Macht einem armen Kerl wie mir eine Freude und greift zu. Ihr werdet klüger sein danach, versprochen!“

Der Junge wedelte mit der Zeitung vor Jonathans Gesicht herum und klopfte ihm damit auf die Schultern.

Dieser seufzte kurz, kramte dann in seinem Beutel und

gab ihm den Groschen.

„Ist ja gut, gib schon her. Du sollst ja nicht verhungern bei der Kälte. Einen Groschen gibt es extra, vielleicht triffst Du damit ja beim Dosenwerfen?“

Der Kleine strahlte über das ganze Gesicht und tippte sich an die Mütze.

„Danke, Herr. Das ist wirklich großzügig. Ich geh gleich mal los.“

Mit diesen Worten hob der Junge den Zeitungsstapel auf und verschwand hinter den ersten Buden. Jonathan hörte noch länger seinen Ruf.

„Elveshörner Morgenblatt! Mord in Pienings Garten!“

Er steckte sich die Zeitung unter den Arm, hatte gerade weder Zeit noch Muße, etwas über die Ereignisse des letzten Tages zu lesen. Er würde zu einem späteren Zeitpunkt in Ruhe das lesen, was er eh schon wusste. Niemand hatte jemanden gesehen, niemand konnte sich an Ungereimtheiten erinnern, niemand sah in Annas Tod etwas anderes, als ein teuflisches Geschehen. Wohin hatte der Aberglaube die Menschen nur getrieben? Hatten sie nicht das dunkle Mittelalter längst hinter sich gebracht und sollten es besser wissen? Er würde schon für Aufklärung sorgen, soviel stand fest. Aber nun wollte er sich weiter umsehen und so ging er die Bahnhofstraße hinab. Die ortsansässigen Händler bauten vor ihren Geschäften kleine Verschläge auf, damit die Durchreisenden gar nicht erst vom Pferd absteigen mussten, um etwas zu kaufen. So sah er kurz einer eleganten Dame zu, die vor ihrem Schaufenster ein Warenbrett mit feinen Stoffen drapierte. Dazu gesellte sich allerlei Damen- und Herrenmode. Als die Frau kurz den Blick von ihrem Sortiment erhob, musterte sie Jonathan mit den Augen einer versierten Schneiderin. Mit schnellen Schritten trat sie auf ihn zu und lächelte ihn an.

„Mein Herr, Ihr seht aus, als könntet Ihr einen neuen Schal gebrauchen. Ich habe genau das, was Euch gefallen wird. Wollt Ihr nähertreten und einmal schauen?"

Er verbeugte sich leicht, deutete dann auf seinen dichten Wollschal und schüttelte den Kopf.

„Danke, ich bin versorgt, wehrte Frau."

„Rosalie Behrens", antwortete die Dame und streckte ihm geziert die Hand zum Kuss entgegen.

Er nahm die Hand, führte sie kurz in Richtung seines Mundes, deutete einen Kuss jedoch nur an und ließ die Hand dann wieder sinken.

„Frau Behrens, ich bin sehr zufrieden mit meinem jetzigen Schal."

„Ach was, der ist doch völlig aus der Mode. Seht hier? Beste englische Wolle, in Frankreich gewebt, direkt aus Hamburg gebracht. So etwas macht Eindruck, nicht nur bei den Damen."

Sie zeigte Jonathan einen feinen Schal und wollte ihn direkt um seinen Hals legen, aber er wehrte ab.

„Danke, wie gesagt, ich bin sehr zufrieden mit meinem eigenen Schal. Aber hättet Ihr vielleicht Stiefel im Angebot?"

Rosalie schnaubte verächtlich.

„Sehe ich aus wie ein Schuster? Sicher nicht."

Er nickte.

„Gut, dann werde ich mich weiter umsehen. Viel Erfolg noch für die nächsten Tage."

Er drehte der Dame den Rücken zu und hörte noch, wie sie grantig „So ein Schnösel!" hinter ihm her raunte. Kurz überlegte er, ob er wohl etwas sagen sollte, beschied dann aber, dass es der Mühe nicht wert wäre. Sie war verärgert, er würde ihren Ärger nicht durch einen überflüssigen Kauf auflösen können und so trottete er weiter an den Marktständen vorbei, die sich bis in die Weite der Straße hinein ergossen.

Auf Höhe der Einmündung des Heisterender Weges kam ihm eine Viehherde entgegen. Die Treiber sahen müde aus, anscheinend waren sie schon eine Weile unterwegs. Die Tiere der Herde sahen, für sein ungeschultes Auge, gut aus. Famose Hörner prangten auf stolzen Köpfen, getragen von dicken Nacken und kräftigen Muskeln. Die Händler würden sicher einen guten Preis dafür erzielen. An der gegenüberliegenden Straßenecke standen ein paar Schuljungen und schauten sich das bunte Treiben in ihrem beschaulichen Dorf an. Er sah, wie einer der Jungen eine Zwille aus seiner Hosentasche fischte. Ein anderer Junge mit einer verbundenen Hand boxte dem Zwillenträger in die Seite und deutete auf einen starken Stier aus der gerade nahenden Herde. Jonathan hob eine Augenbraue. Diese Dummjockel wollten doch nicht etwa mit der Zwille auf die Tiere zielen? Das könnte ins Auge gehen. Aber kaum hatte er seinen Gedanken zu Ende gebracht, da hob der Junge die Zwille an, bückte sich kurz nach einem Kieselstein und lud das Geschütz. Der Junge mit dem Verband griff sich lachend zwischen die Beine und grölte: „Wenn du ihn da triffst, gebe ich dir eine Apfelsaftschorle bei Piening aus. Das schaffst du sowieso nicht. Nie im Leben!“

Der Junge mit der Zwille ließ sich diese Wette nicht entgehen, zielte auf das Gehänge des stärksten Stiers und zischend flog der Stein auf das Tier zu, traf ihn zielgenau dort, wo es richtig weh tat und die Jungen lachten, schlugen sich gegenseitig auf die Schultern und rannten dann davon, so schnell sie durch den Matsch kamen.

Jonathan schnaubte, sah im Bruchteil einer Sekunde, wie der Stier aufschrie, sich dann auf die Hinterbeine stellte und nach vorne auszubrechen versuchte. Die Treiber hatten von dem Geschoss nichts mitbekommen, unterhielten sich schon mit den Händlern in dem Gewissen, bald am Ziel zu sein und schritten zu spät ein. Der Stier trabte los, warf seinen starken Kopf hin und her und stieß dabei zahlreiche Bretterbuden um. Er hielt genau auf Jonathan zu. Er sah kleine Lichtblitze am Rande seines Blickfelds aufleuchten und fühlte den Schweiß seinen Rücken hinunterlaufen. Seiner Kehle entsprang ein Knurren und er ballte die Fäuste. Der Stier war keinen Meter mehr von ihm entfernt, als er sich mit einem Sprung zunächst auf eine Werkzeugkiste rettete und dann beherzt auf den Rücken des Tieres stieg, sich dort setzte und ihn bei den Hörnern packte. Der Stier wollte den ungebetenen Gast von seinem Rücken schütteln, hob abwechselnd die Vorder- und die Hinterbeine, drehte sich wie wild im Kreis, doch Jonathan blieb wie angewurzelt sitzen. Mit schier übermenschlicher Kraft riss er den Kopf des Tieres in die Höhe und legte sich mit all seinem Gewicht nach hinten. Das Tier schlitterte über die matschige Straße, rammte mit seinem Hinterteil noch zwei Bierfässer um, bis er um Haaresbreite vor der verdatterten Rosalie Behrens zum Stehen kam, die immer noch den Schal in Händen hielt. Jonathan nahm ihr das Tuch aus der Hand, wickelte es dem Stier um den Nacken, stieg ab und zerrte ihn von der Dame weg in die Mitte der Straße. Rosalie fächelte sich kurz mit der flachen Hand Luft zu, bevor sie in Ohnmacht fiel. Jan Mohr, der gerade in ihrer Nähe stand, fing ihren Sturz sanft ab und blieb bei ihr. Er tätschelte ihr liebevoll die Hand und gab ihr etwas aus seinem Flachmann, den sie empört ausschlug. Er zuckte mit den Schultern, lächelte ihr zu und ging seines Weges.

Als Jonathan mit dem Tier auf der Straße stand und sich den Schweiß von der Stirn wischte, kam Erk von Moordeich angeritten, natürlich in Begleitung seiner Knechte.

„Dich hätte ich vor ein paar Minuten gut gebrauchen können“, knurrte Jonathan und seufzte.

„Na, da haben wir ja unser Untier endlich!“, rief Erk lautstark und die Menge lachte verhalten. „Und noch dazu hat er Hörner, wie der Leibhaftige selbst. Na, Klostermann, seid Ihr jetzt zufrieden?“

Jonathan schnaubte.

„Wenn dieser Stier hier vor zwei Tagen schon im Dorf gewesen wäre, dann wäre ich vielleicht mit Eurer Argumentation einverstanden, Herr Vogt. Aber so, nein. Tut mir leid, ich bin nicht zufrieden. Ganz und gar nicht.“

„Ein Rindvieh gesellt sich gern“, lachte Erk von Moordeich und die Dorfbewohner taten es ihm gleich. „Das Tier steht Euch gut.“

„Es ist ein bisschen zu groß für ein Haustier. Und wie kommt es, dass mir jeder in diesem Dorf etwas andrehen will, was ich nicht brauche? Anstatt mir das zuteilwerden zu lassen, was ich wirklich benötige. Die Wahrheit über Annas Tod zum Beispiel?“, fragte Jonathan kampflustig. Das Adrenalin strömte durch seinen Körper und er hatte die Faxen dicke.

Theodor Piening kam langsam auf ihn zu, nahm ihm den Stier ab und drückte ihm dem verdatterten Treiber in die Hand, der schon neben Jonathan getreten war.

„Aber, aber, meine Herren. Wir wollen doch keinen Streit am Tag unseres schönen Ochsenmarktes, oder? Das ist doch schlecht für unseren Ruf, Herr Vogt. Fenris, kommt, ich lade Euch auf einen Grog ein auf den Schreck“, sagte Piening und klopfte Jonathan auf die Schulter.

Dieser knurrte zwischen zusammengebissenen Zähnen und schlug die Hand von seiner Schulter weg. Erk von Moordeich lächelte amüsiert und gab seinen Knechten ein Zeichen zum Aufbruch.

„Kommt Männer, sehen wir uns den Markt einmal genauer an. Ob sich auch jeder an die Abstände hält. Herr Fenris kann sein Mütchen kühlen und seinen Körper aufwärmen. Vielleicht findet er ja dann seine Antworten, die er so schmerzlich vermisst.“

Damit ritt er an und ließ Jonathan hinter sich stehen. Piening richtete erneut das Wort an ihn.

„Kommt, Freund. Wärmt Euch auf.“

„Danke, mir ist gerade nicht nach einem Schluck. Ich bin dreckig bis auf die Haut, schon wieder. Ich will in mein Zimmer und mir darüber Gedanken machen, was ich hier eigentlich genau verloren habe.“

„Ist gut. Wir sehen uns sicherlich heute Abend auf dem Fest.“

Jonathan nickte Piening zerstreut zu und schnäuzte sich die Nase, rieb sich den aufgewirbelten Schmutz notdürftig aus dem Gesicht und trollte sich in Richtung des Hotels.

Als er dort ankam und Mina ihn hinter der Rezeption sah, verdunkelten sich ihre Züge.

„Was ist denn mit Euch geschehen?“

„Ach, das Übliche. Rindviecher und Menschen.“

„Ich brauche dringend ein warmes Bad. Ist es möglich, dass ich gleich das Badezimmer aufsuchen kann?“

„Aber natürlich. Ich lasse anfeuern und Ihr könnt Euch bereit machen. Das Bad ist direkt den Flur hinunter, hinter der Küche. Ich komme dann mit dem warmen Wasser.“

Er nickte und stiefelte durch den belebten Empfangsraum in die Richtung, die Mina ihm gewiesen hatte. Er fand eine Tür und betrat das Badezimmer. In der Mitte des Raumes befand sich ein Badezuber aus Kupfer, an der rückwärtigen Wand gab es einen Spiegel mit einem Waschbecken darunter. Ansonsten standen noch zwei Stühle im Raum, auf einem davon lag ein Stapel großer Handtücher und es gab einen Vorhang, der als Umkleide diente. Er streifte sich die Stiefel von den Füßen, öffnete seinen Mantel und hängte ihn ordentlich an einen Kleiderhaken. Er zog sich die Weste aus und band sich das Hemd auf. Mina öffnete die Tür und brachte die erste Wasserladung, die dampfend aus dem Eimer in die Wanne floss.

„Ich bringe sofort noch mehr", sagte sie, senkte den Blick und ließ ihn allein zurück.

Er zog sich das Hemd über den Kopf und knöpfte seine Hose auf. Kaum hatte er sich daraus und aus der Unterkleidung befreit, kam Mina ein zweites Mal herein. Er hatte es sich in der Eile nicht einfallen lassen, sich hinter dem Vorhang auszuziehen und so stand die verlegene Mina nun einem sehr nackten Hofbieter gegenüber. Verstohlen ließ Mina ihre Blicke über seinen Körper wandern, während sie die Eimer in die Wanne leerte. Ihm war die Situation kein bisschen peinlich und nur langsam hob er ein Handtuch von einem der Stühle auf, hielt es sich vor seine Körpermitte und lächelte dann leicht. Mina kniff den Mund zusammen, um nicht zu lachen, besah sich kurz die Decke, dann den Fußboden und konnte es doch nicht lassen, ihn noch einmal genauer zu mustern.

„Ich denke, dass ist genug Wasser", sagte er ruhig.

„Was? Oh. Ja. Ich lasse Euch dann besser in Ruhe baden. Wenn Ihr etwas braucht, gebt Bescheid. Hier an dem Seil einfach ziehen, dann klingelt es vorn."

Mina deutete auf ein schmales Seil, dass aus der Wand am Ende der Wanne kam.

„Kommt Ihr auch, um mir den Rücken zu schrubben?", fragte er, nun mit einem schelmischen Grinsen.

Mina lachte unverfänglich und aus vollem Herzen. Die Szene war so absurd, dass sie einfach nicht anders konnte.

„Aber nur, wenn Eure Arme nicht lang genug sind."

Jonathan besah sich seine Arme und auch Mina nahm Notiz von seinen durchaus wohl proportionierten Muskeln.

„Es sollte wohl gehen, aber versprechen kann ich nichts."

„Ich auch nicht", flüsterte Mina, bevor sie sich umdrehte und aus dem Zimmer verschwand.

Er ließ sich in die Wanne gleiten und seufzte wohlig auf. Eigentlich hätte er nichts gegen Minas Gesellschaft gehabt, musste er sich eingestehen und kurzzeitig gab er sich wärmenden Gedanken hin, bis sein Blick auf seinen Beutel fiel. Dort steckte die Zeitung und nun schien ihm der perfekte Augenblick gekommen, dort einen Blick hinein zu werfen. Er angelte geschickt die Blätter zu sich heran und begann zu lesen.

Ein Unsichtbarer in Horst?

Berichten zufolge soll sich ein Geist im beschaulichen Dorfe Horst herumtreiben. Mehrere Personen berichten von seltsamen Begebenheiten. So will eine Dame gesehen haben, wie ein Regenschirm wie von Zauberhand gehalten durch die Luft schwebte. Ein anderer Zeuge gab unserem Blatte gegenüber an, er habe gesehen, wie aus dem Fenster von Pienings Gasthof eine Branntweinflasche davon segelte. Nun ja, der Leser mag sich seinen eigenen Reim darauf machen, wer wohl dem Branntwein etwas zu sehr zugeneigt war.

Jonathan kannte diese Nachrichten bereits. Es waren genau die Vorkommnisse, weswegen das Kloster ihn entsandt hatte. Was dachten sich die Schreiberlinge nur dabei, solche Geschichten in die Welt zu setzen. Die Zeugen gab es sicherlich nicht und der Verfasser der Nachricht hatte vor dem warmen Ofenfeuer den ein oder anderen Schnaps zu viel gekippt. Er blätterte verärgert um.

Hinter ihm öffnete sich leise das Fenster zum Hof, so leise, dass er es nicht wahrnahm. Gerade wollte er sich einer Geschichte über das bevorstehende Marschreiten widmen, als er im leicht beschlagenen Spiegel den Lauf einer doppelläufigen Schrotflinte auf sich gerichtet sah. Seine Augen weiteten sich vor Schreck, sein Herz pochte und noch bevor die erste Kugel den Lauf verlassen hatte, warf er sich mitsamt der Wanne herum. Das Wasser ergoss sich in den Raum, die Wanne polterte mit einem lauten Knall, welcher den Flintenschuss übertönte, gegen die Wand und Jonathan knurrte laut auf. Er befand sich auf allen Vieren, starrte mit funkelnden Augen zum Fenster und sah doch nichts, außer der Flinte, die sich nun erneut auf ihn richtete. In dem Moment öffnete Mina die Tür.

„Kann ich Euch helfen? Es hat so laut gepoltert", hob sie an, sah das Chaos und erschrak fürchterlich. Denn vor ihr kniete nicht mehr der Mann, den sie eben noch mit warmem Wasser versorgt hatte, sondern eine Bestie auf vier Pfoten. Schwarzer Pelz bedeckte seinen Körper und sie schrie auf.

„Ein Wolf! Ein Wolf im Bad!"

Jonathan sah im Bruchteil einer Sekunde gehetzt zu Mina, sprang ihr entgegen, stieß sie mit seinen kräftigen Pranken beiseite und hörte einen Knall. Dann merkte er, wie ein stechender Schmerz seine rechte Körpermitte ausfüllte. Voller Wut und mit unbändiger Kraft stemmte er sich hoch und sprang mit einem gewaltigen Satz direkt auf das geöffnete Fenster zu. Mina lag auf dem Boden, durchnässt vom verschütteten Wasser und sah, wie der Wolf durch das Fenster in den Hof verschwand. Sie schüttelte ungläubig den Kopf.

Fenris Pfoten berührten den kalten Boden des Hofes. Er sah kleine Lichtpunkte vor seinen Augen und das bedeutete nichts Gutes. Er wankte über den Hof, doch vom Schützen fehlte jede Spur. Er hob den Kopf und sah, wie die Flinte hinter einer Hausecke verschwand. Nur die Flinte. Einen Körper hatte er nicht gesehen. Unwirsch schüttelte er das mächtige Haupt. Das konnte doch nicht sein. Eine Waffe, die durch die Luft schwebte. Er musste der Sache auf den Grund gehen, dachte er noch, bevor ihm endgültig schwarz vor Augen wurde und er auf der leichten Schneedecke des Hofes zusammenbrach.

Mina hatte sich in der Zeit aufgerappelt, war zum Fenster geeilt und sah gerade noch, wie das schwarze Fell von seinem Körper verschwand und aus den Pranken wieder Menschenhände wurden. Sie schloss die Augen und hielt sich den Kopf. Das konnte doch alles nicht wahr sein. Dann sah sie nochmals genauer hin. Im Hof lag der nackte Jonathan und was war das unter seinem Körper? Färbte da etwa Blut den Schnee rot? Mina stürzte zur Tür und eilte durch die Küche nach draußen. Geistesgegenwärtig hatte sie ein Handtuch vom Stuhl gerissen und legte es ihm um, bevor sie versuchte, ihn auf die Beine zu stellen. Sie schlug ihm zweimal kräftig auf die Wange und er schnaufte leise.

„Kommt schon. Steht auf. Ihr werdet noch erfrieren!“, rief sie ihm zu. Als sie merkte, dass er nicht würde aufstehen können, fasste sie ihn unter den Schultern und zog ihn zurück zur Küchentür.

„Macht, dass ihr rauskommt!“, schnauzte sie die Küchenbelegschaft an, die verwundert zusah, was die Tochter ihrer Herren da so trieb. Aber wenn sie sich unbedingt mit einem nackten Kerl vergnügen wollte, so war es ihre Angelegenheit und außerdem war ja Ochsenmarkt. Da sah man über so etwas großzügig hinweg.

Mina schaffte es mit Ach und Krach, Jonathan ins Bad zurück zu ziehen. Dort sah sie das wahre Ausmaß seiner Verletzung. Er blutete aus der Wunde, die ihm die Schrotkugeln beigebracht hatten. Die Kugeln, die eigentlich sie getroffen hätten, kam es ihr in den Sinn. Sofort drückte sie ihm weitere Handtücher auf die Wunde, um die Blutung zu stillen. Doch er war schon ganz bleich und sein Körper zitterte vor Anstrengung und Kälte.

„Oh nein. Du stirbst mir jetzt nicht weg“, sagte sie bestimmt und verzichtete auf jegliche Förmlichkeit. „Was oder wer immer Du auch sein magst.“

Jonathans Augenlider zitterten, aber er wachte nicht auf. Mina fasste einen Entschluss.

Sie ließ ihn auf dem Boden liegen, rannte aus der Tür in ihr Zimmer, öffnete ihren Sekretär und nahm die darin enthaltene kleine Phiole mit dem silbernen Deckel, der von einer Waage geziert wurde heraus. Dann eilte sie zu Jonathan zurück, der sich nicht mehr bewegte.

„Urgroßmutter Änne, bitte lass wahr sein, was man sich erzählt“, murmelte Mina und nahm einen kräftigen Schluck aus der Phiole, bevor sie sie wieder verschloss. Sie fühlte eine merkwürdige Wärme in ihrem Körper hochsteigen. Im Spiegel des Badezimmers sah sie, dass ihre Augen eine andere Farbe bekamen, irgendwie golden und leuchtend. Sie sah hinab auf ihre Hände, die ebenfalls einen Goldschimmer zu haben schienen. Ohne sich darüber im Klaren zu sein, was genau sie tat, legte sie langsam und staunend ihre Hände auf Jonathans Wunde.

Dieser stöhnte kurz auf, lebte also noch und versank dann wieder in gnädige Ohnmacht. Mina traute ihren Augen kaum, aber je länger sie ihre Hände auf seinem Körper beließ, desto kleiner wurde die Wunde, bis schließlich nichts mehr davon zu sehen war.

Mina schloss ihre Augen für einen Moment, denn eine bleierne Müdigkeit überkam sie. Der Glanz war von ihren Händen und ihrem Gesicht verschwunden, die Wärme spürte sie noch, jedoch schwächer, als zuvor.

„Was … was ist geschehen?“, hörte sie Jonathan fragen, der sie nun anstarrte.

Erschrocken erhob sie sich und begann, das Badezimmer mit den Handtüchern trocken zu wischen, die noch nicht von Blut durchtränkt waren. Dann warf sie alles auf einen Haufen und rieb ihre Hände nervös an ihrem Kleid auf und ab.

„Was geschehen ist?“, fragte sie mit einem fast schon hysterischen Lachen.

„Das solltet Ihr mir sagen. Immerhin habt Ihr das Badezimmer verwüstet und einen Radau gemacht, wie ich ihn sogar zu Ochsenmarktzeiten selten erlebt habe. Steht auf und helft mir mit der Wanne. Wie konntet Ihr nur so ungeschickt sein und damit umkippen? Und dann fällt sie Euch auch noch direkt auf den Dickschädel, sodass Ihr ohnmächtig werdet. Das ist doch einfach nicht zu fassen, oder?“, schimpfte sie.

Jonathan fasste sich an den Kopf. Dann runzelte er die Stirn und verneinte.

„Ich glaube nicht, dass ich … “

„Oh doch. Genau so war es“, fiel Mina ihm energisch ins Wort. „Jede andere Erklärung wäre doch einfach nur … “, sie suchte nach dem richtigen Wort, „völlig absurd!“.

„Könntet Ihr mir aufhelfen, bitte?“, fragte er sanft. Er wollte sie nicht verängstigen. Zumindest jetzt hatte er darüber die Kontrolle zurückerlangt.

Sie trat einen Schritt auf ihn zu und reichte ihm die Hand. Er stand auf und erneut wurde ihm schwarz vor Augen.

„Setzt Euch. Ich kann Euch nicht noch mal ziehen“, befahl Mina ihm und er setzte sich schweigend hin.

Sie rüttelte an der Wanne und er beugte sich leicht zu ihr, griff an den Wannenrand und so war es ein leichtes, die Kupferwanne wieder an ihren Platz zu rücken. Mina sah sich im Raum um. Auch Jonathans Blick schweifte von der Wanne zum Fenster, das nun geschlossen war, dann über den nassen Boden zum Handtuchstapel. Er sah einige blutige Ecken unter den nassen Tüchern hervorlugen. Verlegen fasste er sich an die Stelle, an der die Kugel eingedrungen war und dann ging ihm auf, dass er noch immer völlig nackt vor der verwirrten Mina saß.

„Könntet Ihr mir bitte meine Kleidung reichen?“, fragte er ohne jegliche Koketterie.

Mina gab ihm sein Hemd und die Hosen.

„Das fällt Euch ja früh ein“, entgegnete sie, fast schon mit einem Lächeln, bevor sie ihm verschämt den Rücken zukehrte.

Hastig zog er sich an, etwas zu hastig, denn er kam mächtig ins Wanken.

„Ich glaube, ich sollte mich hinlegen. Ihr entschuldigt mich?“

„Ihr kommt allein keine zehn Schritte, so wie Ihr ausseht.“

„Würde es Euch etwas ausmachen, mich zu begleiten?“

„Nein, mir macht heute nichts mehr etwas aus.“

Mit diesen Worten hakte Mina ihn unter und gemeinsam verließen sie das Bad.

Im Empfangszimmer war immer noch allerhand Betrieb. Jonathan sprach kein weiteres Wort, er wollte auf sein Zimmer und was auch immer Mina gesehen hatte, hier und jetzt konnte er sie nicht damit konfrontieren. Einige Dörfler, die sich in der Gastwirtschaft zusammengefunden hatten, um für den Abend gerüstet zu sein, tuschelten hinter vorgehaltenen Händen über diesen merkwürdigen Mann, der schon am frühen Nachmittag so betrunken war, dass die Wirtstochter ihm die Treppen hoch helfen musste.

„Seht Euch den an. Kommt wohl mit unserem Schnaps

nicht klar, was?“, lachte der Hufschmied auf.

„Geben sie Euch im Kloster etwa nur schales Bier?“, fragte spöttisch der Müller.

Jonathan knurrte leise, was Mina erschrocken zusammenfahren ließ.

„Entschuldigt. Das ist mir so rausgerutscht“, murmelte Fenris gerade so laut, dass Mina es hören konnte.

„Gebt nichts auf deren Worte. Heute Abend können sie selbst kaum noch stehen, weil sie sich sinnlos betrinken werden. Dann gibt es den obligatorischen Streit mit den Eskimos und alle sind wie von Sinnen. Als hätte ich heute nicht schon genug Trubel gehabt“, erwiderte sie und stützte ihn, so gut sie konnte.

Zusammen schafften sie es die Treppe hoch und bis in sein Zimmer. Mina half ihm aufs Bett und zog die Vorhänge zu. Sie legte ein paar Holzscheite in den kleinen Ofen und vergewisserte sich, dass die Fenster geschlossen waren.

Sobald sein Kopf das Kissen berührte, fiel er in einen zunächst tiefen Schlaf. Mina verließ leise das Zimmer und versuchte, ihrer Arbeit nachzugehen. Sie verdrängte jeden Gedanken an das Gesehene. Damit würde sie sich beschäftigen, wenn der Ochsenmarkt vorbei war.

Jonathan warf unruhig den Kopf hin und her. Im Traum sah er erneut den Flintenlauf. Wie von Geisterhand zielte er auf ihn, dann auf Mina, dann wieder auf ihn. Er träumte, dass Mina getroffen wurde. Mit einem Jaulen erwachte er und wischte sich den Schweiß von der Stirn. Er trank ein paar tiefe Züge aus dem Wasserglas auf dem Nachttisch.

Die Kirchturmuhr schlug fünf. Er öffnete einen Vorhang, doch draußen war es nun ebenso finster, wie im Zimmer selbst. Er legte sich noch einmal hin, schloss kurz die Augen und sah Mina vor sich, umgeben von einem goldenen Schimmer. Er fühlte schon fast wieder die Wärme ihrer Hände auf seinen Rippen.

„Nein, das kann nicht sein“, dachte er und schlug die Augen wieder auf. Jetzt würde er keine Ruhe finden, da konnte er auch einfach wieder aufstehen und nach dem Attentäter suchen. Aber nach was sollte er da suchen? Einem Geist?

Schnaubend erhob er sich, sein Körper schien vollends wieder hergestellt zu sein. Immerhin war die Schwäche verschwunden.

Er richtete seine Kleidung, die Mina ihm aufs Zimmer gebracht hatte, sah sich kurz im Spiegel an, kämmte sein Haar und ging dann hinaus.

Im Hotel war es noch voller, als vor ein paar Stunden. Die Menschen standen dicht an dicht und die Wirtsfamilie versorgte alle mit reichlich Getränken. Sein Blick fand Mina, während sie lächelnd durch die Menschenmenge eilte, hier ein Glas einsammelte und dort ein Neues abstellte. Er eilte auf sie zu, berührte sie sacht am Arm und sah ihr in die Augen. Sie hob eine Braue und betrachtete ihn zweifelnd.

„Habt Ihr eine Minute für mich, Fräulein Mina?“

„Aber natürlich, Herr Fenris.“

Er zog sie sachte beiseite bis zum Vorhang der Tür.

„Ich möchte mich bedanken. Für alles, was Ihr heute für

mich getan habt“, sagte er aufrichtig und betrachtete sie dabei genau.

Sie wich seinem Blick aus.

„Ach, das war doch nichts.“

„Doch. Das war Alles!“

Sie starrte ihn ungläubig an und nickte dann sanft. Er verbeugte sich ohne weitere Worte knapp vor ihr, bevor er das Hotel verließ und sich in Richtung von Pienings Gasthof aufmachte. Irgendwann würde er mit ihr reden müssen, nahm er sich vor.

Jonathan öffnete die Tür zu Pienings Gasthof und sogleich hüllte ihn der Duft von ungewaschenen Viehtreibern, Tabakpfeifen und Alkohol ein. Er widerstand dem Drang, sich die Hand vor die Nase zu halten und betrat festen Schrittes die Diele. Kaum stand er in der Nähe des Tresens, da kam auch schon Erk von Moordeich auf ihn zu, flankiert von zweien seiner Knechte.

„Na, Klosterspatz? Was verschlägt Euch denn hierher?“

Fenris verengte die Augen. Konnte der Kerl ihn nicht einfach in Ruhe lassen? Kurz musterte er den Vogt von oben bis unten, ob er nicht vielleicht eine Flinte sein Eigen nannte.

„Ich denke nicht, dass Euch das auch nur im Entferntesten etwas angeht, Herr von Moordeich.“

„Mich geht in MEINEM Dorfe alles etwas an, Herr Fenris!“, schnauzte der Vogt ihn an.

„Ach ja? Dann wisst Ihr vielleicht auch etwas über die Dörfler, die eine Flinte besitzen? Ich habe da ein Anliegen."

„So so, ein Anliegen", Moordeich sah ihn spöttisch an. „Kaum drei Tage hier und schon wollt Ihr meine Hilfe bei allen möglichen Dingen. Vielleicht sollte ich dem Kloster meine Unterstützung anbieten, dann bräuchten die Schwarzkittel sich nicht mehr mit einem Nichtsnutz abzuplagen."

Jonathan biss die Zähne zusammen. Sollte der Gockel sich doch aufspielen.

„Ihr seid derjenige, der behauptet, alles zu wissen, oder nicht? Also stelle ich Euer Wissen auf die Probe. Wer hier im Dorf besitzt eine Waffe?"

„Waffen können aus allem gemacht werden, werter Herr Fenris. Sogar die spitze Zunge eines Weibsbildes ist ab und an schon eine Waffe gewesen, wenn nicht sogar die tödlichste von allen."

Die Knechte lachten lauthals über den Witz ihres Herren. Jonathan verzog keine Miene.

„Ich dachte da eher an eine Flinte. Mehrläufig, relativ klein und gut zu handhaben."

Moordeich betrachtete ihn genauer.

„Wer sollte in meinem Dorf denn von so einer Waffe Gebrauch machen? Und wozu? Um eine Kuh zu erlegen? Nein. Mir ist niemand mit einer Flinte vertraut. Wir benutzen lieber noch unsere Fäuste, nicht wahr, meine Herren?"

Die Knechte reckten johlend ihre Fäuste zum Dach des Gasthauses.

„Ich bin mir sicher, Ihr könntet nicht einmal eine Pistole von einer Schrotflinte unterscheiden. Selbst, wenn man

Euch mit Eurer ausgeprägten Nasenspitze darauf stieße", erwiderte Jonathan spöttisch und wollte am Vogt vorbei an den Tresen gehen.

Moordeich hielt ihn am Ärmel fest.

„Nicht so schnell, Spätzchen. Warum sucht Ihr eine Flinte? Gibt es etwas, was ich wissen sollte?"

„Nein, solltet Ihr nicht", sagte Jonathan knapp, schüttelte Moordeichs Hand von seinem Ärmel und trat an den Tresen.

„Eine Horster Pille, Frau Marga!", bestellte er bei Pienings Frau und der Vogt trat neben ihn.

„Für mich auch, aber zack zack!"

Marga bereitete den Schnaps mit der eingelegten Pflaume zu und schob die Gläser den beiden Herren hin, die da feindselig und schweigend nebeneinander standen.

Fenris hörte aufmerksam den Gesprächen neben sich zu, beachtete den Vogt nicht weiter, denn er war sich nun sicher, dass dieser ihm nicht helfen wollte.

„Da kommen die Eskimos. Es geht los!", brüllte ein Viehtreiber von einem der Tische und deutete auf die Tür.

Jonathan folgte mit den Blicken seiner Hand und sah, wie eine Handvoll Männer die Wirtschaft betrat. Sie waren in dicke Mäntel aus Robbenfell gekleidet und schüttelten sich den Schnee von den Stiefeln. In der anderen Ecke des Wirtshauses wurde es laut.

„Hast du mich gerade Kosake genannt, Du elender Sohn eines Wals?"

„Klar, weiß doch jeder. Hohenfelder Kosaken hebb'n de Lüüs in'n Nacken!", entgegnete sein Widersacher.

Jonathan hob das Glas zum Munde und leerte es in einem Zug. Er wusste, was jetzt kommen musste und hatte keinerlei Bedürfnis, sich in die Dorfanimositäten einzumischen. Er bezahlte seinen Schnaps und verließ das Gasthaus, ohne noch einmal mit dem Vogt gesprochen zu haben. Kaum hatte er die Tür geschlossen, flog aus einem der Fenster bereits ein Stuhl in seine Richtung und ein wildes Geraufe nahm seinen Anfang. Er ging zurück zum Hotel und wurde dabei fast von einigen Dörflern über den Haufen gerannt, die sich von den bunten Marktständen aufgemacht hatten, um ihren Kumpanen bei der großen Schlägerei zur Seite zu stehen. Als er den Empfangsraum betrat, war es bereits auffällig leer. Alle wollten nun den Hohenfeldern und Grönländern zeigen, was echte Horster waren, egal, ob sie sich noch auf den Beinen halten konnten, oder sich schon schwer gegeneinander lehnen mussten.

Er sah sich nach Mina um und fand sie schließlich im Gastraum, wo sie die Tische abräumte.

„Fräulein Mina, könntet Ihr eine Pause machen?", fragte er vorsichtig. Er hatte sich vorgenommen, das dringend notwendige Gespräch nicht weiter auf die lange Bank zu schieben.

Mina sah ihn an und nickte.

„Aber sicher. Ich werde hier die nächste Stunde sowieso nicht gebraucht. Nachher kommen die tapferen Dummerchen wieder und wollen ihren Durst stillen. So lange kann man mich entbehren."

„Sehr gut. Wollt Ihr mich auf mein Zimmer begleiten?"

Sie errötete, nickte jedoch.

„Ich denke, wir sollten uns einiges erklären“, sagte er beschwichtigend hinzu.

Mina folgte ihm die Treppen hinauf und überlegte, was er nun sagen würde. Er öffnete die Tür zu seinem Zimmer und ließ sie eintreten. Dann schob er ihr einen Stuhl zurecht und setzte sich selbst gegenüber auf sein Bett.

„Hört zu, Fräulein Mina“, begann er, aber sie unterbrach ihn.

„Ich denke, wir können die Höflichkeiten lassen, oder nicht?“

Er stutzte kurz, räusperte sich dann und nickte.

„Gern. Also Mina. Ich weiß nicht, was du gesehen hast, aber sei dir sicher, ich werde dir nichts tun.“

Mina nickte langsam.

„Du warst … du bist ein Wolf. Oder zumindest war ein Wolf im Badezimmer und du warst verschwunden. Dann lagst du im Schnee und hast schrecklich geblutet. Was hat das alles zu bedeuten?“

Jonathan hob die Schultern.

„Zumindest deine erste Annahme ist fast korrekt“, sagte er etwas steif. „Ich bin ein Wolf. Nein, anders. Ich bin ein Mensch, der ab und zu, zum Beispiel bei großer Gefahr für mich selbst oder andere Menschen, zu einem Wolf wird.“

„Ein Werwolf?“, entfuhr es Mina.

„Nenn mich Werwolf, wenn es dir hilft, es zu verstehen. Aber ich bin nicht verflucht. Zumindest nicht, dass ich wüsste. Es hat auch nichts mit dem Vollmond zu tun. Diese … Gabe wurde mir geschenkt. Ich habe sie noch nie zum Schaden anderer Menschen eingesetzt. Aber noch mal, sei dir sicher, dass ich dir nichts Zuleide tun werde."

Mina schüttelte den Kopf.

„Das ist doch einfach unglaublich. Du kommst hier in unser Dorf und sagst, du willst gegen den Aberglauben vorgehen. Dabei bist du selbst eine Sagengestalt. Eine Bestie." Sie erschrak.

„Hast du etwa Anna ermordet?"

Fenris schüttelt entschieden den Kopf.

„Nein!", rief er streng. „Das habe ich nicht. Ich ermorde keine Menschen. Zumindest", er zögerte, „ ... zumindest keine, die es nicht verdient haben."

Mina schnaubte.

„Und warum soll ich dir das glauben?"

„Weil ich es dir sage. Weil du mich gesehen und gerettet hast. Warum solltest du das tun, wenn du mir nun nicht vertrauen kannst?"

Er sah sie an und nahm ihre Hand in seine. Mina betrachtete seine Hände kurz und entzog sich ihm dann.

„Apropos: Wie genau hast du das eigentlich gemacht?", fragte Jonathan.

Mina kratzte sich mit einer Hand am Nacken und wich seinem Blick aus.

„Ach. Ich habe dir ein paar Handtücher auf die Wunde gelegt, bis sie aufgehört hat, zu bluten. Das war alles."

„Mina, das stimmt nicht", erwiderte er leise und sah sie durchdringend an. „Wir sind hier doch gerade ehrlich zueinander. Also?"

Mina knetete ihre Hände. Ihr Blick glitt über die Wand

hinter ihm, dann über das Bett, bis er schließlich bei seinem Gesicht verharrte.

„Ich habe etwas getrunken. Etwas, dass schon seit Generationen im Besitz meiner Familie ist. Niemand vorher hat es angerührt. Aber meine Urgroßmutter hat es meiner Großmutter gegeben und so weiter und so fort. Zusammen mit dem hier."

Sie zog einen sorgfältig zusammengefalteten Brief aus ihrer Kitteltasche und gab ihn Fenris.

Fenris nahm ihn vorsichtig entgegen und las.

Die Waage wird richten,
bringt Gleichgewicht,
wird schlichten.
Benutzt, wird alles gut.
Sei auf der Hut.

„Kannst du mir zeigen, was du getrunken hast?", fragte er vorsichtig.

Mina stand auf und ging aus dem Zimmer, er folgte ihr. In ihrem Zimmer stehend sah er, wie sie auf den Sekretär zuging und die nun halb leere Phiole aus dem Versteck holte. Die Flüssigkeit darin schimmerte leicht bläulich.

Fenris nickte.

„Stell es zurück und pass gut darauf auf. Wenn ich es recht verstehe, ist es eine Art Heiltrank. Du solltest niemandem davon erzählen. Niemandem! In Ordnung?", sagte er eindringlich.

Mina nickte und stellte die Phiole zurück.

„Ich kann es mir ja selbst nicht erklären. Es fiel mir in dem Moment ein, als ich dich da habe liegen sehen. Im Schnee, so schwer verwundet."

Er nahm sie in die Arme. Er wollte sie in diesem Moment einfach nur festhalten und sich bedanken.

„Du hast mir das Leben gerettet. Das werde ich dir nie vergessen", flüsterte er nah an ihrem Ohr.

Sie schmiegte sich an ihn, sah ihn an und nickte.

Beide konnten kein weiteres Wort mehr wechseln, sahen sich stumm in die Augen, bevor er sein Gesicht dem ihren näherte und ihr einen Kuss auf die Lippen hauchte. Dann ließ er sie abrupt los und wendete sich um.

„Ich muss dringend schlafen gehen", murmelte er, etwas benommen.

„Ja, das solltest du. Ich glaube, du bist noch nicht ganz wieder bei Sinnen", sagte sie leise und schob ihn aus der Tür.

Er ging in sein Zimmer, entkleidete sich ordentlich und sah sich noch einmal kurz im Spiegel an. Er drehte und wendete sich, konnte aber keine Spur der Verletzung mehr finden. Lächelnd strich er sich über seine Rippe, bevor er sich ins Bett legte und in einen traumlosen Schlaf versank.

23.12.1851

Als sich der Morgen langsam anschickte, die letzten Reste der Dunkelheit aus dem Dorf und aus den Köpfen der Menschen zu vertreiben und man einige wankende Gestalten auf den Dorfstraßen nach Hause ziehen sah, versammelten sich auf Gut Nutzwedel, dem herrschaftlichen Anwesen des Vogts, die Knechte und der Herr des Hauses, um die Nacht und den Schnaps zu verdauen. Von außen sah man dem Herrenhaus seine bewegte Geschichte nicht an, die roten Ziegel waren dieselben, die überall im Dorf die Häuser zierten. Auch den Schutzwall um das Gebäude herum nahm man kaum wahr, wusste man nicht um die eigentliche Aufgabe des Hofes. Vor Jahrhunderten diente Nutzwedel dem Dorf als Wehranlage gegen die wilden Horden aus dem Norden. Man erzählte sich, dass in Nutzwedels Kellern einst hunderte Gefangene eines Raubritters zu Tode gefoltert worden waren. Wenn man vor den Toren des Haupthauses stand, konnte man in zugigen Herbstnächten noch ihre Schreie hören und sollte jemals jemand das Pech haben, in einer kalten, stürmischen Winternacht vor den Mauern ein Obdach suchen zu müssen, der würde alsbald im Keller oder im Turm auf Nimmerwiedersehen verschwinden. Freilich soll es sich bei den bisher Verschwundenen um Fremde gehandelt haben, die nichts von der Bedeutung des Ortes wussten. Aber trotzdem hielten sich auch die Dorfbewohner eher von Nutzwedel fern. Man konnte ja schließlich nie wissen.

Dem Vogt Erk von Moordeich war das nur recht. So hatte er zumindest hier seine Ruhe und musste nicht befürchten, dass ein ungebetener Gast zur Unzeit an seiner Tür klopfte und ein dringliches Anliegen mit ihm besprechen wollte.

So saß er am schweren Eichentisch, vor sich ein großes Glas Wasser und einen kleinen Konterschnaps. Seine Männer saßen oder lagen verstreut auf der Diele. Einer hielt sich ein Tuch vor die blutende Nase, ein anderer versuchte, seine verstauchte Schulter wieder einzurenken. Dazwischen wuselte eine Dienstmagd hin und her, brachte Verbände, Wasser und Schnaps. Auch Catharina von Moordeich war auf den Beinen, die Frau des Vogts. Sie leitete die Mägde an und strich ihrem Mann über den Rücken.

„Was für eine Keilerei“, resümierte einer von Moordeichs Männern.

„Den Kosaken haben wir es gegeben. Die werden demnächst schön ihre Mäuler halten.“

„Und die Eskimos sollen sich hier erst einmal nicht mehr sehen lassen.“

Moordeich lachte auf.

„Jungs, ihr seid die beste Truppe, die ich jemals zu befehligen die Ehre hatte. Darauf einen Trinkspruch!“, er hob das Schnapsglas in die Höhe.

„Auf die Horster! Gegen Tod und mit dem Teufel!“

„Gegen Tod und mit dem Teufel!“, erklang es vielstimmig und ein raues Lachen toste durch den Raum.

Der Vogt wandte sich seinem Sitznachbarn zu, der soeben das leere Schnapsglas donnernd auf den Tisch zurückstellte.

„Geralt, sag mal, hast Du den Auftritt dieses Klosterbürschleins mitbekommen?“

„Ja, Herr. Er fragte Euch nach einer Waffe, oder?“

„Richtig. Findest Du das nicht merkwürdig? Warum will ein Klostermann etwas über Waffen im Dorf wissen?“

Geralt zuckte mit den Schultern und seine langen blonden Haare fielen ihm dabei über die breiten Schultern. Die dunklen Augen starrten kurz ins Schnapsglas, als würde es sich von Zauberhand wieder füllen können.

„Vielleicht braucht er eine Knarre?“

Moordeich hob eine Augenbraue.

„Was will er denn damit? Etwa Ärger machen? Auf den Aberglauben schießen? Dann müssten aber viele Dorfbewohner Kugeln fressen. Das will ich ihm eher nicht geraten haben.“

„Das kann er sich doch gar nicht leisten. Wir haben ihn doch eh schon auf dem Kieker. Da wird er sich nichts zu Schulden kommen lassen. Wenn doch, dann zeigen wir ihm, wer der Herr im Hause ist.“

„Richtig. Nämlich ich.“, lachte Moordeich auf.

„Aber“, fuhr er fort, „was ist, wenn dieser Klosterhansel gar keine Waffe braucht, um in meinem Dorf Unfrieden zu stiften? Was, wenn er dazu einfach nur eine Leiche braucht?“

Geralt sah seinen Herren an.

„Ihr meint … die alte Anna?“

Moordeich nickte, die Lider schwer vom Schnaps und den vorangegangenen Strapazen.

„Er bringt die Alte um. Das Dorf ist in Aufruhr. Ich finde den Täter nicht, weil dieser ... Hund ... geschickt vorgeht und ZACK! War ich längste Zeit der Vogt. Er wird mich kaltstellen. Die Dörfler werden ihm vertrauen und mich zum Teufel jagen."

„Da sind wir doch schon längst!", rief einer seiner Genossen von hinten in die Unterhaltung hinein.

Moordeich lachte, bleckte dann aber die Zähne und sah den Zwischenrufer böse an.

„Glaub mir, ich kann noch tausendmal unangenehmer werden, als der olle Beelzebub. Besonders, wenn man mir so doof dazwischen labert."

Schlagartig war wieder Ruhe unter den Knechten eingekehrt. Ein verstohlenes Räuspern war der einzige Laut, den man noch hören konnte.

„Hört zu, Jungs! Wir schnappen uns das Bürschchen einmal und dann werden wir ihm auf den Zahn fühlen. Entweder, er rückt freiwillig mit der Sprache raus, was genau er hier in meinem Dorf im Schilde führt, oder wir werden Mittel und Wege finden, an die Wahrheit zu kommen."

Geralt nickte und auch der Rest der Mannschaft signalisierte Zustimmung.

„Wir werden sehen, wie viel ihm noch einfällt, wenn er erst einmal von der Decke baumelt."

„Wird gemacht, Vogt!"

„Seht zu, dass Euch keiner erwischt. Wir wollen doch nicht noch mehr Unruhe, oder? Dem Teufel sei Dank ist er ein Fremder und keiner wird ihn zu sehr vermissen", beendete Moordeich seinen Plan und widmet sich dann voll und ganz einem weiteren Schnaps, bevor ihm der Kopf auf die Tischplatte sank.

Jonathan schlug die Augen auf, als Mina an die Tür klopfte.

„Jonathan, bist Du wach?“, fragte sie leise.

Er drehte sich auf die Seite, die erstaunlicherweise nicht mehr schmerzte und lächelte.

„Jetzt schon. Komm herein.“

Sie betrat zögerlich sein Zimmer, welches er vor lauter Müdigkeit nicht einmal verschlossen hatte und stand kurz im Türrahmen, einen Stapel frischer Handtücher in ihren Händen haltend.

„Die wollte ich Dir bringen, bevor wieder eines fehlt“, sagte sie und legte die Handtücher auf den Waschtisch.

Er betrachtete jeder ihrer Bewegungen genau und richtete sich halb im Bett auf. Nachdem er seine nicht mehr vorhandenen Wunden im Spiegel besehen hatte, hatte er sich gestern zum Schlafen nicht mehr angekleidet und so konnte Mina einen genauen Blick auf seine blanke Brust bis hinab zu seinen Hüften werfen. Sie errötete leicht und senkte den Blick, aber Fenris hatte genau bemerkt, dass sie ihn angesehen hatte.

„Na komm schon her“, raunte er ihr zu und streckte einen Arm nach ihr aus, bekam ihre Schürze zu fassen und zog sie zu sich aufs Bett. Sie landete auf seinem Schoß und er knurrte nah an ihrem Ohr.

„Du riechst gut“, raunte er und beschnupperte ihre Haare und den Haaransatz in ihrem Nacken. Sie lachte leise auf und hielt sich an seiner Schulter fest.

„Das kitzelt."

„Ach was?"

Schelmisch umarmte er sie und griff mit einer Hand an ihre Rippen.

„Und das hier?"

Sie lachte laut auf und schlug scherzhaft nach seiner Hand.

„Das auch. Gnade, junger Herr."

Er beendete die Neckerei indem er sanft ihr Kinn anhob und ihr einen leidenschaftlichen Kuss auf die Lippen drückte. Sie erwiderte den Kuss umgehend und legte ihren Arm um seinen Nacken, drehte sich zu ihm um er konnte ihre warmen Brüste unter dem Mieder fast schon spüren. Seine Hände legten sich um ihre Hüften und hielten Mina fest auf seinen Schoß gepresst. Deutlich spürte nun auch sie, wie erregt er war und öffnete kurz verwundert die Augen. Wie waren sie an diesen Punkt gekommen? Was hatte sich alles ereignet und sollte sie ihm jetzt nachgeben? Ihre Gedanken wurden von einem lauten Ruf ihres Namens unterbrochen.

„Mina? Mina! Kommst du bitte? Die Gäste wollen ihr Frühstück!", schallte die Stimme ihrer Mutter von unten zu ihnen herauf.

Keuchend hielt Jonathan inne und ließ Mina los. Diese richtete ihre Kleidung, warf einen Blick in den Spiegel, ob sich vielleicht verräterische Spuren in ihrem Gesicht abzeichneten, lächelte ihm noch einmal zu und verließ dann lautlos das Zimmer.

Jonathan sank knurrend auf das Bett zurück. Immer diese Mütter. Das war doch nicht zum Aushalten.

Nach einem etwas längeren Moment der Besinnung schlug er das Betttuch komplett zur Seite und stand auf. Ordentlich wie immer kleidete er sich an und verließ dann ebenfalls sein Zimmer, um zu frühstücken.

Im Gastraum war ein heilloses Durcheinander, noch schlimmer, als am Vortag. Er konnte nun verstehen, warum Elisabeth Hansen so dringend Minas Hilfe brauchte. Verstohlen richtete er einige Tischtücher und ließ ein paar Scherben im nächsten Mülleimer verschwinden. Hier würde er heute sicherlich kein ruhiges Frühstück einnehmen können und so drehte er sich fast schon auf den Schuhspitzen wieder herum. Er verließ das Gasthaus und wie von unsichtbarer Hand geleitet, wanderte er in Richtung Pienings Garten. Er wollte sich den Tatort nochmals anschauen. Auch wenn er sich davon keine weiteren Erkenntnisse erhoffte. Vielleicht lief ihm ja auch noch der ein oder andere Dorfbewohner über den Weg, den er nach einer Waffe befragen konnte. Immerhin wurde ein Anschlag auf ihn verübt. Der Täter musste noch im Dorf sein, denn er hatte niemanden flüchten sehen. Und auch die Waffe musste noch hier sein. Fand er also das eine würde es ihn zum anderen bringen. Dann müsste der Attentäter sich aber warm anziehen. Keine Gnade konnte Fenris für einen feigen Hinterhalt aufbringen. Dem Kloster gegenüber würde er eine Erklärung finden.

Durch den Nebel seiner Überlegungen sah er, wie an Pienings Gasthof die ersten Fenster neu verglast wurden.

Der Gastwirt ließ keine Zeit verstreichen, denn verfrorene Gäste tranken nicht viel.

Er lief noch durch den Pastoratsgarten, vorbei am Tatort und stand plötzlich vor einem kleinen abgetrennten Bereich des Parks. Hinter sorgfältig angelegten Steinmauern befand sich der Kräutergarten der Kirche. Aus den Augenwinkeln nahm er eine Bewegung hinter einigen großen Rosenbüschen wahr. Er verengte die Augen und war auf alles gefasst. Sein Herz pochte und er sah schon wieder kleine weiße Punkte vor den Augen, doch dann trat der Pastor zwischen einem Salbei- und einem großen Lavendelbusch hervor.

„Habt Ihr mich erschreckt, Herr Fenris!“, rief der Pastor.

„Das Gleiche kann ich von Euch behaupten.“

„Was macht Ihr denn hier?“

Fenris sah kurz auf seine Schuhspitzen hinab. Was genau wollte er eigentlich hier?

„Ich habe einen Morgenspaziergang gemacht und wollte mir etwas die Beine vertreten. Zudem wollte ich sichergehen, dass es nicht erneut eine Leiche in Eurem schönen Dorfe gibt.“

Pastor Julius lachte sanft.

„Ja, in der Tat wäre es eine Schande, sollte sich eine solche Bluttat erneut ereignen, nicht wahr? Gibt es schon Neuigkeiten?“

Jonathan schüttelte den Kopf.

„Leider nicht. Aber wisst Ihr vielleicht, wer im Dorf über eine Waffe verfügt? Ich meine kein Beil oder einen Spaten, sondern eine richtige Flinte?“

Der Pastor schüttelte nachdenklich den Kopf.

„Tut mir leid, mit dieser Auskunft kann ich nicht dienen. Aber ich höre mich gern einmal um. Hier sind ja eher die Fäuste bei Streitigkeiten im Gebrauch. Eigentlich haben nur die Jäger richtige Waffen. Warum wollt Ihr das wissen? Wurde Anna mit einer Waffe niedergestreckt?“

„Nein“, erwiderte Fenris und überlegte, inwieweit er den Pastor einweihen sollte.

„Ich sage Euch zu gegebener Zeit mehr“, entschied er sich.

Der Pastor nickte bedächtig.

„Das war eine ganz schön aufregende Nacht im Dorf“, sagte er und Fenris stimmte ihm zu.

„Jeder hier scheint mit jedem Nachbarn Streit gesucht und gefunden zu haben. Der Ochsenmarkt heißt vielleicht gar nicht wegen der Tiere so, oder?“

Pastor Julius lachte.

„Könnte sein, mein Sohn. Die Dörfler und ihre Animositäten. Es ist kaum auszuhalten in diesen Tagen. Aber dann ist bis zum Sommer Ruhe. Oder zumindest bis zum Marschreiten in ein paar Tagen. Da kann es auch noch mal zur Sache gehen, sollte nicht ein Horster gewinnen.“

Jonathan rieb sich die kalten Hände und pustete kurz etwas warme Luft hinein.

„Ich freue mich schon darauf. Aber sagt, Pastor, Ich will noch einmal auf Anna zurückkommen. Ist etwas Ähnliches schon einmal im Dorf vorgefallen?“

Der Pastor schüttelte erneut den Kopf.

„Soweit ich weiß, nicht. Die letzte Leiche hatten wir

vor einigen Jahren, als Hinnerk Kaltfuß sich nicht schnell genug vor einem hitzigen Hengst in Sicherheit bringen konnte und der ihn überrannte. Ein hübsches Hufeisen zierte seine Stirn. Aber das war ein tragischer Unfall, kein Mord. Ich erinnere mich an keinen Mord hier im Orte."

Jonathan nickte und tippte sich an den Zylinder.

„Das dachte ich mir schon. Wäre ja auch zu einfach gewesen, nicht wahr?"

Der Pastor zuckte entschuldigend mit den Schultern und trat einen Schritt auf ihn zu.

„Vielleicht solltet Ihr morgen unseren Weihnachtsgottesdienst besuchen. Eventuell gibt es dort Menschen in der Kirche zu sehen, die uns sonst das ganze Jahr hindurch eher meiden und unter Umständen findet Ihr dort einen Verdächtigen."

Jonathan klopfte dem Pastor freundschaftlich auf die Schulter.

„Ich werde es versuchen."

Dem Pastor fiel bei seinem Klopfer die kleine Blumenkelle aus der Hand und Jonathan bückte sich schnell, um sie aufzuheben. Diesen Moment nutzte der Pastor und steckte ihm unbemerkt einen Zettel in die Manteltasche. Er erhob sich und gab dem Pastor die Kelle zurück.

„Entschuldigt, Herr Fenris. Ich will nun eben etwas Salbei für meinen Tee pflücken. Es wird kühl."

„Tut das, mein Freund."

Jonathan wandte sich ab und stapfte in Richtung Pienings Gasthof davon.

Pastor Julius sah ihm kurz nach, bevor er sich etwas vom

Salbei nahm und damit zur Kirchentür trottete. Er schloss die Türe vorsichtig und sah sich im leeren Kirchenschiff um. Es war niemand zu sehen und so schlich er sich zur Treppe, die in den Dachstuhl führte. Mit bloßen Händen stemmte er eine lose Diele aus dem Boden heraus und griff in den Hohlraum darunter. Langsam und mit äußerster Vorsicht hob er eine Phiole aus dem Versteck heraus. Der Inhalt schimmerte leicht gelblich und der silberne Deckel war von einem Widderzeichen geziert.

Vor längerer Zeit fand der Pastor eben jene Phiole in der Krypta der Kirche hinter einem wackeligen Backstein versteckt. Dazu einen Zettel mit der Aufschrift:

Der Widder will mit dem Kopf durch die Wand.
Die Gedanken dahinter sind sein Verlangen.
Nimmt einer diesen Trank zur Hand,
erkennt er wahre Begier und echtes Bangen.

Die Neugier brachte ihn dazu, einen Schluck des Trankes zu kosten und er fiel zunächst in einen kurzen Schlaf. Als er erwachte, konnte er die Gedanken der Menschen hören, als würden sie sie laut über den Marktplatz schreien. Er hatte panische Angst und zitterte am ganzen Leib, als er vor seiner Gemeinde stand und auf einmal nicht nur deren gesprochene Worte vernahm, sondern auch jeden einzelnen Gedanken, war er auch noch so sündig. So wusste er, dass der Büttel Hein Kelting mehr als nur ein Auge auf Pienings Frau geworfen hatte und er wusste auch, dass Mina Hansen schon längst das elterliche Hotel verlassen hätte, wenn sich ihr nur eine Möglichkeit geboten hätte.

Wie erleichtert er war als er feststellte, dass am nächsten Tag der ganze Spuk vorbei war.

Nun jedoch befand er, war es wieder einmal an der Zeit, ein wenig in den Köpfen der Dorfbewohner herum zu horchen. Immerhin war ein Mord geschehen.

„Denn mal Prost.“, sagte er zu sich selbst und nahm einen tiefen Schluck.

Jonathan indessen steuerte nochmals Pienings Gasthof an. Sowohl das Attentat auf ihn selbst, als auch der Mord an der alten Anna machten ihm zu schaffen und es sollte wohl mit dem Teufel zugehen, wenn er nicht bald eine Spur der Täter finden würde. Vielleicht wusste Piening etwas, oder seine Frau.

Als er den Gasthof betrat, glaubte er sich in ein Schlachtfeld versetzt. Nicht nur die Fensterscheiben waren zu Bruch gegangen, sondern das ganze Inventar gleich mit. Kein Stuhl war mehr ganz, der Tresen hatte augenscheinlich gebrannt und zwei der großen Tische waren zerbrochen. In den Scherben etlicher Bierkrüge stand Marga Piening und hatte etwas hilflos einen Besen in der Hand.

„Der wird hier auch nicht mehr viel nützen. Da braucht es schon eine Sintflut, oder?“, fragte er freundlich und ungläubig zugleich.

„Immer das gleiche Schauspiel, zu jedem verdammten Ochsenmarkt. Und immer ist es einen Tag vor Weihnachten, wo doch Gäste zum Festschmaus kommen. Ich fasse es nicht!“, erwiderte Frau Piening wutschnaubend.

„Dass ihr Mannsbilder aber auch nicht einmal zur Vernunft kommen könnt. Fäuste regeln doch überhaupt nichts.“

Sie warf den Besen hin und stapfte durch die Scherben an die Theke, oder was davon noch übrig war. Ein Mann gesellte sich zu ihr und Jonathan war kurz versucht, den Besen wieder aufzunehmen und mit anzupacken. Als er sich bücken wollte, hörte er vom Tresen her ein lautes, aber bestimmtes „Nein!“ der Wirtin.

„Aber ich habe das Zimmer doch kaum benutzt. An Schlaf war hier doch überhaupt nicht zu denken. Ich sehe nicht ein, warum ich den vollen Preis bezahlen soll“, sagte der Gast.

„Das ist nicht mein Problem, sondern Eures. Ihr hättet ja schlafen können. Niemand hat Euch gezwungen, sich hier eins auf die Rübe zu hauen oder meine schönen Krüge durch die Gegend zu werfen.“

„Ich habe nichts durch die Gegend geworfen. Eure Kumpanen haben angefangen, mich zu verprügeln. Ich habe mich lediglich verteidigt. Keinen Heller zahle ich für diese miese Spelunke.“

Frau Pienings Gesicht lief rot an. Der Kerl kann sich warm anziehen, dachte Jonathan und dann ging es los.

„Hol dich doch der Teufel, du undankbarer Ochse. Scher dich davon und lass dich nie mehr hier blicken, hörst du? Spelunke? Wenn du und deinesgleichen nicht wären, wäre hier noch alles an Ort und Stelle. Rück jetzt die vier Groschen raus und dann machst du besser die

Biege, Freundchen."

Die Wirtin langte nach einem Beil, welches unter dem Tresen lag, für alle Fälle.

Der Gast hob beschwichtigend die Hände, während sich hinter ihm weitere Ochsentreiber einfanden. Sie bekamen die Szene wohl mit, mischten sich aber ebenso wenig ein, wie Fenris.

„Ich gebe dir zwei Groschen, gute Frau und dafür kommst du ohne Blessuren aus diesem Streit heraus, verstanden?", sagte der Gast kaltschnäuzig.

Marga Pienings Augen verengten sich zu schmalen Schlitzen, dann seufzte sie schwer und streckte die Hand aus. Der Gast zählte die Münzen ab und legte sie auf die Theke. Die Wirtin strich die Groschen ein und drohte ihm einmal mehr mit dem Beil.

„Mach, dass du verschwindest. Wäre mein Mann hier, hättest du nicht so leichtes Spiel gehabt. Scher dich zum Teufel!", schrie sie ihn an und der Gast tat, wie ihm geheißen.

Er rauschte an Jonathan vorbei, der kurz hin und hergerissen war, ob er der Wirtin helfen sollte. Dann entschied er sich jedoch dagegen. Es war nicht sein Streit und nicht sein Dorf. Sollten die Menschen ruhig einmal allein mit ihren Nichtigkeiten zurechtkommen. Eigentlich wollte er Piening sprechen, doch wenn er bei dieser heiklen Szene nicht eingriff, schien er wirklich nicht zugegen zu sein. Also würde er hier heute nichts Neues mehr erfahren und er hatte auch keine große Lust, noch einmal mit der Wirtin zu reden. In der Laune hätte es auch keinen Sinn gehabt.

Als er den Gasthof verließ, hörte er noch ihre Stimme in seinem Rücken.

„Ein wahrer Klostermann hätte mir zu meinem Recht verholfen. Was für ein Schlappschwanz. Und ihr? Was steht ihr da herum und haltet Maulaffen feil? Was wollt ihr?“

Was die anderen Gäste wollten, bekam Fenris nicht mehr mit und das war sicherlich auch besser so.

Wenn er schon keine neuen Erkenntnisse bei Piening einholen konnte, so wollte er es als nächstes beim Büttel probieren. Also ging er vorsichtigen Schrittes in Richtung des Reviers, als er fast schon wieder über eine vereiste Pfütze geschlittert wäre.

„Ich brauche wirklich neue Schuhe“, sagte er zu sich und betrat dann die Amtsstube.

Hatte er in Pienings Gasthaus schon das Chaos gesehen, so überraschte ihn das Getöse hier fast gar nicht mehr. Die vier Zellen der Stube waren überfüllt mit Horstern, Hohenfeldern, Kiebitzreihern, Grönländern und den restlichen Nachtgestalten der Gegend. Mal schrien die einen die anderen an und bald darauf ging es schon wieder anders herum. Dazwischen saß der Büttel an seinem Schreibtisch und hatte den Kopf auf die verschränkten Arme gelegt. Er schien zu schlafen.

„He da, Herr Kelting!“, rief Fenris dem Büttel zu.

Der hob langsam den Kopf und ein stattliches Veilchen zierte sein Gesicht. Also hatte die Schlägerei nicht einmal vor den Hütern des Gesetzes Halt gemacht.

„Was gibt es denn, Herr Fenris?“, fragte er müde.

„Ich wollte nachhören, ob Ihr schon neue Erkenntnisse im Falle der Anna Kruse vorweisen könnt. Immerhin ist dies ein Kapitalverbrechen und wir sollten nicht weitere wertvolle Tage verlieren."

Hein Kelting nickte und brüllte gleich darauf den Insassen der Zellen zu:

„Haltet doch alle mal die Schnauze! Ich verstehe ja meine eigenen Gedanken kaum."

„Ha, als könntest du denken!", schallte es ihm entgegen.

Er hob die Faust und drohte in Richtung der Hohenfelder Dorfjugend.

„Noch so ein Satz und deine Mutter kann dich aus dem Ochsentrog abholen, Willem!"

Jonathan musste schmunzeln. Selbst wenn Kelting wollte, hätte er gegen den wohlgenährten Hohenfelder keine Chance.

„Also, wo waren wir?"

„Bei Anna Kruse", erwiderte Jonathan ungeduldig. Hatte er es denn nur mit Amateuren zu tun?

„Ach ja, richtig. Nein, ich habe nichts Neues zu vermelden. Ihr seht doch, was hier los ist, oder? Der Ochsenmarkt bindet alle Kräfte, die mir zur Verfügung stehen. Ihr müsstet Euch schon selbst bemühen."

Damit wandte sich der Büttel ab und ließ ihn erst einmal stehen.

„So meine Herren. Wer zwanzig Groschen bezahlen kann, darf nach Hause. Alle anderen bleiben eine weitere Nacht hier, verstanden?"

„Du hast sie ja nicht mehr alle. Soviel verdienen wir

nicht einmal in einer Woche!", krakeelte ein Grönländer.

„Dann solltet ihr euch eine andere Arbeit suchen. Also? Wer will noch mal, wer hat noch nicht?"

Kelting ging von Zelle zu Zelle und hielt die Hände auf. Einige Burschen kramten in ihren Beuteln, andere setzten sich gleich wieder hin. Jonathan schüttelte nur den Kopf. Wo war er hier bloß gelandet? Ein Dorfbüttel, der Fremde ausnahm, wie Weihnachtsgänse. Aber gut, sie schienen es verdient zu haben, wenn er an die Unordnung im ganzen Dorf dachte. Er konnte hier nichts ausrichten, der Büttel war entweder unfähig oder schlicht nicht in der Lage, ihm zu helfen. Also wandte er sich grußlos um und verließ die Amtsstube. Da konnte er auch gleich zurück zum Hotel gehen und sich noch ein wenig dort umhören, oder Mina zur Hand gehen. Aber so weit kam er gar nicht.

Plötzlich packte ihn eine Frau in dunklen Lumpen und mit einem Brotkarren im Schlepptau am Ellenbogen und zerrte ihn hinter die nächste Häuserecke.

„Was soll denn das?", fragte er unwirsch und schüttelte die alte Hand von seinem Mantel.

„Herr, nehmt Euch in Acht vor den zwölf Nächten, nech? Die Geister gehen um und bringen Tod und Verderben mit sich, nech?", zischte ihm das Weib zu.

Er lachte leise auf. „Ach? Ist das so? Und wer bist du, dass du meinst, mich warnen zu müssen?"

„Man nennt mich Stutenmarie. Ich verkaufe die Stuten, die mein Meister in seiner Stube backt, nech? Und ich habe sie gesehen, die Geister, nech?"

Er wurde neugierig und fragte nun freundlicher nach.

„Was hast du gesehen, Stutenmarie?"

„Na, die Geister, nech? Als der Meister heute Morgen gebacken hat, hab ich auf der Ofenbank gesessen und auf einmal, wie ich so zum Fenster rausgucke, nech? Da fährt doch einfach so eine Kutsche in voller Fahrt an mir vorbei in Richtung vom Heidhof, nech."

„Was ist denn an einer Kutsche so ungewöhnlich?"

„Nichts war an der Kutsche ungewöhnlich, nech? Bis auf das sie keinen Kutscher hatte. Die Zügel waren gespannt, nech? Aber niemand hatte sie in der Hand."

Jonathan riss seinen Beutel auf und holte seinen Notizblock heraus. Schnell schrieb er auf, was die Stutenmarie ihm erzählte.

„Ich bin dann rausgerannt, nech? Aber die Kutsche war schon nicht mehr zu sehen. Das waren die Geister, nech?"

„In welche Richtung fuhr das Gespann?", hakte er nach.

„Zum Heidhof, nech? Hab ich doch schon gesagt."

Er nickte sanft.

„Verzeih, Stutenmarie. Kannst du mir noch etwas sagen? Vielleicht, ob noch etwas in der Kutsche lag oder zu welcher Uhrzeit das wohl gewesen sein mag?"

„Zur Geisterstunde, nech?", kicherte Marie vor sich hin und er wollte schon fast aufgeben.

„Nein, doch nicht. Sankt Jürgen schlug sechs, nech? Muss so um die Zeit gewesen sein. Der Meister war auch schon etwas auf den Beinen, nech?"

„Ist Euch noch etwas an der Kutsche aufgefallen?", fragte er geduldig.

Marie überlegte und kaute dabei versonnen auf einem

Fetzen ihres Ärmels herum.

„Da lugte etwas hinten raus, nech? Sah aus, wie eine Flinte."

Er sah auf und musterte Marie mit verengten Augen.

„Bist du dir da sicher?", fragte er scharf nach.

„Herr, ich bin alt, aber nicht doof, nech? Ich weiß, wie eine Flinte aussieht und ich weiß, wie Geister aussehen, nech? Also, wie Geister sind, wenn man sie denn sehen könnte. Konnte man ja eben nicht, nech? Also, das war kein Mensch, der da aufm Bock saß. Aber irgendwas saß da. Nehmt euch in Acht, sage ich nur, nech?"

Sie stapfte davon und Jonathan sah nur noch ihren dunklen Umhang die Straße hinauf verschwinden. Er kratzte sich am Kinn und lief dann schnellen Schrittes ins Hotel. Er musste zum Heidhof, jetzt. Denn wer oder was auch immer auf ihn geschossen hatte, davon war er überzeugt, hatte Marie zum Heidhof fahren sehen.

Er rannte in sein Zimmer und holte aus seiner Truhe ein kleines, aber sorgfältig geschärftes Messer. Bevor er den Deckel wieder zuklappte, öffnete sich seine Zimmertür und Mina schlüpfte herein.

„Was ist los? Du bist aufgebracht."

Fenris winkte ab.

„Eine Frau Namens Stutenmarie hat eine führerlose Kutsche heute früh in Richtung des Heidhofs fahren sehen. Auf dem Bock saß niemand und hinten schaute eine Flinte hervor. Der Sache muss ich auf den Grund gehen."

„Stutenmarie ist alt, aber nicht verwirrt. Wenn sie so etwas sagt, wird etwas dran sein. Aber wie kann das sein?"

Fenris schüttelte sanft den Kopf.

„Es gibt mehr zwischen Himmel und Erde als wir mit unserem Verstand begreifen können. Außerdem bist du nicht die Einzige, die einen Wundertrank besitzt."

Mina sah ihn fragend an.

„Wie bitte?"

„Ich habe jetzt keine Zeit, ich muss zum Heidhof. Vielleicht ist der Täter noch da. Bitte, ich erkläre es dir später."

Mina nickte.

„Gut, nimm mein Pferd. Es ist hinter dem Haus im Stall. Damit bist du schneller wieder bei mir."

„Danke, Liebste."

Er küsste sie schnell, aber sanft und rannte den Flur entlang, die Treppe hinab und hinaus in den Hof. Im Stall fand er ein Pferd, welches wohl Mina gehören musste. Das Pferd blähte die Nüstern bei seinem Erscheinen und scharrte ängstlich mit den Hufen. Kurz legte er dem Tier beruhigend die Hand auf den Hals und schwang sich dann drauf. Auf das Satteln verzichtete er.

Aus dem Stall ging es in schnellem Galopp durch die Menschenmenge am Hotel Stadt Hamburg vorbei, wo die Gaukler alles gaben, um noch einmal die Menge zu unterhalten und die letzten Groschen aus den Taschen zu ziehen. In der Bahnhofstraße sah er kurz zu den Marktständen und Rosalie Behrens hinab, die eine neue Ladung bunter Tücher auf ihrem Brett arrangierte und nach Kunden Ausschau hielt. Auf Höhe der Horster Woll- und Garnfabrik wäre er fast mit einem Wollkarren zusammengestoßen, der etwas unachtsam auf die Straße geschoben wurde. Das Pferd scheute kurz. Er spornte es jedoch an und so sprang es behände einfach über das Hindernis hinweg. Vor dem Postamt standen die Menschen an, um ihre Pakete auf den Weg zu bringen. Er sah Dienstboten und Bauern miteinander tratschen und hörte im Galopp nur Wortfetzen.

„Die neue Meierei soll ja … “

„Ja, das hörte ich auch.“

„Spatenstich ist aber erst am … “

„Genau. Aber was für eine Erleichterung.“

„Endlich können wir die Milch hier verarbeiten lassen.“

Schon war er an der Schlange vorbei und aus dem Dorf heraus. Das Pferd trug ihn sicher auf den Heidhof zu. Im wenigen Licht des Wintertages lag der Hof fast verlassen da. Die Hofbewohner hatten sich ins Dorf aufgemacht, um noch einmal den Ochsenmarkt zu genießen oder letzte Einkäufe vor dem Weihnachtsfest zu tätigen. Jonathan ritt unbehelligt auf den Hof und bekam das Pferd rechtzeitig auf dem vereisten Boden zum Stehen. Dankbar klopfte er es auf den Hals, stieg etwas unsicher nach dem harten Galopp ab und band das Pferd an den dafür vorgesehen Pflock.

Er näherte sich dem Scheunentor. Etwas lag in der Luft, ein besonderer Duft, der ihn an etwas erinnerte. Es roch metallisch, wie Rost, der schon lange an einem Pflug belassen wurde. Aber das war es nicht. Es war dunkler, tiefer und grauenvoller.

Er zog vorsichtig das Tor zur Scheune auf. Es quietschte in den Angeln und gab dann nach. Als sich seine Augen an die Dunkelheit im Inneren gewöhnt hatten, sah er einen großen roten Fleck vor sich auf dem Boden. Er hatte noch keinen Schritt in die Scheune getan, da hörte er ein leises Tropfen, wie von einem überlaufenden Fass. Er hob den Kopf in Richtung des Geräusches und dann sah er den Toten.

Ein Mann hing kopfüber mit dem Fuß in einer Schlinge vom Balken hinab. Sein Bauch war vom Halsansatz bis knapp unter den Nabel aufgeschlitzt worden. Das Blut tropfte stetig von seinen Eingeweiden auf den Boden und bildete dort zunächst eine Lache und dann kleine Rinnsale, die sich ihren Weg nach draußen bahnten.

Er schüttelte bedauernd den Kopf und seufzte schwer.

„Herr, steh diesem armen Unschuldigen bei", flüsterte er.

Vorsichtig ging er um die Leiche herum und sah sich in der Scheune genauer um. Der Täter war gründlich zu Werke gegangen. Jonathan fand keine Fußspuren auf dem Boden. Stattdessen sah die Scheune ziemlich verwüstet aus. Heruntergerissene Werkzeuge lagen verstreut auf dem Boden und ein paar Heuballen waren umgestoßen worden. Er stieg auf die Leiter zum Heuboden, aber fand auch hier nichts. Der Täter hatte etwas gesucht und vielleicht hatte der Mann ihn dabei überrascht. Aber das sah nicht nach einem Tod nach einem Streit aus. Es war eher ein Abschlachten. Welch ein Mensch war zu so etwas fähig?

Er schüttelte erneut den Kopf und wischte sich über die Augen.

„Ich hoffe, du wirst dafür in der Hölle schmoren", richtete er seine Worte an den nicht vorhandenen Täter. Die von der Stutenmarie erwähnte Kutsche fand er nicht, ebenso wenig wie eine Flinte. So langsam musste er doch übernatürliche Kräfte in Erwägung ziehen. Schnell machte er eine Skizze des aufgefundenen Leichnams und notierte sich seine Erkenntnisse. Dann trat er wieder nach draußen auf den Hof. Nachdem er sich vergewissert hatte, dass im Haupthaus alle Schlösser verriegelt waren und nichts durchsucht worden war, schwang er sich auf das Pferd und verließ den Hof in Richtung des Dorfes.

Kaum hatte er den Hof ein paar Meter hinter sich gelassen, hörte er einen lauten Knall. Keine Sekunde später fiel er vom Pferd, eingewickelt in ein dickes Netz, welches an jeder Ecke von einem Bleigewicht beschwert wurde. Bei seinem Sturz stieß er sich den Kopf hart an einem Baumstamm und verlor das Bewusstsein. Hinter den Bäumen schlugen sich vier Knechte gegenseitig auf die Schultern.

„Wie ein Fisch ist er uns ins Netz gegangen."

Geralt, Erk von Moordeichs Vertrauter, näherte sich dem Netz.

„Kommt, Jungs. Bringen wir ihn in den Keller. Da wird ihm der Arsch schon auf Grundeis gehen."

Als Jonathan erwachte, sah er nur einen blutroten Nebel vor den Augen. Der Schmerz hämmerte in seinem Kopf und sein Körper tat ebenfalls höllisch weh. Er nahm den Geruch von abgestandenem Wasser und fauligem Stroh wahr. Außerdem bemerkte er, dass er auf einem kalten

Boden saß oder viel mehr kauerte. Sein Mantel lag ihm nass und schwer um die Schultern. Vor ihm saßen, durch Gitterstäbe von ihm getrennt, zwei von Moordeichs Männern auf einfachen Schemeln an einem Tisch, auf dem eine einzelne Kerze brannte. Der eine hielt Fenris Messer über die Flamme und sah ihn an.

„Na, Meister? Aufgewacht?"

Fenris knurrte nur leise, konnte den Kopf kaum heben.

„Sag uns doch mal, warum du genau hier bist?", wollte der andere wissen.

Er antwortete nicht.

„Gut, vielleicht ist das zu viel verlangt. Dann anders. Wie hast du die alte Anna abgemurkst?"

Wieder bekam der Knecht keine Antwort. Ungeduldig wandte er sich an seinen Mitstreiter mit dem Messer.

„Claus, frag du ihn doch mal was."

Der Angesprochene erhob sich langsam und fuhr mit dem Messer an den Gitterstäben entlang, bevor er die Tür zur Zelle öffnete.

Er näherte sich Jonathan und schlug ihm ohne weitere Umschweife hart ins Gesicht. Sein Kopf schlug dumpf gegen die Zellenwand. Er schüttelte sich und der Knecht nahm sein Kinn zwischen zwei Finger, hob sein Gesicht, bis er ihm in die Augen schauen konnte.

„Wohnst du nicht in Hansens Gasthaus? Die kleine Mina ist ja ein Prachtweib. Die würde ich gern mal verknuspern."

Jonathan bleckte die Zähne.

„Du würdest nicht mal in ihre Nähe kommen, Mistkerl",

würgte er hervor und spuckte auf die Füße des Mannes, der sich in seine Reichweite gewagt hatte.

Der Knecht lachte rau und schlug ihm mit einer gezielten Bewegung in die Magengrube. Danach ritzte er mit dem noch heißen Messer einmal über seine Wange.

„Schau an, der Klosterknabe hat ein Auge auf die Deern geworfen."

Claus ließ das Messer über Jonathans Hals wandern, über die Brust und endete dann seitlich knapp unterhalb der Rippen.

„Wenn wir mit dir und ihr fertig sind, kann sie froh sein, wenn sie überhaupt noch einer haben will. Vielleicht willst du uns lieber gleich sagen, was du hier willst und warum die alte Anna sterben musste."

Jonathan starrte ihn an, vor seinen Augen tanzten kleine Lichtpunkte. Ein Knurren kam aus seiner Kehle, das deutlich lauter und animalischer klang, als das vorherige.

Der Knecht schlug ihm so hart gegen die Kehle, dass er verstummen musste.

„Ach, bist du heiser? Oder läuft dir bei der Vorstellung, wie ich es der Kleinen so richtig besorge nur der Sabber in den Hals?"

Der Knecht wandte ihm den Rücken zu, lachte lauthals und wollte sich bei seinem Kumpanen Bestätigung für diesen gelungenen Spruch holen.

Doch dazu kam er nicht mehr. Ein großer schwarzer Wolf sprang ihn von hinten an und beförderte ihn mit so einer Wucht zu Boden, dass schlagartig alle Luft aus Claus Lungen entwich und der Knecht das Bewusstsein verlor.

Der zweite Knecht riss die Augen auf und wollte schreien, aber der Wolf war schneller. Mit einem einzigen Pfotenhieb schleuderte er den Knecht gegen die Kellerwand und mit einem knirschenden Geräusch prallte dessen Schädel gegen die kleine Ausbuchtung, die früher für die Lagerung von Weinfässern genutzt worden war. Gehetzt sah sich der Wolf im Keller um und fand schließlich den Weg hinaus.

Er raste durch den nun dunklen Hain, seine Pfoten spürten den kalten und nassen Waldboden. Sein Hirn wurde durchflutet von den vertrauten Gerüchen nach Moos und nach den Tieren des Waldes. Vor allem vom Duft der Beute, die da draußen auf ihn wartete. Die Bäume flogen an ihm vorbei, als seine Beine ihn in Richtung des Dorfes trugen. Die Sträucher streiften hart seine Schnauze und seine Ohren, er hechelte und der so verführerische Duft eines kleinen Rehkitzes stieg ihm in die Nase. Kurz wollte er sich ganz seinem Trieb hingeben und auf die Jagd gehen, doch der menschliche Teil seines Hirns befahl ihm, auf dem direkten Weg zu bleiben. Er musste Mina warnen, nur das zählte. Dann roch er die Ochsen. Es wäre ein leichtes, in die eingepferchte Herde der noch nicht verkauften Tiere zu springen und nur einmal kurz etwas von einer Lende zu kosten. Oder vielleicht ein wenig mehr. Er knurrte und erneut übernahm der menschliche Teil seines Selbst die Kontrolle. Nicht jetzt, später. Irgendwann. Nicht jetzt.

Kurz bevor er das Dorf erreichte, schüttelte er sich kräftig und seine Vorderpfoten wurden langsam zu Menschenhänden. Das Fell wich von seinem Körper und er begann, aufrecht zu laufen. Bei einem der ersten Häuser sprang er über die Hecke und öffnete lautlos die Tür. Auch diese Bewohner hatte es noch einmal auf den Marktplatz gezogen. Das Haus war verlassen. Er öffnete die erstbesten Schränke in der Schlafstube und zog sich schnell eine Hose und ein Hemd über. Die Hose reichte ihm nur kurz bis unter die Knie und die Ärmel des Hemdes endeten an seinem Ellenbogen. Aber für den Moment würde es reichen. Als er das Haus verlassen wollte, sah er in das Gesicht eines kleinen Mädchens. Verschwörerisch hielt er sich den Zeigefinger vor die Lippen und zwinkerte dem Mädchen zu. Dieses hielt eine kleine Puppe fest umklammert und starrte dem Fremden nach, als er ihr Zuhause verließ.

Frierend und leicht taumelnd betrat er das Hotel durch den Hintereingang. Mina stand in der Küche und gab gerade einige Anweisungen ans Personal. Als sie ihn kommen sah, eilte sie auf ihn zu und bugsierte ihn erst einmal auf einen Stuhl in einem Nebenzimmer.

„Was um Himmels Willen ist dir passiert?“, fragte sie aufgeregt.

Er kam langsam zu Atem, zitterte am ganzen Leib und deutete auf eine Wasserkaraffe.

„Wasser, bitte.“

Sie goss ihm ein großes Glas ein und besah sich dann seinen seltsamen Aufzug.

„Was hast du denn da an? Wo ist dein Mantel? So rede doch!“

Er schluckte das Wasser in einem großen Zug herunter und atmete durch.

„Es gab einen Mord auf dem Heidhof. Wir müssen den Büttel verständigen. Und dann knöpfe ich mir diesen Bastard von einem Vogt vor“, knurrte er.

Mina verstand erst einmal gar nichts. Sie strich ihm die nassen Haare aus dem Gesicht und streichelte ihm fürsorglich über die Schultern.

„Du bist verwirrt. Was soll das Gerede von einem Mord und dem Vogt?“

„Ein Toter hängt in der Scheune des Heidhofes. Ich muss zum Büttel gehen. Und Moordeichs Knechte haben mich gefangen genommen. Sie wollten wissen, was ich hier verloren habe und ob ich die alte Anna auf dem Gewissen habe. Sie haben gedroht, dir etwas anzutun. Ich ... bin geflohen.“

Mina küsste ihn sanft auf die Stirn.

„Bitte, ich muss zum Büttel“, wiederholte er sich, doch als er aufstehen wollte, wurde ihm schwarz vor Augen und er sank zurück auf den Stuhl.

„Ruhig, Liebster. Weißt Du, wie spät es ist? Der Büttel liegt schnarchend in seinem Bett. Heute können wir gar nichts mehr ausrichten und in deiner Verfassung schon gar nicht. Ich bringe dich zu Bett. Lass mich dir helfen.“

Er schüttelte etwas ungehalten Minas Arm ab.

„Ich muss es wenigstens versuchen. Immerhin ist jemand gestorben. Das muss ich zur Anzeige bringen.“

Mina nickte sanft und begleitete ihn dann in sein Zimmer, wo er sich langsam ankleidete.

„Hast du zufällig einen Mantel für mich? Ich habe meinen ... vergessen.“

„Ich hole dir einen. Wir treffen uns gleich im Empfangsraum“, erwiderte sie und verließ sein Zimmer.

Jonathan wusch sich das Gesicht, der Schnitt über der Wange war verkrustet und kaum noch zu sehen. Wütend schaute er in den Spiegel und zerrte unzufrieden an seiner Kleidung.

„Wenn mir nicht bald was einfällt wird hier alles den Bach runter gehen“, sagte er zu seinem Spiegelbild und eilte dann die Treppe hinab. Dort wartete Mina mit einem Mantel ihres Vaters auf ihn. Dankend zog er ihn über, küsste sie schnell auf die Stirn und verließ eilig das Gasthaus.

Als er zum Gefängnis kam, war Ruhe eingekehrt. Die Kerle, die kein Geld aufbringen konnten, schnarchten in ihren Zellen vor sich hin und vom Büttel gab es keine Spur. Unsanft weckte er einen der Männer in der Zelle mit dem Fuß auf.

„He, was soll denn das?“, beschwerte sich dieser.

„Wo ist der Büttel hin?“, fragte Jonathan eisig.

„Der pooft doch schon längst in seiner Hütte, Mann. Hau ab und lass mich schlafen.“

Er verließ das Gefängnis und fluchte. Er hatte keine Ahnung, wo sich das Haus des Büttels befand. So stapfte er in Richtung der Gaststätte *„Stadt Hamburg“* und betrat diese durch die Dielentür.

An den Tischen saßen, nun ganz ruhig und gesittet, die Viehhändler und machten ihre letzten Geschäfte für dieses Jahr. Einige tranken noch einen guten Schluck und an einer langen Bank fanden seine Augen Erk von Moordeich. Seine Fäuste ballten sich und er ging auf ihn zu.

„Hört zu, Mensch!“, knurrte er ihn an, während er ihn von Hinten an den Schultern packte und ihn vom Stuhl zog.

Von Moordeich wusste nicht, wie ihm geschah und war kurzzeitig so perplex, dass er keinen Widerstand leistete. Seine Männer im Hintergrund sprangen von den Stühlen auf und näherten sich Jonathan.

„Wenn Ihr was mit mir zu bereden habt, dann kommt doch einfach selbst zu mir und redet mit mir, von Angesicht zu Angesicht und hetzt nicht Eure Schergen auf mich, verstanden?“, stieß dieser atemlos hervor, bevor er Moordeich mit einem Ruck losließ. Dessen Lebensgeister waren nun geweckt und er strampelte sich frei.

„Habt Ihr den Verstand verloren, Schwarzkittel?“, fragte er entgeistert. Doch Jonathan sah in Moordeichs Augen, dass dieser sich ertappt fühlte.

„Nein, durchaus nicht. Aber Ihr vielleicht. Warum habt Ihr mich gefangen nehmen lassen? Was soll dieser Unfug?“

Moordeich schnaubte verächtlich.

„Ich habe gar nichts getan, Männlein. Beruhigt Euch. Vielleicht habt Ihr auch einen über den Durst getrunken und bildet Euch nun Dinge ein? Lasst solche haltlosen Unterstellungen gefälligst sein, verstanden?“

„Sonst was?“, fragte er provokant und sah von Moordeich grimmig an. „Ergeht es mir sonst so, wie dem armen Mann auf dem Heidhof?“

Von Moordeich sah ihn verständnislos an und diesmal

war es nicht gespielt.

„Wovon redet Ihr denn da? Was ist auf dem Heidhof passiert?“

„Dort hängt ein Mann in der Scheune. Ich habe den Büttel gesucht, aber ich weiß nicht, wo er wohnt und dieses verdammte Dorf ist nicht sehr hilfsbereit“, knurrte Jonathan unbeherrscht.

Der Vogt verengte die Augen und nickte knapp.

„Kommt Männer, wir sehen uns das an. Fenris, Ihr werdet nicht gebraucht. Ich regele das ab hier!“

Er gab seinen Männern ein Zeichen und sie setzten sich in Bewegung. Jonathan dachte gar nicht daran, sich so einfach abspeisen zu lassen. Als er ebenfalls das Gasthaus verlassen wollte, zog ihn Moordeich vor dem Haus auf die Seite.

„Glaubt mir, Ihr wollt da jetzt nicht bei sein“, raunte er ihm zu. „Es wäre gesünder, Ihr würdet einfach ins Bett gehen.“

„Soll das eine Drohung sein?“

„Ganz richtig. Legt Euch hin, Ihr seht beschissen aus. Wenn ich auch nur aus dem Augenwinkel sehe, wie Ihr uns folgt, lasse ich Euch wirklich einsperren, Freundchen, und dann werdet Ihr nicht so schnell wieder das Tageslicht sehen.“

Auf einen Wink von Moordeich gesellte sich Geralt zu ihnen und streckte Jonathan mit einem nicht vorhersehbaren Fausthieb nieder. Er fiel auf den leichten Schnee, der vom Himmel rieselte.

Währenddessen war gespenstische Stille auf Nutzwedel eingekehrt. Der Vogt war bisher noch nicht vom Ochsenmarkt zurückgekehrt, denn jeder Bürger schien etwas von ihm zu wollen zu so einem Anlass. Im Keller lagen die Knechte und eisige Stille legte sich über den Ort. Im hinteren Winkel der Zelle bewegte sich etwas. Jonathans Mantel, der zunächst noch auf dem Boden gelegen hatte, wurde von einer unsichtbaren Hand hochgehoben und schwebte lautlos durch den Raum. Jonathans Messer wurde ebenso aufgehoben und mit großer Kraft erst ins Herz des in der Zelle liegenden Mannes gestoßen, bevor es zum zweiten Bewusstlosen schwebte und dort tief in der Kehle stecken blieb. Der Mantel wurde wie von Geisterhand die Kellertreppen hinauf und aus dem Haus getragen.

Als Mina Jonathan im Schnee vor dem Hotel „Stadt Hamburg" fand, waren seine Lippen schon blau. Schnell legte sie ihr Ohr auf seine Brust, aber sein Herz schlug regelmäßig und sein Brustkorb hob und senkte sich, langsam, aber stetig. Sie schlug sanft gegen seine Wangen, dann etwas fester. Er schnaubte und öffnete dann die Augen.

„Was ist passiert?", fragte er benommen.

„Das weiß ich auch nicht. Aber hier draußen ist es definitiv zu kalt für ein Schläfchen. Steh auf, ich bringe dich ins Hotel zurück."

Er stützte sich auf den Ellenbogen und spuckte noch ein paar Blutreste aus, bevor er sich langsam erhob und Mina folgte.

24.12.1851
Heiligabend

Jonathan streckte sich müde auf dem Bett aus. Mina half ihm aus der Kleidung und legte alles ordentlich zusammen. Der nasse Mantel hing in der Nähe des alten Bollerofens.

„Es tut mir leid, dass ich nun auch noch den Mantel deines Vaters ruiniert habe“, sagte er leise und rieb sich dabei über den Kiefer, der sich schon in schönsten Blau- und Rottönen verfärbte.

„Ach was, das wird er nicht bemerken. Er zieht ihn so gut wie nie an. Warum auch? Er verlässt ja seine Küche fast nie“, antwortete Mina und setzte sich auf seine Bettkante.

„Wie spät ist es?“

Er sah sich im Zimmer um, wollte nach seiner Weste angeln, in der seine Taschenuhr steckte, aber Mina hielt ihn vom Aufstehen ab.

„Es ist halb zwei in der Nacht. Die Kirchturmuhr hat vorhin geläutet. Wie lange hast du bloß da draußen gelegen?“

„Zu lange. Ich bin kalt bis auf die Knochen. Über eine heiße Kohlenpfanne würde ich mich freuen, wenn es dir nichts ausmacht.“

Mina lächelte sanft.

„Ich wüsste da etwas Besseres, als eine Kohlenpfanne.“

„Ach ja?“

Er lächelte ebenfalls und griff ihr dann in den Nacken,

zog sie zu sich heran und küsste sie leidenschaftlich. Zumindest so leidenschaftlich, wie es ihm sein Kiefer erlaubte.

Minas Lippen wurden weich unter seiner Berührung und öffneten sich seiner Zunge nur zu gern. Langsam ließ er sich mit Mina im Arm auf das Bett zurücksinken. Seine Hand wanderte von ihrem Nacken über ihre Schulter, die geschwungene Linie ihres Rückens hinab bis zu ihrem Hintern, den er etwas fester packte. Sie atmete bereits schwerer und die Hitze ihres Körpers brach sich selbst durch die Schichten ihres Kleides Bahn. Jonathan wurde merklich wärmer.

„Dachtest du daran?“, fragte er leise zwischen zwei Küssen.

„So ungefähr, ja“, hauchte sie und nestelte im nächsten Moment an ihrem Mieder, um ihn endlich Haut an Haut zu spüren. Gerade, als sie die Schnüre fast gelöst hatte, horchte er auf. Draußen vor dem Fenster wurde es heller, aber der Morgen war noch in weiter Ferne. Rufe wurden laut, Menschen sammelten sich vor dem Hotel.

„Mörder!“, schallte es herauf.

„Hängt ihn! Knüpft ihn auf!“

Das Licht von einigen Fackeln hüpfte über die Tapete und die Schatten von Forken und Mistgabeln zeichneten sich verschwommen an den Zimmerwänden ab.

„Verbrennt ihn! Er ist der Teufel!“

Mina hielt in der Bewegung inne und Jonathan setzte sich auf, schwang sich aus dem Bett und ging zum Fenster.

Draußen sah er eine kleine Menschenmenge. Er konnte Erk von Moordeich mit seinen Männern ausmachen. Der Rest bestand aus Dorfbewohnern. Die Kirchturmuhr schlug zwei Uhr.

Die Menschen waren aufgebracht und schwenkten die Fackeln. Hin und wieder spuckte einer von ihnen auf den Boden und reckte die Mistgabel in die Höhe. Erk von Moordeich löste sich aus der Menge und schritt auf das Hotel zu.

„Fenris, komm raus, du Hund! Stell dich, wie ein Mann, oder müssen wir dich erst holen?“, schrie er und der Geifer hing ihm im Mundwinkel.

Der Angesprochene wandte sich Mina zu.

„Halte dich vom Fenster fern, hörst du?“

Mina nickte nur und zog sich die Decke über die fast entblößte Brust.

„Du willst doch nicht etwa da raus gehen, oder?“

Er lächelte mild.

„Sie werden mir nichts tun. Immerhin bin ich der Hofbieter des Klosters. Das würden sie nicht wagen. Aber ich will wissen, was das Ganze soll. Bleib hier und rühr dich nicht vom Fleck.“

Er stieg schon wieder in seine Hose, knöpfte sich das Hemd zu und öffnete dann seinen große Reisetruhe. Im Deckel befand sich ein kleines Geheimfach, welches er nun mit einem Schlüssel öffnete und einen 6-läufigen Revolver mit Nachladeautomatik herausnahm. Mina hatte eine solche Waffe noch nie gesehen und sie musste sich sehr wundern.

„Was ist das?“

„Das wird mir helfen. Nur zur Sicherheit."

„Du solltest verschwinden. Lauf durch den Hinterausgang hinaus. Ich beschäftige sie. Bitte! Sie werden dich umbringen."

Mina sprang aus dem Bett und klammerte sich an ihn. Er löste sich sanft von ihr.

„Nein, das werden sie nicht. Ich habe mir nichts zu Schulden kommen lassen und sie wissen das."

Er küsste sie auf die Stirn und verstaute den Revolver in der Tasche des Mantels, den er sich nun wieder übergeworfen hatte. Als er zur Tür ging, sah Mina, wie er sich innerlich gegen die wütende Menschenmenge wappnete, seine Schultern straffte und dann entschlossen aus dem Zimmer trat. Sie schnürte ihr Mieder wieder zurecht und zog sich dann ebenfalls an, blieb jedoch vorerst am Fenster stehen.

Jonathan ging zum Haupteingang des Hotels und hielt auch hier noch mal kurz inne. Sein Gefühl sagte ihm, dass er auf keinen Fall da hinaus gehen sollte, aber letztendlich wollte er wissen, was die Meute von ihm wollte. Er öffnete mit einem Ruck die Tür, den Revolver fest mit einer Hand in der Manteltasche umklammert und stand dann fast direkt Erk von Moordeich gegenüber. Hinter ihm ging ein Raunen durch die Menge, bevor er den Hass in ihren Augen sehen konnte und ein besonders vorwitziger Mann sich auf ihn stürzen wollte. Er zog die Waffe aus der Manteltasche und schoss dem Angreifer die Mütze vom Kopf. Seitlich näherte sich ein grober Bauernjunge mit einer Forke und Jonathan schoss ihm diese mit einem gezielten Schuss aus der Hand. Als auch noch ein Dritter auf ihn lossprang, mit einer Fackel in der Hand, drückte er ein drittes Mal ab und die Funken stoben nur so aus der Fackel heraus. Die Menge wich nun endlich erschrocken zurück und Erk von Moordeich hob beschwichtigend die Hände. Einige entschlossen sich, dass ein warmes Bett dem Tod durch eine Kugel definitiv vorzuziehen war, machten sich davon und ließen die Fackeln auf den Boden fallen.

„Was zur Hölle ist das? Drei Schüsse ohne nachzuladen?“, hörte man einen von Erks Männern raunen.

Jonathan hob die Waffe mit seitlich angewinkelten Armen hoch. Er hatte erreicht, dass die Menge Respekt vor ihm hatte, töten wollte er niemanden, zumindest nicht jetzt.

„Habe ich Eure Aufmerksamkeit?“, fragte er unwirsch und nur vereinzelt hörte er noch ein „Lasst ihn nicht entkommen!“, irgendwo aus der Menge, die sich ins Dunkle geflüchtet hatte.

„Was soll dieser ganze Unsinn?“, knurrte er.

Erk von Moordeich trat wieder näher an ihn heran.

„Was das soll, du Mistkerl? Ha, als ob du das nicht längst wüsstest. Du hast meine Männer umgebracht! Und du hast die alte Anna auf dem Gewissen, genauso, wie Jacob Schilling vom Heidhof. Dieser ehrenwerte Mann hatte noch so viel vor. Warum hast du ihn kaltblütig abgeschlachtet? Seine Gedärme hingen ihm zum Bauche raus. Womit hat er das verdient? Was treibt dich an, du Teufel!“

Seine Stimme überschlug sich fast, er war ehrlich mitgenommen und spuckte Jonathan seinen ganzen Abscheu vor die Füße.

„Ach bitte, Moordeich. Ich habe NICHTS dergleichen getan. Im Gegenteil. Du hast mich gefangen nehmen lassen, als ich gerade vom Heidhof zur Dorfwache reiten wollte, um den Mord an Schilling anzuzeigen. Du warst es, der mich einsperren hat lassen, dessen Männer mir eine glühende Klinge an den Hals gehalten haben. Schaut euch doch meine Wange an. Seht ihr den Kratzer? Und zu guter Letzt hat mich dein Kumpan, Vogt, vor dem Hotel Stadt Hamburg niedergeschlagen. Ich hätte erfrieren können. Was seid ihr nur für eine verlogene Bande? Das ist doch nicht zu fassen."

„Pah, Lügner!", schrie ihm einer entgegen.

„Der Teufel lügt und betrügt, wo er nur kann. Glaubt ihm kein Wort", entgegnete von Moordeich.

Die Menge brodelte erneut gefährlich. Es war nur eine Frage der Zeit, wann die Gemüter wieder überkochen würden. Jonathan nahm den Revolver wieder fester in die Hand. Wenn es sein müsste, würde er sich verteidigen.

In diesem Moment öffnete sich die Hoteltür und Mina trat an seine Seite.

„Seid ihr denn verrückt geworden?", schrie sie in die Menge.

„Hannes, deine Mutter wird sich sicherlich nicht darüber freuen, wenn du hier und jetzt blutend im Schnee liegst. Mach, dass du nach Hause kommst. Und du, Pit, deine Frau erwartet ihr drittes Kind. Soll es ohne Vater aufwachsen?"

Die Angesprochenen sahen betreten zu Boden und

scharrten verlegen mit den Füßen.

„Es ist Heilig Abend, verdammt noch mal! Geht nach Hause. Die Kirche ist noch früh genug und denkt doch einmal an das Fest der Liebe. Also wirklich."

Jonathan betrachtete Mina von der Seite und mit ihren vor Wut und Angst geröteten Wangen und dem etwas nachlässig hoch gebundenen Haar war sie ihm nie schöner vorgekommen. Kaum hatte Mina ihre Standpauke beendet, kam der Büttel auf ihn zu gestapft. Müde sah er sich um.

„Was ist denn hier für ein Radau, vermaledeit? Kann es in diesem Dorf denn nicht einmal Ruhe geben?", wetterte Hein Kelting und rieb sich den Schlafsand aus den Augen. Er stellte sich zwischen die Menge und Jonathan, der immer noch im Eingangsbereich des Hotels ausharrte.

„Diese Menschen da wollten Selbstjustiz üben und mich hängen", sagte dieser sachlich und nüchtern.

„Wieso sollten sie das tun wollen?", fragte der Büttel schläfrig zurück.

„Weil er fast eine Handvoll Menschenleben auf dem Gewissen hat", schaltete sich von Moordeich ein.

„Aha. Gibt es Beweise für diese Anschuldigungen? Und übrigens … ", der Büttel sah in die Menschenmenge, die schon deutlich kleiner geworden war und wedelte ungehalten mit den Händen, „ … gehen jetzt alle mal schön friedlich und husch husch nach Hause in ihre Betten. Hier wird heute niemand gelyncht. Ist das klar?!"

Die Dorfbewohner grummelten und ein paar mehr Fackeln fielen zu Boden. Zurück blieben der Vogt mit seinen

Männern auf der einen und Jonathan und Mina auf der anderen Seite.

„Jetzt noch einmal ganz langsam. Was geht hier vor sich?“

„Dieser Mistkerl hat die alte Anna getötet. Dann hat er Jacob Schilling kaltblütig aufgeschlitzt und zwei meiner Männer erstochen. Dieser Dreckshund gehört hinter Schloss und Riegel und dann an den nächsten Baum“, stieß von Moordeich hervor.

„Nichts davon ist wahr! Ich habe nichts davon getan. Immerhin bin ich der Hofbieter des Klosters zu Uetersen. Warum sollte ich nach Horst kommen, um solche Taten zu begehen? Das ergibt einfach keinen Sinn. Ganz davon abgesehen, dass ich die Menschen hier vor diesen Gräueltaten beschützen will, wurde auch noch ein Attentat auf mich verübt. Ach, was sage ich, eines? Nein, gleich zwei. Von Moordeichs Männer haben mich gefangen genommen und wollten mich verhören. Was sind denn das für Methoden, frage ich mich.“

Der Büttel sah zwischen den beiden Männern, die sich so feindselig gegenüberstanden, hin und her.

„Meine Herren. Solange ich keine Beweise für diese Anschuldigungen sehe, gilt immer noch: in dubio pro reo - im Zweifel für den Angeklagten. Also, Herr Vogt: Bringt mir Beweise oder lasst ab sofort solche Ausbrüche sein.“

Von Moordeich schnaubte nur verächtlich.

„Du würdest doch nicht einmal einen Mord glauben, der direkt unter deinen Augen geschieht, Kelting. Du bist einfach nur ein armseliger, vertrottelter Dorfbüttel, der nichts auf die Reihe bekommt."

Hein Kelting sah erschrocken zu Moordeich auf, aber eine Gegenrede wagte er nicht.

Jonathan knurrte leise.

„Vielleicht will der Herr Büttel die Tatorte erst einmal besichtigen? Welche Toten gibt es auf Nutzwedel? Was ist da passiert?", versuchte er Kelting auf die Sprünge zu helfen.

Dieser schüttelte sich kurz, als wollte er von Moordeichs Beleidigungen loswerden.

„Glaubt ihm doch kein Wort.", hob der Vogt noch mal an. „Und ihr seid auf Nutzwedel nicht willkommen. Wehe, ihr setzt auch nur einen Fuß auf meinen Besitz. Dann lernt ihr mich erst richtig kennen!" Er spuckte noch einmal vor Jonathan auf den Boden und drehte sich dann zu seinen Männern um.

„Kommt, wir gehen. Diesen Klosterhansel knöpfen wir uns wann anders vor."

Er schwang sich auf sein Pferd, dass etwas abseits angebunden gewesen war und ritt im Galopp davon.

Jonathan drückte unauffällig Minas Hand, bevor er sich dem Büttel zuwandte.

„Lasst uns die Tatorte ansehen. Vielleicht finden wir den wahren Täter."

Kelting nickte und lief zur Wache, um sein Pferd zu holen. Jonathan sah Mina an und lächelte.

„Du tapferes, dummes Ding. Es war gefährlich hier draußen."

„So? War es das? Ich habe keine Gefahr gesehen. Nur

dich."

Sie erwiderte sein Lächeln und wandte sich ab.

„Mach, dass du dem Büttel hinterher kommst. Sonst reitet er ohne dich und er ist doch total vertrottelt", sagte sie noch leise, ehe sie die Tür öffnete und darin verschwand.

Als Jonathan und Kelting auf dem Heidhof ankamen, brannte noch Licht in der Stube und die Scheune war hell erleuchtet. Die Knechte und die Familie Schilling standen auf dem Hof. Die unheimliche Stille am Ort des Geschehens wurde auf einmal durch einen lauten, schrillen Schrei durchbrochen. Frau Schilling saß auf dem Scheunenboden und hielt den blutüberströmten Kopf ihres Mannes auf dem Schoß. Ihr ältester Sohn Heinrich versuchte, sie von der Leiche seines Vaters wegzuziehen, aber sie schrie einfach immer weiter und weinte bitterlich.

„Mörder. Grausamer Mörder! Unmensch! Bestie!", wimmerte sie und strich ihrem Mann immer wieder über das verklebte Haar. Jonathan stand betroffen am Scheunentor und Hein Kelting hatte beim Anblick der Witwe und des Leichnams die Hand vor den Mund geschlagen. Die Frau sah die Neuankömmlinge aus verweinten Augen an und stand langsam vom Boden auf.

„Du Untier!", rief sie und zeigte mit ausgestrecktem Zeigefinger auf Jonathan.

„Was wollt Ihr hier? Sollten unsere Männer Euch nicht längst den Garaus gemacht haben? Ihr seid doch die Bestie. Seit Ihr im Dorf Euer Unwesen treibt, geschehen solch grausame Dinge. Ihr seid der Teufel!", spie sie ihm die Worte entgegen.

Er hob entschuldigend die Hände.

„Wehrte Frau, ich habe nichts mit diesem tragischen Tod zu tun, glaubt mir. Ich kenne Euren Mann gar nicht und fand ihn am gestrigen Nachmittag hier. Dann machte ich mich auf, um dem Büttel Bericht zu erstatten, aber er war nicht aufzufinden. Nun sind wir hier. Bitte verzeiht, dass ich Euch nicht selbst über das Ableben Eures Mannes in Kenntnis setzen konnte."

Frau Schilling schüttelte den Kopf.

„Papperlapapp. Unnützes Geschwätz. Ich glaube Euch kein Wort. Ihr habt meinen Mann ausgeraubt und dann aufgeschlitzt, wie ein Schlachtschwein! Nun kommt Ihr her und wollt die Spuren verwischen. Aber nicht mit mir. Hört Ihr? Nicht mit Helene Schilling!"

Sie stapfte auf Jonathan zu und hob einen Spaten hoch, der an der Rückwand des linken Scheunentores lehnte. Sie wollte sich auf ihn stürzen, aber sowohl ihre Söhne als auch der Büttel fielen ihr in den Arm und hielten sie zurück.

„Mutter, lass das doch!", keuchte ihr jüngerer Sohn.

„Frau Schilling, ich muss doch sehr bitten", dröhnte Hein Kelting mit einer Autorität in der Stimme, die Jonathan ihm nicht zugetraut hätte.

„Der Herr Hofbieter wird sicherlich nicht das geringste mit diesem scheußlichen Mord zu tun haben. Wir werden den wahren Schuldigen finden und so lange wir ihn noch nicht haben, geht Ihr besser ins Bett, Frau. Ihr macht Euch noch unglücklich."

Kelting nahm ihr den Spaten aus der Hand, drückte die

Frau in die Arme ihrer Söhne und bedeutete ihnen, sie wegzubringen.

„Wir müssen uns hier in Ruhe umsehen. Verschwindet in die Betten, ab dafür!"

Die Hofbewohner taten, wie ihnen geheißen und verließen langsam die Scheune. Jacob Schilling blieb auf dem kalten Boden zurück.

„Als ich gestern Nachmittag hier war, hing er kopfüber an dem Balken dort. Ich habe nachgesehen, aber ich konnte keine Einbruchspuren oder Fußspuren entdecken. Nichts, was auf einen Raubmord hindeuten würde. Es ist zum verrückt werden. Man könnte meinen, wir haben es hier mit einem Geist zu tun", erklärte Jonathan dem Büttel.

„Hm, war etwas in Unordnung?"

„Ich denke nicht. Aber ich kenne diese Scheune auch nicht wie meine Westentasche. Fällt Euch etwas auf?"

Kelting sah sich um, leuchtete mit der Fackel den Heuboden hinauf, kletterte ein paar Stufen der Leiter empor und sprang dann hinab. Er schloss die Scheunentore ganz und leuchtete in jede Ecke.

„Nein, es ist alles ganz normal. Bis auf den toten Schilling. Vielleicht habt Ihr Recht und es ist ein Geist."

Jonathan schnaubte verächtlich.

„Jetzt kommt Ihr mir auch noch mit dem Aberglauben daher. Was für ein Unsinn."

Kelting kratzte sich das Kinn.

„Hier werden wir nichts mehr finden. Wir sollten die Schillings trauern lassen. Ich mache mich auf den Weg nach Nutzwedel. Des Vogts Männer brauchen ebenso Gerechtigkeit, wie Jacob Schilling."

Jonathan nickte.

„Ich komme mit."

Bevor der Büttel Einwände erheben konnte, gebot ihm Jonathan, zu schweigen.

„Ich komme mit. Keine Widerrede! Dann kann ich Euch auch gleich zeigen, wo er mich gefangen gehalten hat."

„Ach ja, darüber wollte ich mit Euch reden. Warum hat er das getan und vor allem, wie seid Ihr entkommen?"

Jonathan wurde es unbehaglich. Er entschied sich für einen Teil der Wahrheit.

„Ich weiß nicht, warum der Vogt das veranlasst hat. Aber ich habe die Wachen niedergeschlagen und bin fortgelaufen. Als ich den Keller verließ, lebten beide Wachen noch."

Er sah dem Büttel direkt in die Augen und dieser nickte.

„Ich glaube Euch. Wir werden sehen, was uns dort erwartet."

Auf Nutzwedel klopfte der Büttel an die Vordertür und Geralt öffnete.

„Kelting, was für eine Ehre.", spottete er.

„Geralt."

Kelting nickte knapp und wollte an ihm vorbeigehen. Der Knecht ließ ihn passieren. Als Jonathan es ihm gleichtun wollte, hob Geralt den Arm und versperrte ihm den Weg.

„Du nicht."

Er sah ihn aus verengten Augen an.

„Wie bitte?"

„Du nicht. Bist du schwer von Begriff?"

Jonathan legte den Kopf schief und knurrte leise.

„Sprecht mich gefälligst ordentlich an, Mann. Ihr redet mit dem Hofbieter des Klosters. Ich bin der Gesandte des Klosters und ich werde dieses Haus nun betreten. Dazu bedarf es nicht der Erlaubnis eines Knechtes."

Er schlug Geralts Arm nach unten weg und drängte sich an ihm vorbei in die Diele. Dort standen der Büttel und von Moordeich schon beisammen und redeten leise.

„Du? Verschwinde, du Hundesohn!", geiferte Moordeich.

„Auch Ihr müsst dringend an Euren Manieren arbeiten. Empfängt man so einen Abgesandten des Klosters? Einen Klostermann? Wenn ich es wollte, solltet Ihr vor mir auf die Knie gehen, Vogt. Muss ich Euch erst an Eure Stellung erinnern, oder wäre es zu viel verlangt, mir direkt den mir gebührenden Respekt zu erweisen?"

Jonathans Stimme wurde mit jedem Wort eine Nuance kühler und bald wehte ein eisiger Hauch durch die Diele.

Von Moordeich atmete tief ein, lief kurz rot an und schnaubte dann.

„Na also, geht doch."

„Dann könnt Ihr mir und dem Büttel ja nun auch erklären, warum ich von Euren Männern gefangen genommen wurde und was das ganze Verhör sollte."

„Bitte? Ich habe nichts damit zu tun. Meine Männer sind eigenständige Individuen. Sie machen, was sie wollen. Ich gebe lediglich hin und wieder einen Befehl. Aber diesen Befehl habe ich sicherlich nicht gegeben. Warum auch? Ihr werdet früher oder später einen Fehler machen und dann kann unser Kelting hier … “, er schlug dem Büttel auf die Schulter, „Euch ganz einfach festnehmen und wegsperren. Ich muss mir doch nicht meine Hände an Euch schmutzig machen.“

Jonathan ballte kurz die Fäuste. Er würde diesem aufgeblasenen Bastard so gern das Gesicht polieren. Aber er legte es nur darauf an und die Genugtuung wollte er ihm nicht bieten.

„Ich weiß nur“, erwiderte er gelassener, „dass ich von Euren Männern vom Pferd geholt wurde auf dem Rückweg vom Heidhof ins Dorf. Dann bin ich hier im Keller erwacht, wurde von Euren Männern ... befragt ... und als es mir zu bunt wurde, habe ich sie niedergeschlagen und bin geflüchtet. Beide lebten noch. Das habe ich vorhin auch bereits dem Büttel geschildert, nicht wahr, Herr Kelting?“

Kelting nickte bestätigend.

„Vielleicht sollte ich mir einmal den Keller genauer anschauen“, sagte er und ging zur Kellertreppe hinab. Jonathan folgte ihm auf dem Fuße.

Im Keller lagen die Knechte, einen zierte ein großer Blutfleck auf dem Hemd auf Höhe des Herzens, dem anderen steckte noch ein Messer in der Kehle.

Jonathan stöhnte auf, er hatte sein Messer erkannt.

„Das hier ist mein Messer“, sagte er zu Kelting und zog es mit einem Ruck aus der Leiche heraus.

„Man hatte es mir abgenommen, bevor ich in der Zelle

dort landete. Ich habe diesen Mann nicht erstochen."

Kelting hob eine Braue und sah ihm in die Augen.

„So so."

„Warum hätte ich das tun sollen und wäre ich dann auch noch so blöd gewesen, das Messer einfach stecken zu lassen? Wenn ich es getan hätte, wäre es allenfalls Notwehr gewesen. Aber ich habe es nicht getan. Wer immer auch hier am Werke war, war gründlich und wollte den Verdacht auf mich lenken."

„Stimmt wohl. So dumm wäret Ihr nicht."

Kelting besah sich den Boden, ging in die Zelle und schob ein wenig Stroh mit dem Fuß beiseite.

„Und diese Kleidungsstücke hier? Wem gehören die?"

Jonathan schluckte. Wie sollte er das erklären, ohne dem Büttel seine wahre Identität zu offenbaren?

„Die wurden mir vom Leib geschnitten. Es war eine besonders perfide Art der Folter", brachte er hervor und der Büttel nickte beruhigt.

Dann bückte er sich und hob ein Büschel schwarzer Haare in die Höhe.

„Seltsam. Das ist doch kein Menschenhaar. Sieht aus wie … von einem Stinktier?"

Jonathan war fast entrüstet, fing sich jedoch recht schnell.

„Bestimmt. Mich würde nicht wundern, wenn der Vogt hier unten Besuch von Ungeziefer gehabt hat. Es passt zu ihm."

Kelting schmunzelte und zerrieb die Haare zwischen seinen Fingern.

„Tja, es sieht so aus, als wäre auch dieser Tatort hier porentief rein. Vielleicht gibt es eine Spur im Garten."

Beide erklommen die Kellerstufen und gingen zur Hintertür in den Garten hinaus. Der Vogt folgte ihnen nun wieder.

Auf dem matschigen Boden zeichneten sich deutlich große Pfotenabdrücke ab, die von der Kellertür bis in den Hain führten.

„Ha, Vogt. Ihr solltet wirklich einen Zaun um das Grundstück ziehen lassen. Anscheinend mögen nicht nur Stinktiere Euer Zuhause", stellte Kelting fest.

Der Vogt runzelte die Stirn.

„Stinktiere?"

„Ja, der Büttel meint, er habe Stinktierhaar im Keller gefunden. Da es sich bei diesen Abdrücken wohl eher um einen gewöhnlichen Wolf gehandelt haben wird, solltet Ihr Euren Keller besser sichern. Nicht, dass noch etwas aus Eurer überquellenden Speisekammer abhandenkommt", frotzelte Jonathan und blieb gefährlich nah an der Wahrheit.

Aber jede erfolgreiche Lüge musste ein gutes Gramm Wahrheit enthalten.

„Fenris, könntet Ihr uns bitte einen Moment allein lassen? Ich möchte ein Wort mit dem Vogt wechseln", sagte Kelting.

Jonathan überlegte kurz, bevor er nickte.

„Wenn es Euren Ermittlungen hilft", sagte er und stapfte außer Hörweite.

„Hör zu, Erk", hob der Büttel vertraulich an. „Einen

Klostermann zu entführen ist nicht nur dumm, sondern auch völlig überflüssig. Dieser Mann dort ist über jeden Zweifel erhaben. Er wurde uns gesandt und wir haben ihm zu gehorchen, ist das klar? Wisst ihr eigentlich, was ihr für ein Fass aufmacht, wenn ihm auch nur ein Haar gekrümmt wird? Du möchtest sicherlich nicht, dass das Kloster hier einen Statthalter einsetzt, oder?"

Von Moordeich schüttelte den Kopf.

„Nein, das möchte ich nicht. Aber Hein, der Typ hat Dreck am Stecken. Ich rieche das. Der macht nur Ärger. So jemanden brauchen wir nicht im Dorf."

„Du hast schon zwei deiner Männer wegen ihm verloren. Reicht das nicht langsam?"

Erk schluckte merklich.

„Doch, du hast ja recht. Es läuft gerade alles aus dem Ruder. Anna, meine Männer und nun auch noch Jacob. Das kann doch nicht mit rechten Dingen zugehen. Habt ihr eine Spur gefunden?"

Kelting seufzte und verneinte knapp.

„Nichts. Es ist, als würden die Geister der Hölle hervorkommen und sich einen guten Menschen nach dem anderen krallen. Ich muss nach Hause. Die Nacht war lang."

Von Moordeich nickte dem Büttel zu, der sich dann zu Jonathan gesellte.

„Lasst uns aufbrechen. Ich muss mich ausruhen."

Jonathan wollte widersprechen, merkte aber, dass auch ihm die Müdigkeit in den Kopf kroch. Er hatte genug für heute und begleitete den Büttel ins Dorf zurück, bevor der Morgen anbrach.

Erk blickte den Männern noch kurz nach, bevor er sich sicher war, dass beide auf dem Rückweg waren. Dann ging er ins Haus und schickte seine Männer ebenfalls in ihre Betten. Es hatten alle genug. Morgen würden sie sich um die Bestattung ihrer Kumpane kümmern müssen und es war immerhin noch Heilig Abend. Als er ganz allein in der Halle stand, ging er leise die Kellertreppe hinab. Die Toten lagen noch genau so, wie sie der Büttel verlassen hatte. Erk betrachtete sie kurz und betete leise. Der Bestatter würde gut an ihm verdienen. Sie sollten ein würdiges Begräbnis erhalten. Es tat ihm leid, dass sie wegen seines Plans das Leben verloren hatten. Er würde diesen Jonathan Fenris überführen, koste es, was es wolle. Mit diesen Gedanken schob er eine große Truhe von der rückwärtigen Wand des Kellers in den Raum hinein. Darunter kam eine Luke zutage. Vorsichtig öffnete er sie und schlüpfte in einen engen Zwischenraum. Die kleine Nachtkerze ließ gerade genug Licht in den Raum, dass er sich orientieren konnte. Auf dem Boden des Raumes stand eine kleine, aber kostbar verzierte Holzschatulle. Ehrfürchtig öffnete der Vogt die Schatulle und nahm eine kleine Phiole daraus hervor, die mit einem kostbaren Silberdeckel verschlossen war, auf dem ein Krebs prangte.

Von Moordeich öffnete die Phiole und sah dann noch einmal in die Schatulle, deren Boden von einem vergilbten Zettel verdeckt wurde.

Er las den Zettel durch, um sich noch einmal zu vergewissern.

Der Krebs macht zwei Schritte vor

und einen zurück.
Geh in den Wald, höre zu,
und erkenne Dein größtes Glück.

Dann nahm er einen Schluck von der hellen Flüssigkeit und fast sofort weiteten sich seine Sinne. Er hörte das Wispern von Mäusen im Stroh, aber er hörte sie nicht einfach nur so, nein, er konnte verstehen, was sie sagten.

„Kalt hier, Hermine."

„Ja, Volker, du hast Recht. Lass uns den Strohhaufen dort hinten als Bett nehmen."

Von Moordeich schüttelte sich, verschloss die Phiole und legte sie vorsichtig in die Schatulle zurück. Dann verließ er den Zwischenraum und schloss die Bodenluke wieder. Nun hörte er nicht nur die Mäuse, sondern auch noch die Ratten. Es wurde Zeit, dass er den Keller verließ.

Er stolperte nach draußen und hier explodierte ihm fast der Kopf. Die Vögel in den Bäumen sprachen unaufhörlich, dazu noch die Wildschweine und die Rehe. Er lief zum Waldrand, wo sich die Spur des Wolfes verlor und ging in den Wald hinein. Es dauerte nicht lang, da sah er auf einer Lichtung ein Reh stehen. Er nahm allen Mut zusammen und räusperte sich.

„Kannst du mich verstehen, Reh?"

Das Reh sah verängstigt auf und er meinte, so etwas wie Verwunderung in den Gesichtszügen aufblitzen zu sehen.

„Sieh an, ein sprechender Zweibeiner", dröhnte es in seinem Kopf. Die Stimme kam von hinter seinem Rücken. Moordeich drehte sich herum und sah einem großen

Hirsch in die Augen.

„Was willst du von uns?“, fragte dieser.

„Ich brauche eure Hilfe. Habt ihr ein ungewöhnliches Tier hier herumlaufen sehen? Es gab da ein paar Pfotenabdrücke, die ich nicht kenne und es ist sehr wichtig, dass ich herausfinde, wem sie gehören.“

Der Hirsch hob den Kopf und schnaubte in Moordeichs Richtung.

„Warum sollte ich dir helfen? Deine Männer jagen uns.“

Der Vogt schloss kurz die Augen.

„So ist es nun einmal. Gott hat es so eingerichtet. Jetzt sprich!“

Der Hirsch stampfte mit dem Huf auf.

„Ich kenne deinen Gott nicht. Ich habe kein Tier gesehen. Aber andere berichteten mir, dass hier ein Wolf durchgelaufen sei. Ein großer, schwarzer Wolf. Mindestens doppelt so groß, wie ein normaler Wolf. Alle hatten Angst, alle haben sich versteckt.“

Erk nickte dem Hirschen dankbar zu.

„Gut, danke.“

Gerade, als er sich abwenden wollte, rief eine Frauenstimme aus dem Garten seinen Namen.

„Erk, Erk wo bist du?“

Der Vogt musste kurz überlegen, ob er seine Frau gehört hatte, oder ob es eines der Tiere war, die er nun verstehen konnte. Aber da sah er schon eine weiße Kittelschürze durch die Baumstämme schimmern und war erleichtert.

„Ich komme, Catharina. Ich bin gleich bei dir.“

Jonathan und Hein Kelting ritten gerade ins Dorf hinein, als die Kirchturmglocke den nahenden morgendlichen Weihnachtsgottesdienst einläutete. Die Menschen standen bereits in kleinen Gruppen vor der Kirche und unterhielten sich über die Geschehnisse der letzten Tage. Jonathan nickte dem Büttel noch einmal zu, bevor er sich abwenden wollte, als ein Mann aus der Menge auf ihn zeigte und laut brüllte.

„Da ist er ja, der Teufel!“

Jonathan hob eine Braue. So langsam reichte es ihm mit diesen Dorftrotteln. Hatten sie denn alle ihre guten Manieren vergessen? Oder hatten sie gar nie welche besessen?

„Mörder! Mörder!“, schallte es ihm aus vielen Kehlen gleichzeitig entgegen.

Er hielt sein Pferd vor der Menge an und schwang sich behände hinunter. Kaum hatte er mit den Stiefeln den matschigen Boden berührt, schon stand er einem großen Kerl gegenüber, der drohend die Fäuste ballte.

„Haut ab, oder wir sorgen dafür, dass Ihr Euch hier nie mehr blicken lasst.“, raunzte der Mann Jonathan an.

„Ach? Ist das so? Bist du der Probst, oder wieso meinst du, mir Befehle geben zu können?“

„Was? Probst? Nee, bin ich nicht. Aber hau lieber in'n Sack, bevor ich in deinen haue!“

Jonathan schüttelte leicht genervt den Kopf.

„Ts, ts, ts. So eine derbe Rede vor der Kirche und das auch noch an Heilig Abend. Hat dir deine Mutter denn gar nichts beigebracht?“

„Meine Mutter lass aus dem Spiel, sonst setzt es was.“

„Mit deiner Mutter würde ich nur zu gern einmal spielen", knurrte Jonathan nun zwischen zusammengebissenen Zähnen hervor. Er hatte deutlich genug von den haltlosen Vorwürfen und war bereit, dem Mann zu zeigen, mit wem er sich da gerade anlegte. Er beugte sich vor und sah auf seinen Gegner herab. Dieser stand unversöhnlich einen Schritt vor ihm und wich ihm nicht aus. Mut oder Dummheit? Das überlegte Jonathan gerade, als der Büttel neben ihm auftauchte. Hein Kelting hatte die Pferde angebunden und sich langsam der Menge genähert.

„Na na, Carl. Lass man gut sein. Der Herr Hofbieter hat überhaupt nichts getan. Er ist kein Teufel, sondern ein Gesandter des Klosters. Also reiß dich am Riemen und bleib artig. Was soll denn der Pastor von dir denken?"

Carl machte einen Schritt zurück und ließ die Fäuste sinken.

„Ach Kelting, mach dir doch nichts vor. Der Mann ist nicht ganz sauber. Kommt hier her und mir nichts, dir nichts, sterben die Menschen wie die Fliegen. Nein, wie die Schweine, so bestialisch sind sie zugerichtet gewesen. Man sagt sich, er trinkt des Nachts ihr Blut. Das geht doch so einfach nicht weiter. Er muss verschwinden, sofort."

„Ja, sofort!", brüllten ein paar Männer hinter Carl.

„Er ist ein Dämon!", geiferte eine Frau in der Nähe und noch eine andere rief: „Die zwölf Nächte sind schuld. Da kommt die Höllenbrut aus ihren Federn!"

Erneut sah sich Jonathan einer wütenden Menge gegenüber und sein Wunsch, dem Ganzen auf seine Art und Weise ein Ende zu bereiten, wurde immer dringlicher. Er sah bereits die hellen Lichtpunkte an den Rändern seines Blickfeldes aufleuchten, als Theodor Piening den Platz vor der Kirche betrat.

„Was ist denn hier schon wieder los? Habt ihr noch nicht genug Trubel gehabt? Man sollte meinen, der Ochsenmarkt sättigt eure Gier nach Raufereien für ein ganzes Jahr. Falls ihr zu viel Energie habt, kommt vorbei und helft mir beim Aufräumen und wiederaufbauen. Also wirklich, Leute. Beruhigt euch langsam!"

Die Männer grummelten und die Weiber schrien noch einige unflätige Bemerkungen, aber Pienings Worte hatten Gewicht im Dorf. Niemand wollte sich mit dem Gastwirt anlegen und auch der Büttel begann, mit den Handschellen zu rasseln. Langsam wichen die Menschen von Jonathan zurück und warteten auf den Einlass zum Gottesdienst. Ab und an beäugte ihn noch jemand misstrauisch, aber das würde ihn wohl für die Dauer seines Aufenthaltes begleiten und er gewöhnte sich langsam daran.

Er sah Piening dankend an. Dieser nickte ihm freundlich zu.

„Ich habe gehört, was passiert ist. Es tut mir leid, dass Ihr diese schlimmen Taten entdecken musstet. Glaubt mir, unser Dorf ist sonst die Ruhe selbst. Wir müssen den Täter unbedingt dingfest machen, dann können alle wieder zu ihrem Tagewerk zurückkehren und die Aufregung legt sich."

„Danke, Herr Piening. Ich sehe das genauso. Allerdings haben Herr Kelting und ich noch überhaupt keine Anhaltspunkte. Es ist zum verrückt werden. Im wahrsten

Sinne des Wortes.“

Piening nickte knapp.

„Ich verstehe. Aber irgendwann macht jeder einen Fehler und dann haben wir den Mistkerl. So kann es nicht weitergehen.“

„Ganz meiner Meinung“, antwortete Jonathan grimmig. „Aber wenn ich mich nicht ständig mit einem Mob auseinandersetzen müsste, hätte ich definitiv mehr Zeit, nach dem Täter zu suchen. Dieses Dorf ist voller … Irrer.“

Piening lachte.

„Nun ja, Ihr seid zu einer Zeit angekommen, in der die Menschen sehr dünnhäutig sind. Das Jahr liegt fast hinter ihnen, alle sind erschöpft und brauchen ein paar Tage Ruhe, bevor die Jahresuhr erneut weiterläuft. Da kommen so ein paar Morde äußerst ungelegen. Und Ihr auch.“

„Ich habe die Morde jedenfalls nicht begangen, ganz im Gegenteil.“

Er hob seine Stimme, bis auch die Letzten auf dem kleinen Kirchenvorplatz ihn hören konnten. „Wenn noch einmal jemand auf die Idee kommt, mich deswegen anzufahren oder mir unflätige Dinge hinterher sagen zu müssen, dann werde ich denjenigen mit einer Zelle im Kloster bekannt machen.“

Die Menschen raunten und er meinte, ein „Ist ja schon gut“ von der Seite vernommen zu haben.

Piening lachte leise.

„So sind sie, meine Pappenheimer.“

„Ja, so sind die Menschen wohl. Aber sagt, Piening, wo wart Ihr denn eigentlich die ganze Zeit? Ich habe Euch gesucht."

Piening schien erstaunt.

„Mich? Nun ja, ich war sehr beschäftigt. Der Ochsenmarkt ist die beste Zeit im Jahr, um Geschäfte zu machen. Es gab einiges zu tun. Neben dem Handel musste ich dann noch meine Gastwirtschaft vollkommen überholen. Die wilden Kerle machen vor nichts Halt, wenn sie einmal in Rauflust sind. Aber das habt Ihr ja sicherlich mitbekommen."

„Sicher, das habe ich mitbekommen."

„Und irgendwoher muss das Geld für die Renovierung ja kommen, also habe ich ein paar Geschäfte tätigen müssen. Aber jetzt bin ich ja wieder da und Ihr seid herzlich auf einen kleinen Umtrunk heute Mittag eingeladen."

„Vielen Dank. Ich werde sehen, ob ich es einrichten kann." Jonathan lächelte freundlich und Piening wandte sich ab, um noch weitere Bekannte zu begrüßen.

Als sich die schweren Kirchentüren öffneten, sah Jonathan Pastor Julius im Gang stehen und die ersten Hände schütteln. Der Pastor sah bleich aus, irgendwie mitgenommen und übernächtigt.

Jonathan reihte sich ein und betrat die Kirche. Die imposanten Deckenmalereien fesselten wie immer zuerst seinen Blick, denn selbst im spärlichen Licht der gerade aufgehenden Sonne konnte man gut die aufwändigen Verzierungen und die kleinen musizierenden Engel ausmachen. Er schüttelte gedankenverloren die Hand des Pastors und übersah dabei das leichte Zittern, das Julius erfasst hatte.

Der Pastor musste hart an sich halten, um nicht zusammenzubrechen. Es waren einfach zu viele Menschen in der Kirche, zu viele Gedanken, die auf ihn einströmten und denen er hilflos gegenüberstand. Warum hatte er nur einen Schluck des Trankes nehmen müssen?

„Oh Herr, hab Erbarmen“, flüsterte er zwischen zwei Händedrücken und schloss sogar einen Moment die Augen vor dem Ansturm, der ihn zu überfluten drohte.

Als alle einen Sitzplatz gefunden hatten, schritt er mühselig durch die Reihen der Gläubigen. Er hörte, wie sich Carl Hinrichs Gedanken darüber machte, wie er Jonathan am schnellsten eins überbraten könnte. Als er an Erk von Moordeich und seiner Frau vorbeikam, hörte er, wie Catharina daran dachte, dass sie Glück gehabt hatte. Claus war tot und könnte ihre kleine unbedeutende Liebelei nicht mehr ausplaudern. Eigentlich schade, dass er so grausam sterben musste. Sie hätte ihn gern noch bei sich gehabt. Vielleicht kaufte Erk ihr zu Weihnachten nun sogar einen Ring, den sie sich vor einiger Zeit beim Juwelier ausgesucht hatte. Sie konnte den Abend kaum erwarten.

Pastor Julius seufzte auf. So genau wollte er seine Schäfchen nun auch nicht kennen lernen. Er ging weiter und auch die Gedanken kamen und gingen.

„Ich sollte mir endlich ein Herz fassen und sie fragen.“

„Heute wird es nichts mehr mit der Jagd, aber morgen finde ich den Zwölfender!“

„Wenn er mich noch einmal so ansieht, dann haue ich ihm eins aufs Maul!“

„Der Pastor wird sicher wieder eine Ewigkeit predigen

und Zuhause wartet der Braten, bis er kalt ist."

„Wenn doch nur endlich der Täter gefasst wäre. Ich will weg aus diesem Dreck."

Endlich hatte er die Kanzel erreicht und wischte sich müde über die Stirn, als würden damit die Gedanken verstummen. Er versuchte, sich die Worte seiner Predigt zurecht zu legen, doch es gelang ihm nur schwer.

„Liebe Gemeinde", hob er dann doch noch an. „Wir haben uns am heutigen Tage hier versammelt, um der Geburt unseres Heilands zu gedenken. Wie klein und schutzlos er in der Krippe im zugigen Stall zu Bethlehem lag, so klein und schutzlos mögt Ihr Euch in dieser dunklen Zeit auch fühlen. Aber seid gewiss, es wird immer Einen geben, der auf Euch Acht gibt. Einen, der in Eure Herzen und in Eure Gedanken sieht und Euch annimmt, was auch immer Ihr mit Euch herumtragt."

Der Pastor verstummte und blickte über die Menge.

„Ha, herumtragen. Als wenn ich etwas hätte, dass ich tragen könnte, nech?", hallte es in seinem Kopf.

„Klein ist doch nur der Schniepel vom Büttel", durchfuhr es ihn.

Er räusperte sich und fuhr fort.

„Glaubet daran, dass eine bessere Zeit kommen wird, so wie Jesus eine bessere Zeit nach seinem großen Opfertode hatte."

Erneut hielt er inne. Ein schrecklicher Gedanke formte sich in seinem Kopf.

„Bald schon stirbt hier noch jemand. Aber das wird weniger schön, als die letzten Male. Irgendwo müssen die restlichen Tränke versteckt sein und ich MUSS sie finden. Ich WERDE sie finden! Ich werde unsterblich sein und keiner wird sich mir mehr in den Weg stellen können. Selbst, wenn ich alle ihre Besitzer in ekelhafte Einzelteile zerlegen muss, sie ausweiden muss und ihre Herzen herausschneiden muss, ich werde mir die Tränke holen.“

Verstört sah sich der Pastor in der Kirche um. Woher war der Gedanke gekommen? Wer dachte in seiner Kirche an so etwas Abscheuliches? Es musste der Täter gewesen sein, aber so schnell, wie der Gedanke gekommen war, war er auch schon wieder weg. Julius traten die Schweißperlen auf die Stirn, er war einer Ohnmacht nahe. Verzweifelt sah er zu Jonathan, dann zu Moordeich und zu Piening. Er sah die Stutenmarie und all die anderen.

„Nun denn, gehet in Frieden. Und denkt an die Christmette“, schloss er seine Rede schnell, eilte von der Kanzel in die Sakristei, wo er sich übergeben musste.

Die Gemeinde murmelte unschlüssig vor sich hin, die ersten eilten erleichtert ob der kurzen Predigt nach draußen und ihrem Festschmaus entgegen. Jonathan sah zu Moordeich und zum Büttel. Keiner der beiden machte Anstalten, sich um den Pastor kümmern zu wollen. Also erhob er sich und wartete, bis alle Gläubigen den Gottesdienst verlassen hatten. Vorsichtig klopfte er an die Tür zur Sakristei.

Drinnen hörte er ein Rascheln und ein klägliches Stöhnen. Er öffnete die Tür und sah Pastor Julius auf dem Boden liegen. Der Talar vom Erbrochenen besudelt, gab der Pastor ein furchtbares Bild ab.

„Pastor, was ist denn nur los mit Euch?“, fragte er besorgt und half ihm auf. Er ging zum Wasserkrug und goss dem Pastor ein Glas ein.

„Ach, es geht schon wieder. Ich habe mir anscheinend den Magen verdorben. Ich brauche nur etwas Ruhe.“

Jonathan sah ihm in die Augen und bemerkte die tiefe Erschütterung, die Pastor Julius ergriffen hatte.

„Aber irgendetwas ist doch passiert. Ihr seid ja ganz-durcheinander.“

Der Pastor winkte ab.

„Nein, wirklich. Es ist nur der Magen. Wir sollten nicht hier reden. Kommt nach der Christmette noch einmal zu mir. Vielleicht habe ich bis dahin Neuigkeiten für Euch. Ich muss etwas überprüfen.“

Er horchte auf.

„Neuigkeiten? Was für Neuigkeiten?“

„Noch weiß ich nichts Genaues. Habt Geduld und gönnt mir ein paar Stunden Ruhe. Wir sehen uns nach der Christmette, ja?“

Der Pastor erhob sich und wankte zur Tür. Jonathan folgte ihm.

„Gut, ich werde da sein.“

Als Jonathan die Kirche verließ, konnte er sehen, wie der Pastor mit dem Messwein in der Hand den Küster verabschiedete und dann die Kirchentüre schloss. Er wunderte sich sehr, ebenso, wie das halbe Dorf. Aber letztlich musste er sich auf die Worte des Pastors verlassen und begab sich ins Hotel. Mina hatte er während des Gottesdienstes nicht gesehen, er war sich jedoch sicher, dass sie da gewesen war.

Als er das Hotel betrat, lag eine entspannte Ruhe über den Räumen. Der Trubel des Ochsenmarktes war fast vergessen und alle besannen sich auf das bevorstehende Weihnachtsfest. Jonathan war übernächtigt und stapfte in sein Zimmer. Er hatte keinen Hunger und wollte einfach nur schlafen. Erschöpft sank er aufs Bett, dass bereits wieder ordentlich hergerichtet war. Mina war wirklich auf alles bedacht, dachte er lächelnd. Er zog sich aus und schlüpfte unter die Decke. Sollten sie draußen doch einfach einmal ruhig und friedlich den Tag mit ihren Familien verbringen. Er musste jetzt schlafen und das würde er auch tun. Kaum hatte er diesen Gedanken zu Ende gebracht, fielen ihm die Lider zu.

Er träumte von schwebenden Messern und Gewehren. Er sah eine Schlinge, die um einen Baum gewickelt wurde und meinte, sich in Fesseln zu befinden. Unruhig warf er sich im Bett hin und her. Leise öffnete sich die Tür zu seinem Zimmer: Jemand trat nah an sein Bett heran, beugte sich herab und hauchte ihm einen Kuss auf die schweißnasse Stirn. Es war Mina, die nach ihm sehen wollte und ihm etwas vom Festtagsbraten brachte.

Erschrocken fuhr Jonathan auf und hielt Mina am Handgelenk fest, als wollte er einen tödlichen Schlag abwehren. Mina zuckte zusammen.

„Schh, Liebster. Ich bin es nur. Keine Angst“, sagte sie zärtlich und streichelte ihm mit der freien Hand über den Kopf.

„Oh nein. Es tut mir so leid.“

Sofort ließ er ihre Hand los und rieb sich über die Augen.

„Das muss es nicht. Du hast ganz schön was durchgemacht in den letzten Stunden. Ich habe dir etwas zu Essen mitgebracht. Du musst doch hungrig sein."

Sie deutete auf das Tablett, auf dem sich neben zwei Gläsern und einer Karaffe Rotwein auch noch zwei Teller mit etwas Braten, dicker brauner Soße, goldenen Kartoffeln und herrlich duftendem Rotkohl befanden. Jonathan lief das Wasser im Munde zusammen und er setzte sich gänzlich auf.

„Aber hier im Bett essen? Ziemt sich das denn für den Heiligen Abend?", fragte Mina lächelnd.

Er räusperte sich und schüttelte dann den Kopf.

„Sicher nicht. Entschuldige. Ich ziehe mich an und wir setzen uns an den Tisch."

Sie lachte nun auf und schüttelte ebenfalls den Kopf.

„Nichts da. Du bleibst, wo du bist. Es ist heute einfach alles anders."

Sie breitete eine Serviette über seinen Schoß und brachte ihm einen Teller, setzte sich und tat dann ebenso.

„Guten Appetit, Herr Fenris."

„Guten Appetit, Fräulein Hansen."

Sie stießen an und ließen es sich schmecken. Nebenbei erzählte er ihr von den Geschehnissen und was er auf Nutzwedel gesehen hatte.

„Aber, was soll denn das nur alles bedeuten?", fragte Mina verständnislos.

„Wo soll ich da anfangen?"

„Am besten, von vorn."

Er sah Mina in die Augen und konnte sich ein Schmunzeln nicht verkneifen.

„Nun gut, also von vorn. Was ich bin, weißt du ja nun schon. Ich wurde im Kloster er- und aufgezogen, meine Eltern kenne ich nicht. Man gab mir die Gabe, mich in einen Wolf zu verwandeln, um Unheil von den Menschen abzuwenden."

„Wann bist du geboren?"

„Das ist eine gute Frage. Ich schätze, es dürfte so um das 17. Jahrhundert herum gewesen sein."

Jonathan bemühte sich, unbekümmert zu klingen. Mina ließ vor Schreck die Gabel voll Rotkohl fallen und sah ihn an.

„Ach? Aha. Das ist … lange her."

„Bin ich dir nun zu alt?", versuchte er zu scherzen.

„Nein", sagte sie bestimmt und sah ihn lange an, bevor sie weiter aß.

„Warum bist du wirklich hier?"

„Ich wurde geschickt, um die Tränke zu finden, von denen du einen besitzt. Allerdings habe ich das vor gut einhundert Jahren schon einmal vergeblich versucht. Dem Kloster ist zu Ohren gekommen, dass sich widernatürliche Phänomene rund um euer beschauliches Dorf häufen. Da kamen ihnen die Tränke und seine Macht wieder in den Sinn. Oder … wie soll ich sagen? Ich habe sie daran erinnert."

Mina hörte aufmerksam zu.

„Woher stammen die Tränke?"

„Es gab ein Buch der Alchemisten. Darin standen Rezepte von Tränken, sieben an der Zahl. Der siebte Trank verheißt Unsterblichkeit. Glaub mir, keine erstrebenswerte Eigenschaft, aber ihr Menschen seht das leider anders."

Ein dunkler Schatten machte sich auf seinem Gesicht bemerkbar. Eine abgrundtiefe Trauer und Müdigkeit spiegelten sich in seinen Zügen.

Mina war so bekümmert, dass sie seine Hand ergriff, die er aber nicht zu bemerken schien.

„Ich habe vor gut hundert Jahren versucht, diese Tränke in die Sicherheit des Klosters zurückzubringen. Aber ich bin gescheitert. Sie wurden von einem Apotheker hier im Dorf gebraut, der unglücklich verstarb und das Buch sowie die Elixiere verschwanden. Ich habe sie nie gefunden."

Er sah auf und Mina direkt in die Augen.

„Bis du mir das Leben gerettet hast und mir deinen Trank gezeigt hast. Nun weiß ich, dass es sie wirklich gibt und wir keine Zeit verlieren sollten, sie alle zu finden. Aber anscheinend ist uns jemand zuvorgekommen."

„Warum glaubst du das?"

„Weil ein Geist die Jagd auf mich eröffnet hat. Er bringt Leute um. Ein Trank verleiht dem Nutzer Unsichtbarkeit, wie ein Trank dir die Heilkräfte gegeben hat. Ein anderer verleiht extreme Kraft. Ich denke, damit wurde die arme Anna an den Baum genagelt. Ich bin mir auch fast sicher, dass es ein und dieselbe Person ist. Das bedeutet, jemand besitzt schon zwei der sieben Tränke. Ich muss ihn aufhalten, bevor er noch weitere findet."

Mina ließ Messer und Gabel sinken und tupfte sich mit

der Serviette den Mund ab.

„Was bewirken die anderen Tränke?"

Jonathan zuckte mit den Schultern.

„Ich weiß es nicht genau. Es könnte alles Mögliche sein. Leider kann ich mich an den Wortlaut des Buches nicht erinnern und glaube mir, ich habe es versucht. Also bin ich darauf angewiesen, mir weitere Schlüsse selbst zu ziehen. Wir werden sehen, was noch alles passiert und ich bin mir absolut sicher, dass ich genau das eigentlich nicht möchte."

„Abwarten und Tee trinken?"

Er lachte leise.

„Genau."

Sie deckte die Teller ab. Jonathan hatte den seinigen zwischen seinen Ausführungen blitzblank verputzt und trank nun zufrieden einen Schluck Rotwein, immer noch im Bett sitzend.

„Nun, so eine Warterei kann ziemlich langweilig werden, meinst du nicht?", fragte sie kokett und stellte sich vor sein Bett.

„Ja, in der Tat. Und ich warte schon eine Ewigkeit."

„Dann lass uns gemeinsam etwas Zeit verbringen."

Sie streichelte ihm erneut über den Kopf, bevor sie einen Schritt zurücktrat und langsam, für ihn fast schon quälend langsam, damit begann, sich zu entkleiden. Als erstes fiel das Überkleid zu Boden. Er sah ihr staunend zu. Es folgte die Bluse, die sie Knopf für Knopf geöffnet hatte. Dann der Unterrock und so stand sie bald nur noch im Mieder vor ihm. Nun hielt es ihn nicht mehr im Bett. Er stand auf und machte einen Satz auf sie zu. Er umarmte sie stürmisch und drückte ihr einen Kuss auf die Lippen, den sie sofort erwiderte. Eine Hand um ihren Nacken gelegt, hob er sie hoch und setzte sie auf den Waschtisch. Tief vergrub er sein Gesicht in ihrem Mieder und sog ihren Duft ein. Sie schlang die Beine um seine Taille und bemerkte erneut voller Staunen seine Erregung. Sie konnte sich nicht vorstellen, dass sie diese Gefühle in ihm auslösen konnte. Er versuchte nun fast hektisch, die Bänder ihres Mieders zu lockern und als er es endlich geschafft hatte, drückte er Mina mit dem Rücken an den kalten Spiegel. Er betrachtete sie genüsslich und zog sich dann sein Nachthemd über die Schultern. Voller Verlangen ließ sie ihren Blick über den nun nackten Jonathan wandern, machte keinen Halt und nickte ihm dann einfach nur zu. Er küsste sie erneut, öffnete ihre Lippen mit seiner Zunge und umkreiste die ihre. Sie schmeckte ihn mit all ihren Sinnen und spreizte unwillkürlich die Beine. Mit einer flüssigen Bewegung drang er in sie ein, nahm ihr Innerstes im Sturm und machte sie zu der Seinigen. Sie stöhnte auf und krallte sich an seinen Nacken. Nah an ihrem Ohr meinte sie, ein Knurren gehört zu haben und sie biss in sein Ohrläppchen. Er stieß immer heftiger zu, löste ihre Hände von seinem Nacken und hielt sie hinter ihrem Rücken fest. Sie konnte gar nicht anders, als sich ihm entgegen zu strecken. Begehrlich fuhr er nun mit der Zunge über ihre Brüste, biss ähnlich fest in ihre Brustwarzen, wie sie in sein Ohr noch kurze Zeit vorher und sie keuchte kurz auf ob der ungewohnten Behandlung ihrer zarten Haut. Dann wanderte seine Zunge von ihrer Brust über ihr Schlüsselbein bis zu ihrem Hals, wo ein erneuter Biss erfolgte. Und wieder war da dieses Knurren zu hören, das Mina erstaunlicherweise nicht ängstigte, sondern erregte. Die Heftigkeit seiner Stöße ließ sie erzittern und er wollte nicht, dass es so schnell endete. Also verlangsamte er seine Bewegungen, sah sie dabei genau an und genoss einfach ihre Lust. Sie biss sich nun selbst leicht auf die Unterlippe, bevor sie wieder die seinen suchte, fand und sie sich wild küssten. Er konnte nicht an sich halten und ließ ihre Hände los, umfasste ihre Schenkel, spreizte sie weit, ohne ihr Schmerzen zuzufügen und stieß noch ein paar Mal fest zu, ehe er merkte, wie die Muskeln ihres Innersten erzitterten. Keuchend bog er sich zurück, legte ihr die Hand um die Kehle und ergoss sich in ihr. Mina genoss jede Sekunde, kostete sie aus bis zum Ende und freute sich auf die nächste. Schwer atmend ließ er sich in ihre Arme fallen. Sie streichelte seinen Rücken, hielt ihn mit ihren Beinen umschlungen und lehnte den Kopf gegen seine Schulter.

„Was habe ich nur getan?“, murmelte er leise.

Sie stieß ihn sanft von sich weg und sah ihm in die Augen.

„Du hast mich sehr glücklich gemacht“, sagte sie, voller Ernst.

Er sah etwas zerknirscht auf diese Frau hinab, die er entehrt hatte und konnte nicht anders, als sie bedingungslos zu lieben. Vorsichtig hob er sie hoch, trug sie ins Bett und legte sich neben sie. Versonnen streichelte sie seine Haare und küsste ihn auf die Stirn.

„Es ist alles in Ordnung. Es musste so sein."

„Ja. Das musste es wohl", fügte er hinzu, bevor er vor Müdigkeit die Augen schließen musste und wohlig in ihren Armen einschlief.

Während Jonathan im seligen Schlaf vollkommener Erschöpfung dahin dämmerte, stieg Pastor Julius mit einer Lampe auf den Dachboden der Kirche. Er konnte noch immer nicht fassen, was für ein Gedanke sich in seinem Kopf festgesetzt hatte und er versuchte zu ergründen, woher er gekommen sein konnte. Immer wieder rief er sich die Gesichter in der Kirche in Erinnerung. Wo hatte wer gesessen? Aus welcher Richtung war der Gedanke gekommen? Aber so sehr er sich auch anstrengte, er konnte den Täter nicht ausfindig machen. Er öffnete erneut das Versteck, um den Trank ein weiteres Mal hervor zu holen. Vielleicht würde sich der Täter auch unter die Gläubigen in der Christmette wagen und dann würde er sich verraten und Pastor Julius konnte ihn identifizieren. Nach welcher Stimme hatte er geklungen? Der Pastor rieb sich über die Stirn, steckte einen Finger in sein rechtes Ohr, wackelte damit, aber auch so wurde die Stimme in seiner Erinnerung nicht deutlicher. Was nutzte ein Trank, mit dem er zwar die Gedanken der Menschen hören, aber, wenn es darauf ankam, nicht zuordnen konnte? Julius schnaubte und besah sich die kleine Phiole ganz genau.

„Pastor Julius? Wo seid ihr?", rief eine weibliche Stimme aus dem Kirchenschiff.

Der Pastor hob erstaunt eine Braue und antwortete.

„Fräulein Hansen? Ich bin hier oben."

Schnell stellte er die Phiole auf einen der mächtigen Dachbalken und eilte zur Dachluke. Er wollte gerade hinunterschauen, als auch schon Minas Kopf in der Luke erschien.

Julius stutze. Was wollte das Fräulein ausgerechnet jetzt auf dem Dachboden? Er hatte vor der Christmette nicht mehr mit Besuch gerechnet.

Mina sah direkt vom Pastor zum Dachbalken, auf dem die Phiole stand. Den Pastor überkam eine schreckliche Ahnung und er verfluchte sich gerade, dass er nicht noch einen Schluck von seinem Trank genommen hatte. Eigentümlich lächelte Mina den Pastor an.

„Was kann ich für Euch tun, mein Kind?", versuchte Julius Mina in ein Gespräch zu verwickeln.

„Oh, so einiges, Pastörchen", erwiderte sie und klang dabei überhaupt nicht wie Fräulein Hansen.

Julius machte einige Schritte zurück, bis er an die hochkant gestellte Bohle kam, unter der sich das Versteck der Phiole befunden hatte. So unauffällig wie möglich nahm er sie zwischen seine Hände und umrundete Mina damit.

„Und das fällt Euch gerade zum Heiligen Abend ein?", fragte er mit ruhiger Stimme.

Mina nickte nur und ging zielstrebig weiter auf die Phiole zu. Der Pastor stand nun in ihrem Rücken, holte weit mit der Bohle aus und versuchte, Mina damit zu erschlagen. Diese bückte sich jedoch blitzschnell, ließ ein unheimliches Lachen erklingen und verschwand vor des Pastors Augen.

Er hieb wie wild mit der Bohle durch die Gegend.

„Zeig dich, du Teufel!“, schrie er und die Luft sirrte nur so vor Bohlenhieben.

Dann wurde er hart in den Rücken getreten, fiel nach vorn auf die Knie und riss beim vergeblichen Versuch, sich am Dachbalken abzufangen, die Phiole mit auf den Boden. Sie zersprang in tausend Stücke, der Deckel kullerte über die Bretter und blieb in einer dunklen Ecke liegen. Der Inhalt ergoss sich auf das trockene Holz und wurde sogleich davon aufgesogen. Es blieb nur ein öliger Fleck zurück.

Wie von einer unsichtbaren Hand gepackt, wurde der Pastor in die Höhe geschleudert, um dann krachend auf dem Boden aufzuschlagen. Er spuckte mit einem Schmerzensschrei etwas Blut auf den nun feuchten Boden. Mit der Kraft der Verzweiflung robbte er sich weg von der Bestie, die es auf ihn abgesehen hatte, was sich als vergebliche Liebesmüh herausstellte, denn der Teufel blieb unsichtbar. Stattdessen wurde er erneut gepackt und durch den Dachboden geschleudert. Mit einem unschönen Knacken brach sein Rückgrat, als sein Körper mit unmenschlicher Kraft wie eine Puppe gegen einen Dachbalken geworfen wurde. Reglos blieb der Pastor auf dem Boden liegen. Als er die Augen aufschlug, stand wieder Mina vor ihm, dann wechselte die Gestalt und der Gastwirt Piening beugte sich über ihn. Als er blinzelte, sah er seine Frau vor sich und als er kurz auf die Scherben am Boden sah, war es Hein Kelting, der sich vor ihm aufbaute.

Er lächelte verzweifelt und flüsterte nur noch.

„Möge der Herr deiner schwarzen Seele gnädig sein. Fenris wird mich rächen und dann wirst du es sein, der hilflos am Boden liegt."

Aus dem Büttel wurde der Vogt.

„So, meinst du das, du törichter alter Mann?"

Die Gestalt, die der Vogt war, wechselte zu Pastor Julius Frau.

„Vielleicht würde er sich rächen, wenn er denn deinen Zettel gelesen hätte. Aber das hat er nicht."

Langsam zog die Gestalt einen Zettel aus ihrer Schürze.

„Denn ich habe ihn und sollte ein Kirchenmann nicht auch die andere Wange hinhalten, anstatt voller Rachegelüste zu sein?"

Pastor Julius Augen wurden groß.

„Wie … wie hast du das angestellt?", keuchte er.

Seine Frau, oder eher das Wesen, was seine Frau darstellte, lachte laut auf.

„Nun, ich habe meine Mittel und Wege."

Sie besah sich die Scherben auf dem Boden.

„Schade, dass vom Trank nichts übriggeblieben ist. Ich hätte zu gern gewusst, was Fenris, dieser nichtsnutzige Hund, als nächstes plant. Oder was der Vogt im Schilde führt. Aber gut", die Frau des Pastors zuckte mit den Schultern.

„Dann muss ich eben weiter einen Schritt voraus sein. Die Phiole selbst ist übrigens viel mächtiger, als du es dir vorstellen kannst. Du hast ja keine Ahnung, was du hier gehütet hast, alter Mann."

Die Gestalt wechselte erneut zunächst zum Büttel, dann

zu Piening. Dabei blieb sie und packte den Pastor bei den Füßen, warf ihn sich über die Schulter und ging langsam in Richtung des Kirchturmes. Kurz davor wickelte Piening das Glockenseil ein paar Mal um sein Handgelenk. Mit dem Seil und dem Pastor kletterte er behände die Leiter hinauf und verschwand dort.

Der Wind pfiff eisig um die Kirche und die Nacht senkte sich auf das Dorf hinab.

24.12.1851
Christmette

Jonathan lag in tiefem Schlaf, als Mina zärtlich über seine Brust streichelte. Sie erhob sich und rieb sich mit den Händen über ihre nackte Haut, als wollte sie seinen Berührungen nachspüren. Dann kleidete sie sich leise an und setzte sich erneut auf die Bettkante. Verliebt betrachtete sie den dort liegenden Mann. Aber war er das überhaupt? Ein Mann? Oder doch mehr ein unheimliches Wesen, dass sie niemals wirklich durchschauen würde? Wie verneinend schüttelte sie kurz den Kopf, beugte sich vor und hauchte ihm einen Kuss auf die Lippen. Jonathan blinzelte verschlafen und streckte sich wohlig auf dem noch warmen Lager aus.

„Wach auf, Liebster. Es ist bald Zeit für die Christmette. Wir sollten nicht zu spät kommen."

Er richtete sich auf und nickte ernst.

„Du hast Recht. Pastor Julius wollte noch mit mir sprechen. Er hat vielleicht einen Hinweis auf den Täter. Wenn er wirklich etwas Brauchbares in der Hand hat, wird das Morden hier bald ein Ende haben und ich finde vielleicht sogar die Tränke, wenn der Unsichtbare mir nicht zuvorkommt."

Er schlug die Decke zurück und Mina war auf einmal peinlich berührt, obwohl sie diesen Mann nun weidlich nackt betrachtet hatte. Schnell stieg er aus dem Bett und schlüpfte in seine Wäsche. Wie immer achtete er peinlich genau auf den Sitz seiner Kleidung, betrachtete sich eingehend im Spiegel und sah dann auf Mina hinab, die noch auf dem Bett saß.

„Wieso bist du eigentlich schon angezogen?"

„Weil ich die Kirchturmglocke gehört habe und du geschlafen hast wie ein ... Wolf."

Sie mussten beide lachen und er zog sie zu sich hoch und küsste sie sanft.

Nachdem er sich von ihr gelöst hatte, sah er aus dem Fenster, ob sich nicht eventuell schon wieder ein wütender Mob davor versammelt hatte. Allerdings sah er nur die Menschen zur Kirche strömen, vereinzelt von Fackeln erhellt, alle dick vermummt gegen die Kälte. Er nahm Mina bei der Hand und zusammen verließen sie zunächst das Zimmer, dann das Hotel. Draußen entzog sie ihm ihre Hand jedoch und sah ihn entschuldigend an.

„Die Leute hier, sie würden es nicht verstehen. Vielleicht können wir so tun, als wärest du mein Gast und ich die Gastwirtstochter, die ich nun einmal bin? Das würde mir sehr helfen."

Er nickte verständnisvoll.

„Natürlich. Ich hätte mich besser im Griff haben sollen. Ich habe dich entehrt und das tut mir leid. Vielleicht kannst du mir verzeihen?"

„Ha, als wenn ich es darauf angelegt hätte, eine ehrbare Frau zu sein", lachte sie leise. „Du bist alles, was ich will und was wir da vorhin getan haben, war wunderschön. Nur kann ich das nicht heute Abend in der Öffentlichkeit zeigen. Ich muss mit meinen Eltern sprechen."

„Das musst du nicht tun. Ich werde das übernehmen

und dann schauen wir, wie ehrbar die Frau eines Hofbieters wohl in den Augen der Menschen hier ist."

Mina blieb der Mund offenstehen.

„Heißt das … ?"

„Ja, was dachtest du denn? Dass ich dich benutze und dann verschwinde? Mina Hansen, wenn schon, denn schon."

Er lächelte sie an.

„Ich nehme nicht an, dass du etwas dagegen hast, meine Frau zu werden?"

Mina konnte nichts sagen. Das ging ihr alles viel zu schnell, eigentlich. Immerhin wusste sie erst seit kurzem, welche Geschichte da hinter diesem geheimnisvollen Mann steckte.

„Nein", sagte sie dann schließlich doch und Jonathan runzelte verärgert die Stirn.

„Wie bitte?"

„Ich meine, nein. Ich habe nichts dagegen, deine Frau zu werden", stellte sie klar. „Aber einen Heiratsantrag hatte ich mir irgendwie anders vorgestellt."

„Nun, meine Liebe, ich bin eben … irgendwie anders!"

Sie musste lachen und er näherte sich ihr, um sie zu küssen. Sie stieß ihn sanft aber bestimmt von sich weg und deutete mit einem Kopfnicken in Richtung der Dorfbewohner, die an ihnen vorbei zur Kirche stapften.

„Nicht, bevor du mit meinen Eltern gesprochen hast. Und jetzt Schluss damit, du musst zu Pastor Julius."

Er seufzte auf und drehte sich von ihr weg, um sich ihr blitzschnell wieder zuzuwenden und ihr einen Hauch von einem Kuss auf die Stirn zu geben.

Gespielt entrüstet entzog sie sich ihm.

„Los jetzt."

„Ja, ist ja gut. Ich bin schon weg.", grinste er, wie ein Lausejunge und rannte dann den Weg zur Kirche entlang.

Als er die Menge vor der Kirche erreichte, spürte er sogleich die Feindseligkeit, die ihm mit voller Wucht entgegenschlug, einem Windstoß gleich. Die Menschen raunten sich hinter vorgehaltener Hand etwas zu und er straffte die Schultern, als er an ihnen vorbei ging. Dann trat Piening aus der Menge hervor und sprach ihn an.

„Ah, Herr Fenris. Wie gut, Euch hier zu sehen. Wir werden keinen Umtrunk mehr nach dem Gottesdienst abhalten. Ich habe mit Erk von Moordeich gesprochen und wir sind der Meinung, wir sollten uns auf die Suche nach dem Mörder machen, der immer noch sein Unwesen treibt. Seid Ihr dabei?"

„Wer ist denn wir, Herr Piening?", fragte Jonathan interessiert.

„Nun, da wäre meine Wenigkeit, dann ein paar meiner Sänger. Der Büttel Hein Kelting ist natürlich mit von der Partie und dann eben Erk und ein paar seiner Knechte. Viele Augen sehen mehr, Ihr versteht?"

Jonathan nickte.

„Aber viele Füße zertrampeln auch etwaige Spuren, oder meint Ihr nicht?"

„Ach was, heute Nacht sehen wir doch sowieso nichts mehr. Es geht ja nur darum, einen Plan auszuhecken, wie wir dem Scheusal beikommen können, der unser schönes Dorf so grausam durcheinanderbringt."

„Wir sollten den Pastor dazu holen. Vielleicht hat er etwas Nützliches beizutragen."

„Sicher, Herr Fenris. Wenn Ihr das so wünscht. Wir können Pastor Julius ja gleich nach der Christmette fragen."

Jonathan nickte und rieb sich dann das Kinn.

„Eine Frage habe ich aber noch: Warum wollt Ihr jetzt auf einmal so schnell suchen? Nachdem Ihr die Tage vorher kaum auffindbar wart?"

Piening winkte ab und schüttelte den Kopf.

„Wisst Ihr, Geschäfte sind Geschäfte. Nun habe ich den Kopf frei für das Dorf und muss mir keine Sorgen mehr um das nächste Jahr machen. Es gab viel zu tun. Über die Feiertage kommen die Menschen zur Ruhe und das gilt auch für mich. Ich stehe Euch nun zur vollsten Verfügung."

Jonathan klopfte dem Gastwirt auf die Schulter.

„Sehr gut. Eure Hilfe kann ich gut gebrauchen. Ihr kennt sicher jeden hier und der eine oder andere wird bestimmt bei einem Grog an Eurem Tresen eine Menge ausgeplaudert haben. Ich komme gern zu Eurem Treffen."

Piening nickte erleichtert.

„Nun entschuldigt mich, ich habe noch etwas mit dem Pastor zu besprechen."

Er ließ Piening vor der Kirche stehen und trat ins Kirchenschiff. Die Menschen hatten sich schon auf die Bänke verteilt und Jonathan wunderte sich, wie beliebt die Christmette in diesem Dorf wohl sein mochte. Er hätte nicht mit so vielen Anwesenden gerechnet. Langsam ging er bis nach vorn und dann auf die Sakristei zu. Er klopfte an, aber niemand antwortete ihm. Vorsichtig öffnete er die Tür.

„Pastor Julius, seid Ihr hier?“

Er bekam keine Antwort und der Raum lag dunkel und verlassen vor ihm. Er schloss die Tür wieder und suchte in der Kirche nach dem vertrauten Anblick Minas. Als er sie gefunden hatte, lächelte er ihr zu und nur dem aufmerksamen Betrachter konnte ein kleines Zwinkern nicht entgehen.

Kaum waren die Glocken verklungen, setzte der Organist alle Manuale in Bewegung und die große Orgel erklang in Jonathans Rücken. Aber etwas stimmte nicht. Denn weder beim ersten noch beim zweiten Lied kam der Pastor nach vorn. Die Menschen sahen sich unruhig um. Das hatte es noch nie gegeben.

„Wo bleibt der denn?“, hörte er eine Frau hinter sich sagen und gleich darauf gähnte sie herzhaft.

Der Organist hob nun zu weiteren Stücken an und Jonathan lauschte aufmerksam zunächst der Musik, dann den immer lauter werdenden Stimmen um ihn herum.

„Also wirklich, Pastor. Braucht Ihr den großen Auftritt, oder was soll das?“, vernahm er Erk von Moordeichs Stimme.

Kein Wunder, dass gerade der sich über die Verspätung des Pastors aufregte, sorgte er sonst doch für die theatralischen Auftritte, dachte Jonathan.

„Gibts doch gar nicht. Ich will ins Bett. Der Tag war lang

genug", murmelte ein Mann neben Jonathan und rieb sich dabei die rauen Hände.

Mina sah Jonathan an und er konnte eine gewisse Sorge in ihrem Blick ausmachen.

„Hoffentlich hat er dem Wein nicht zu viel zugesprochen. Er schien so verwirrt heute Mittag."

„Ach was, er brauchte etwas Ruhe. Er ist ein zäher Kerl und wird sicher gleich hier stehen."

Als auch das letzte Lied ausklang, erhob sich der Vogt und eilte zum Küster. Jonathan sah ihm hinterher und anhand der wilden Gesten konnte er sich schon vorstellen, was die Beiden besprachen. Am Ende zuckte der Küster nur noch mit den Schultern und da erhob er sich auch aus der Bank.

Er trat auf die Männer zu und hörte Moordeich noch sagen:

„Aber was soll denn das? Das geht so doch nicht."

„Wie ich schon sagte, er hat mich nach dem Mittagsgottesdienst nach Hause geschickt und seitdem habe ich ihn nicht mehr gesehen."

Erk von Moordeich grunzte unzufrieden und sah sich um.

„Habt Ihr vielleicht eine Ahnung, wo Julius steckt, Klostermann?"

Jonathan schluckte seinen Ärger über diese despektierliche Anrede hinunter und schüttelte den Kopf.

„Leider nein. Er schien mir heute Mittag sehr verwirrt und vielleicht auch etwas angeschlagen. Aber er meinte, er hätte sich den Magen verdorben."

„Ach, papperlapapp!", raunzte Moordeich und schob Jonathan unsanft beiseite.

„Alle mal hergehört!", rief er am Altar stehend den Menschen zu, die sich nun lebhaft austauschten.

„Pastor Julius scheint entweder zu verschlafen oder krank zu sein. Ich werde ihn suchen und Ihr macht Euch auf den Heimweg. Aber gebt auf Euch acht. Ich werde meine Männer anweisen, mit Fackeln an den wichtigsten Wegstrecken entlang bereit zu stehen. Geht direkt nach Hause und verschließt Eure Türen. Wer weiß, was da im Dunklen lauern mag. Niemandem wird etwas passieren, solange Ihr Euch an meine Vorgaben haltet. Und nun los, marsch, marsch. Heute wird hier nicht mehr gebetet und ich bin sicher, das kleine Christuskind ist auch einmal froh, seine Ruhe zu haben. "

Manch eine Matrone schnaubte empört in Moordeichs Richtung.

„So eine Sprache und dann auch noch am Heiligen Abend, unglaublich."

Langsam leerten sich die Bänke, während Jonathan und von Moordeich die Kirche absuchten. Mit einem kurzen Wink bedeutete Jonathan auch Mina, dass sie nach Hause gehen sollte. Sie nickte ihm noch einmal kurz zu und verschwand dann aus seinem Blickfeld.

„Ich werde im Pastorat nachsehen", sagte er zu Moordeich und dieser nickte.

„Tut das, aber Ihr werdet sicher verstehen, dass ich Euch einen meiner Männer mitschicke. Nicht, dass Euch etwas passiert", fügte er süffisant hinzu.

Jonathan schüttelte resignierend den Kopf.

„Danke für Euer Vertrauen, Herr Vogt."

„Geht! Ich bleibe hier und schaue in allen Ecken nach. Irgendwo muss er ja sein."

Jonathan lief zum Pastorat hinüber, gefolgt von einem Knecht. Aber das Haus lag im Dunkeln, die Tür war verschlossen. Er spähte durch die Fenster ins Innere, aber sah nichts Ungewöhnliches. Auch um das Haus herum war alles in Ordnung. Langsam ging er zum Kräutergarten hinüber. Aber auch hier fand er nichts, außer einer vorwitzigen Krähe, die in einem der Beete saß. Als sie erschrocken aufflog, zuckte der Knecht zusammen.

„Nicht doch, so ein starker Kerl und so schreckhaft?", murmelte Jonathan amüsiert vor sich hin. Er spürte förmlich, wie der Knecht die Zähne zusammenbiss.

Als Jonathan die Kirche schließlich einmal umrundet hatte und keinerlei Spur des Pastors oder eines anderen Wesens gefunden hatte, betrat er die Kirche erneut. Darin befanden sich nur noch der Vogt, der Büttel und Piening.

Jonathan räusperte sich und sagte dann in die Stille hinein:

„Ich habe nichts Verdächtiges gefunden. Allerdings auch den Pastor nicht."

Moordeich verengte die Augen, als wollte er in Jonathans Kopf hineinschauen, um sicherzugehen, dass er die Wahrheit sagte.

„Wir haben ihn ebenfalls nicht gefunden. Das kann doch nicht mit rechten Dingen zugehen. Was soll denn das schon wieder?", fuhr der Vogt fast aus der Haut. Die letzten Tage hatten ihn sichtlich mitgenommen.

„Herrje Erk, komm erst einmal mit zu mir. Wir trinken ein Glas und dann machen wir uns auf die Suche. Weit kann er ja nicht mehr gekommen sein, so schlecht, wie es ihm am Mittag ging", sagte Theodor Piening.

Jonathan nickte.

„Das halte ich für sinnvoll. Zudem möchte der Küster sicher auch ins Bett und wir sollten uns einen Plan für das weitere Vorgehen überlegen."

Der Vogt deutete auf die Kirchentür.

„Na dann, vorwärts die Herren."

Zusammen verließen sie die Kirche und schlenderten ratlos zu Pienings Gasthof hinüber.

Der Gastgeber selbst öffnete die Tür und die neuen Fenster strahlten im Kerzenlicht. In der Gaststube war wenig Betrieb, die Menschen hatten sich an Moordeichs Worte gehalten und waren in ihre Häuser zurückgekehrt. Nur am Tresen saßen ein paar ältere Männer, die ohne ihr Abendbier nicht schlafen gehen konnten. Marga schenkte beim ersten Anblick der Männer die Schnapsgläser voll.

Jonathan gähnte hinter vorgehaltener Hand. Er hatte noch eine Menge Schlaf nachzuholen und die Zeit mit Mina hatte das nicht eben gefördert.

„Ach, der Herr ist müde. Der Herr möchte lieber schlafen gehen?", feixte von Moordeich.

„Nein. Ich bin hier und warte auf Eure Ideen, Vogt. Immerhin kennt Ihr Euer Dorf doch wie die Westentasche. Wo also könnte sich ein Pastor verstecken und vor allem: Warum?"

Von Moordeich leerte sein Schnapsglas und hob die Schultern.

„Was weiß denn ich? Es ist so viel passiert, was ich mir nicht erklären kann."

„Dann kommt es auf eine Frage mehr oder weniger auch nicht an, oder?", versuchte Jonathan ihn aus der Reserve zu locken. Aber der Vogt war ehrlich verzweifelt, das spürte er, auch wenn er es ihm nicht zugetraut hätte.

Piening schlug den Kopf in den Nacken und als der Schnaps seine Kehle hinunter ran, seufzte er wohlig, sagte jedoch nichts.

„Meine Herren, was auch immer Pastor Julius vom Predigen abhielt, oder abhält, wir werden es nicht herausfinden, wenn wir hier am Tresen stehen", sagte Jonathan ungeduldig. „Ich schlage vor, wir teilen uns auf und durchsuchen das Dorf sternförmig, von der Kirche ausgehend."

„Sieh an, die Klostermaus hat Ahnung von Menschensuche", knurrte der Vogt.

„Herr von Moordeich, könntet Ihr es bitte unterlassen, mich in dieser Art und Weise anzugehen? Ich bin nicht der Feind!"

„Seid Ihr nicht? Und woher soll ich das wissen, he? Vielleicht habt Ihr ja den Pastor auf dem Gewissen, wie Ihr auch meine Männer auf dem Gewissen habt und die anderen alle. Ich kenne Euch nicht und ich vertraue Euch nicht. Und wenn hier einer die Befehle gibt, dann bin das immer noch ich, habt Ihr mich verstanden, Hofbieter?"

Jonathan nickte geduldig, ballte aber unmerklich die

Fäuste.

„Oh gut, endlich sprecht Ihr mich so an, wie es sich gehört. Ihr seid lernfähig."

Der Vogt erhob sich so schnell, dass sein Stuhl nach hinten kippte.

„Noch ein Wort, Freundchen und ich schlage dir den Schädel ein!"

Jonathan wich ihm nicht von der Seite, sah ihn ruhig und gelassen an.

„Wenn Ihr das tut, habt Ihr mehr als ein weiteres Problem und genau das wollt Ihr doch nicht, oder? Freundchen?"

Der Büttel klopfte von Moordeich auf die Schulter, hob den Stuhl auf und drückte den Vogt darauf hinab, wobei er sämtliche Kraft aufwenden musste, die ihm geblieben war.

„Also bitte, werte Herren. Wir sind alle müde. Ich schlage vor, dass wir Herrn Fenris Idee nachkommen und uns auf die Suche machen, bevor wir uns gegenseitig an die Gurgel gehen."

Jonathan knurrte leise.

„Nichts anderes möchte ich."

„Also gut, los geht es", sagte nun auch Piening.

Die Männer erhoben sich und machten sich auf die Suche. Jonathan hatte große Lust, seine Wolfsgestalt anzunehmen und einfach durch die Wälder zu streifen. Sollten diese Idioten doch sehen, wo ihr Pastor abgeblieben war. Was ging es ihn an? Aber sein Pflichtbewusstsein hielt ihn davon ab und so suchte auch er bis in die frühen Morgenstunden hinein. Aber einfach alles im Dorf war ruhig und keiner hatte etwas gefunden, als sie sich um kurz vor fünf Uhr morgens wieder bei Piening trafen.

„Es tut mir leid, das sagen zu müssen, aber es ist verworren. Der Pastor ist verschwunden“, stellte Jonathan fest und die Männer nickten müde.

„Heute können wir nichts mehr ausrichten. Ich wünsche Ihnen eine gute Nacht, oder was auch immer davon übrig ist.“

„Im Morgengrauen suchen wir weiter!“, beschied Erk von Moordeich.

Jonathan tippte sich grüßend an den Zylinder und verließ die Gastwirtschaft. Die Müdigkeit war wieder in seine Knochen gekrochen und er wollte sich jetzt auf sein Kissen legen und am liebsten erst wieder aufwachen, wenn der Mörder gefasst war und Pastor Julius zum Weihnachtsgottesdienst rief.

Er öffnete die Tür zum Hotel und Mina saß auf der Treppe, den Kopf gegen das Geländer gelehnt und schlief. Sie war ebenso erschöpft, wie er es war. Er streichelte ihr über das Haar und sah sich um. Als er niemanden entdecken konnte, küsste er sie zärtlich in den Nacken und sie rieb sich verschlafen die Augen.

„Oh nein, ich bin eingeschlafen. Habt ihr den Pastor gefunden? Ist alles in Ordnung?“

Er schüttelte den Kopf.

„Leider nein. Wir werden nachher weitersuchen. Aber jetzt muss ich schlafen.“

Sie lächelte ihn an. „Ja, das musst du in der Tat.“

„Kommst du mit?“

„Nein. Ich gehe auf mein Zimmer. Du brauchst Schlaf und ich befürchte, den kann ich dir nicht gönnen, wenn ich neben dir liege.“

Lächelnd nickte Jonathan und gab ihr einen Kuss auf die Hand. „Dann schlaft gut, Fräulein Mina.“

„Ihr ebenfalls, Herr Fenris.“

Damit verabschiedete er sich von ihr und ging auf sein Zimmer, wo er sich, so wie er war, auf sein Bett fallen ließ und augenblicklich einschlief.

25.12.1851

Jonathan saß bereits am Frühstückstisch, bevor die Kirchturmglocke neun Uhr geschlagen hatte. Die Sonne schickte ihren ersten Morgengruß gerade eben über die Wiesen und Jonathan wunderte sich einmal mehr darüber, dass die Gestirne so gleichgültig gegenüber den Menschenschicksalen waren. Egal, wie sehr die Menschen in der Nacht leiden mochten, die Sonne ging auf, als wäre nichts gewesen. Er fragte sich, wie es dem Pastor wohl gehen mochte und was passiert war.

Mina eilte zwischen der Küche und den wenigen Gästen hin und her. Wenn sie seinen Tisch passierte, schenkte sie ihm ein kleines Lächeln und das rückte seinen Tag zurecht. Heute wollte er weiter nach dem Pastor suchen und zugleich die Suche nach dem Täter vom Heidhof intensivieren. Es konnte doch nicht sein, dass niemand etwas gesehen hatte. Geister gab es schließlich nicht. Obwohl, wer konnte das schon mit Gewissheit sagen? Immerhin gab es auch ihn und was war er? Eine Sagengestalt? Und dennoch saß er hier in der warmen Gaststube und verschlang sein Frühstück, wie jeder andere Mann vor ihm und wohl auch nach ihm. Noch wollte er nicht kapitulieren und höhere Mächte für all das Unheil verantwortlich machen, was im Dorf nun verarbeitet werden musste. Wahrscheinlicher war es, dass jemand letztendlich doch die Tränke des Apothekers gefunden hatte. Er hätte ihn damals nicht so einfach davonkommen lassen dürfen. Er hätte diplomatischer auftreten müssen und dann wären die Tränke jetzt in sicherer Verwahrung im Kloster. Aber so war es nicht gekommen und so nahmen die Dinge ihren Lauf. Er würde sehen müssen, wie er weiteren Kummer von den Dorfbewohnern abhalten konnte. Seine Stirn furchte sich immer mehr bei diesen dunklen Gedanken und Mina stellte ihm vorsichtig eine Platte mit Spiegeleiern, Speck und Käse hin. Kurzzeitig irritiert sah er sie an und lächelte dann.

„Du scheinst immer zu wissen, was ich gerade brauche."

„Immer? Nun ja, ich übe mich darin, deine Gedanken zu lesen. Leicht ist es nicht, aber interessanter, als den ganzen Tag den letzten Dorftratsch zu hören."

Er streichelte schnell und möglichst unauffällig ihre Hand.

„Der Tratsch kann uns nützlich sein. Wer weiß, was der ein oder andere so gesehen hat? Halte nur deine hübschen Ohren auf. Vielleicht kommen wir der Lösung so ein Stück näher."

Sie lächelte, nickte knapp und entzog ihm ihre Hand.

„Wann wirst du mit meinen Eltern reden?"

Er lehnte sich zurück. Es war nicht klar, ob er sich nur körperlich Raum verschaffte, oder ob er auch seelisch von ihr Abstand nahm.

„Sobald es meine Zeit erlaubt."

Mina erschrak. Sollte er doch nicht zu seinem Wort stehen? Hatte sie sich zu voreilig diesem Mann oder diesem Wesen hingegeben?

Gelassen sah er sie an und lächelte.

„Ich kann es also genau so gut jetzt gleich machen."

Als er sich erhob, gellte draußen ein Schrei durch die kalte Luft, der selbst Jonathan das Blut in den Adern gefrieren ließ. Mit wenigen Schritten eilte er ans Fenster, rieb mit dem Ärmelrücken über die angelaufene Scheibe und sah im diffusen Licht der aufgehenden Sonne eine Frau auf der Straße zusammensacken. Um sie herum blieben die wenigen Menschen, die bereits unterwegs waren, erstaunt und erschrocken stehen. Jedoch machte keiner Anstalten, der Frau aufzuhelfen. Sie schrie immer noch aus Leibeskräften und Jonathan hatte genug gesehen. Er rannte aus dem Gastraum und noch ohne Mantel oder Hut weiter auf die Straße hinaus. Fast hätte er den großen Tannenbaum umgerissen, der neben der Eingangstür stand. Es klirrten ein paar Christbaumkugeln, als die Tür nach ihm ins Schloss fiel. Mina rannte hinter ihm her, war jedoch so besonnen, sich etwas über zu ziehen und auch seinen Mantel vom Stuhl zu nehmen.

Die Morgenluft schlug ihm wie ein nasser Waschlappen ins Gesicht. Er rannte und schlitterte zu der am Boden liegenden Frau hinüber und erkannte schon beim Laufen, dass es sich um die Stutenmarie handelte. Keuchend lag sie auf der nassen Erde und schrie und wimmerte im Wechsel vor sich hin. Als er sich ihr näherte, wurde deutlich, warum keiner der Beistehenden ihr aufhelfen wollte. Sie hatte sich vor Schreck erleichtert und roch entsprechend. Jonathan konnte darauf keine Rücksicht nehmen, beugte sich hinab und versuchte, Augenkontakt mit ihr herzustellen. Das war nicht so einfach, denn Stutenmarie schaute immer wieder zum Kirchturm hoch. Er brachte sein Ohr nah an ihren Mund, um das Wimmern zwischen den Schreien besser verstehen zu können.

„Da hängt er, nech? Oh weh, oh weh!“, schluchzte sie, bevor sie erneut vor Schreck und Kummer laut aufheulte.

„Wer hängt wo, Marie?“, fragte er verdattert, doch Marie schaute an ihm vorbei ins Leere, die Pupillen vor Schreck geweitet.

Erst als Mina der alten Frau sanft eine Hand auf die Schulter legte, beruhigte sich diese ein wenig.

„Na, da oben, seht doch nur, nech? Das waren die Hexen!“

Jonathan und Mina hoben gleichzeitig ihre Blicke in Richtung der Turmuhr. Jonathan sah als erster den blutüberströmten nackten Pastor, der an einem Strick um den Hals vom Kirchturm baumelte und eine Sekunde später schlug sich Mina die Hand vor den Mund und ließ dabei Jonathans Mantel auf die Straße fallen.

„Beim Allmächtigen! Die Sage ist wahr!“

Mina wandte sich ab und begann ebenfalls zu weinen. Auch die Umstehenden hatten nun begriffen, was die Alte wohl gemeint haben könnte und eine allgemeine Bestürzung brach sich Bahn.

Jonathan hingegen hatte keine Zeit für Trauer. Er rannte die Kirchwarft hinauf, riss fast die Kirchentür aus den Angeln und hastete zur Treppe, die zum Kirchturm führte. Schnellen Schrittes erklomm er die Stufen, sah sich im Zwischenboden nach der Luke für den Kirchturm um und öffnete diese schließlich mit aller Gewalt, die er aufbringen konnte. Er kletterte die letzten Stufen hoch, bis der eiskalte Morgen ihn wiederhatte. Nun sah er das Elend aus der Nähe und dachte bei sich, dass er nicht so viel hätte frühstücken sollen.

Pastor Julius war fachmännisch aufgeknüpft worden. Sein Kopf war geschwollen und seine Zunge hing ihm blau aus dem Mund heraus. Die Augen waren aufgerissen, als würden sie immer noch den Schrecken sehen, der in ihn gefahren sein musste. So sah kein Mensch aus, der friedlich und aus freien Stücken einen äußerst schmerzvollen Tod gesucht haben konnte. Jonathan sah sich das Glockenseil genauer an. Ein dicker Knoten war an das Zeigerwerk genau gegenüber der Leiche am Ausgang des kleinen Rundgangs geknüpft worden. Das Seil selbst spannte sich über den Querbalken oberhalb der Uhr und fiel dann mit dem Körper des Pastors zusammen in Richtung des Hotels Stadt Hamburg hin ab. Die Füße des Pastors hingen über der Brüstung. Wenn er ihn bergen wollte, müsste er das Seil wieder zu sich zurückziehen. Die Leiche einfach abzuschneiden, war nicht möglich. Er hätte sie nicht halten können und der Pastor wäre zu Boden gefallen. Diesen Anblick wollte er sich und vor allem den Dorfbewohnern ersparen. Es reichte, dass sie ihren Pastor so sehen mussten. Unter ihm konnte er vereinzelte Rufe ausmachen.

„Herr, steh uns bei!“

„Wo soll das nur alles enden?“

„Haben sie denn kein Erbarmen?“

Wenn er wüsste, wer „sie“ waren, dann würde er kein Erbarmen kennen, soviel stand fest. Aber nun musste er erst einmal den Pastor vom Seil befreien. Jonathan löste mit äußerster Sorgfalt den Knoten, wobei ein Messer ihm sicherlich schneller einen Dienst erwiesen hätte. Aber er wollte nicht riskieren, dass ihm die Leiche des Pastors aus den Händen glitt. Als er den Knoten endlich gelöst hatte, hängte er sich mit seinem ganzen Gewicht an das Seil und die Leiche bewegte sich wenige Zentimeter nach oben, weg von der gefährlichen Tiefe. Das reichte jedoch bei Weitem nicht. Er sah sich genauer um, hielt dabei das Seil fest umklammert und kam ins Schwitzen. Lange konnte er den Pastor so nicht halten. Gehetzt und mit seiner Kraft fast am Ende fiel ihm das Geländer um die Turmuhr auf. Mit einem heftigen Ruck zog er das Seil zu sich heran, band es um das Geländer, setzte sich dann auf den Hosenboden, stemmte seine Füße gegen die Mauer und zog erneut. Die Leiche des Pastors hatte sich über die Brüstung gehoben und er band das Seil am Geländer fest, damit sie genau dort blieb, wo sie jetzt war. Er erhob sich und ging zum Pastor hinüber.

„Armer Julius, das hast du nicht verdient", flüsterte er, bevor er nun sein Messer zückte und den Pastor mit ein paar schnellen Schnitten vom Seil befreite. Dabei fiel ihm unter dem Strangulationsmal am Hals ein Kehlschnitt auf. „Daher kommt das ganze Blut", stellte Fenris fest, als Mina ihren Kopf durch die Luke streckte.

„Was ist nur geschehen? Kann ich helfen? Soll ich losrennen und den Trank holen? Kann ich ihn heilen?", bestürmte sie Jonathan mit bangen Fragen.

Er schüttelte nur leicht den Kopf.

„Du kannst gar nichts tun, ebenso wenig, wie ich. Der Trank kann nur Verletzungen heilen, aber keine Toten erwecken. Dafür ist er nicht gedacht."

Mina weinte und wischte sich immer wieder mit einem Taschentuch über die Augen. Jonathan war versucht, sie tröstend in die Arme zu nehmen, aber er hatte im Moment andere Gedanken, die zunächst wichtiger waren.

Er murmelte leise einen Segensspruch. Dann besah er sich den Körper noch einmal genauer. Der Täter hatte den Pastor entkleidet. Ob aus reiner Boshaftigkeit oder weil er daraus Genuss zog, war ihm noch nicht klar. Bläuliche Verfärbungen am Rücken des Pastors und an seinen Rippen zeigten Jonathan, dass er vor seinem Tode wohl einen harten Kampf ausgestanden hatte. Bestimmt hatte er sich gewehrt, als das Untier sich auf ihn gestürzt hatte. Jonathan hob Julius Finger an und schaute nach, ob vielleicht Hautfetzen unter den Fingernägeln zu finden waren. Aber er hatte den Täter nicht verletzt. Zumindest nicht durch einen Kratzer. Kaum hatte er seine Beobachtungen zu Ende geführt, hörte er von der Luke her weitere Stimmen und auch Mina sah hinab.

„He, Fenris, seid Ihr da oben?", rief der Vogt.

„Natürlich sind sie da oben, wir haben sie doch gesehen", fuhr ihm Piening unwirsch dazwischen.

„Meine Herren, wenn ich bitten dürfte. Ich bin hier der Arm des Gesetzes!", schaltete sich der Büttel ein.

„Der kurze und strunzdumme Arm", frotzelte der Vogt und Jonathan hörte, wie Piening kurz kicherte.

„Na na, Erk von Moordeich. Werd nicht frech, sonst

schmeckst du auch mal meine Medizin", erwiderte Hein Kelting und rasselte mit den Handschellen an seiner Uniform, bevor er sich darauf besann, warum er überhaupt auf dem Dachboden der Kirche stand.

„Herr Fenris, kommt herunter. Was macht Ihr denn da oben so lange?"

Jonathan knurrte leise und Mina wandte sich ihm mit einem Augenrollen zu.

„Schon gut, Hein Kelting. Wir kommen runter. Herr Fenris hat den Pastor geborgen, aber wir werden ihn wohl nicht allein herunter befördern können. Also macht Euch vielleicht nützlich, ja?"

Geschäftig liefen die Herren auf dem Dachboden herum und Jonathan verfluchte diese Dorftölpel, die nun sicherlich sämtliche Spuren dort unten mit ihren schlammigen Stiefeln verwischen würden. Als endlich Erk von Moordeichs Kopf aus der Luke auftauchte, war Jonathan fast schon froh, den Vogt zu sehen.

„Na endlich. Packt mit an, dann sollte es gehen", raunte er ihm zu.

„Übernehmt Ihr jetzt hier das Kommando?"

„Ach bitte, Moordeich. Lasst uns kurzzeitig unsere Animositäten begraben und dem Pastor ein würdiges Geleit geben."

Der Vogt grollte, konnte sich aber angesichts der Leiche zusammenreißen und so beförderten sie Pastor Julius vorsichtig bis in den Altarraum. Jonathan hatte keine Zeit, sich auf dem Dachboden genauer umzusehen, aber er würde das nachholen.

Langsam legten sie den Pastor vor dem Altar nieder. Jonathan stand betroffen vor der Leiche dieses sanften Mannes und spürte kalte Wut in sich hochsteigen. Was für eine Bestie tötete und erhängte einen wehrlosen Mann Gottes? Gab es denn keine Moral mehr in diesem Dorf?

Langsam füllte sich die Kirche mit Schaulustigen, die angezogen von Stutenmaries Radau nachsehen wollten, was sich nun wieder ereignet hatte. Aber Hein Kelting komplimentierte die Dorfbewohner allesamt hinaus, mal sanft, mal eher bestimmt. Jonathan richtete das Wort an die Männer in seiner direkten Umgebung.

„Es muss der gleiche Täter sein, der auch Anna auf dem Gewissen hat. Mit normalen menschlichen Kräften ist eine solche Tat nicht zu bewerkstelligen."

„Wie kommt Ihr darauf?", wollte Piening wissen.

„Nun, zunächst einmal wurde dem armen Julius das Rückgrat gebrochen. Das kann nur durch einen schweren Sturz oder durch äußerste Gewaltanwendung passieren."

„Seid Ihr jetzt auch noch Leichenbeschauer?", fiel ihm Moordeich ins Wort.

„Ja, in der Tat. Auch diese Funktion habe ich in meinem Dienst für das Kloster bereits ausgeübt", gab Jonathan eisig zurück.

„Neben der Tatsache des gebrochenen Rückens ist da der aufgeschlitzte Hals. Alles spricht für einen weiteren bestialischen Mord."

Der Vogt, der Büttel und Piening blickten betreten zu Boden.

„Dann stellt sich jetzt nur noch eine Frage", beendete

Hein Kelting die Stille. „Wer wird das nächste Opfer sein?"

„Niemand!", brüllte Erk von Moordeich. „Nicht eine einzige weitere Leiche wird es in meinem Dorf geben. Dafür werde ich mit meinen Männern sorgen und wenn es das Letzte ist, was ich tue."

Jonathan sah ihn interessiert an.

„Und wie genau wollt Ihr das anstellen? Bisher hat Euer martialisches Auftreten den Täter nicht daran gehindert, weiterhin fröhlich seinem Tagwerk nachzugehen. Vielleicht ist jetzt nicht mehr die Zeit für große Worte, sondern auch endlich für Taten gekommen?"

Erk von Moordeich sah Jonathan wutentbrannt an.

„Ihr wagt es, Bürschlein?"

Er hob die Faust in Jonathans Richtung. Mina räusperte sich und trat zwischen die Männer.

„Meine Herren, ich bitte Euch. Hier liegt der arme Pastor Julius, Gott hab ihn selig, und Ihr habt nichts Besseres zu tun, als in Streit zu geraten?"

Jonathan hob beschwichtigend die Hände.

„Ich habe nicht davon angefangen."

Mina sah ihn an und er spürte zum ersten Mal, welche Kraft von ihr ausging.

„Es ist mir egal, wer hier angefangen hat. Wir sind nicht in der Dorfschule und Ihr drückt nicht die Schulbank. Ihr sollt einen Mörder finden und unserem Dorf, meinem Dorf, wieder die Ruhe und Beschaulichkeit zurückgeben, die die Menschen hier verdient haben. Versteht Ihr das?"

Piening hob eine Braue und amüsierte sich sichtlich über Minas Wutausbruch.

„Fräulein Hansen hat ganz recht. Wir sollten unsere Bemühungen intensivieren. Was schlagt Ihr vor, Herr Vogt?"

„Nun, ich dachte daran, die Wache auch tagsüber ins Dorf zu schicken und nach dem Rechten sehen zu lassen. Außerdem denke ich, dass eine Ausgangssperre sinnvoll ist. Die Menschen sollten nicht nachts unterwegs sein, solange der Mörder frei herumläuft. Oder was auch immer im Moment in meinem Dorf so frei herumläuft."

Er sah Jonathan an und der konnte sich ein Knurren nur knapp verkneifen.

„Ich könnte eine zweite Wachtruppe aufstellen, Erk, dann wäret Ihr mit Euren Knechten nicht allein auf weiter Flur", sagte Piening und sein Vorschlag wurde dankend angenommen. Nun kam auch der Büttel vom Kircheneingang zu ihnen hinüber und rieb sich die kalten Hände.

„Ich werde den nächsten Zug nach Uetersen nehmen und Verstärkung anfordern. Wie Ihr mir sicher zustimmen werdet, reichen unsere Kapazitäten einfach nicht aus, um dem Mörder habhaft zu werden."

„Kommt ja gar nicht in Frage!", brüllte Erk von Moordeich dazwischen. „Das ist meine Angelegenheit und die erledige ich auch allein. Wir schaffen das ganz ohne die Lackaffen."

Hein Kelting sah Erk von Moordeich verwundert an und auch Jonathan wunderte sich im Stillen über diesen Ausbruch. Obwohl, nein, es wunderte ihn eher nicht, dass der Vogt keine Verstärkung haben wollte. Er machte einen auf starken Mann und wo schon stark ist, geht eben kaum noch stärker. Jonathan rieb sich müde die Augen.

„Wir sollten Julius in die Sakristei bringen und uns um die Bestattung kümmern. Danach wäre es am Einfachsten, die Glocke läuten zu lassen und die Menschen in der Kirche zu versammeln, um ihnen die weiteren Maßnahmen und das Geschehen zu unterbreiten“, schlug er leise vor.

Mina nickte und auch Piening war einverstanden. Zähneknirschend fügte sich der Büttel und Erk von Moordeich wirkte zufrieden.

Sie trugen die Leiche des Pastors in die Sakristei. Piening rief nach dem Küster, der schon draußen die Menge in Schach gehalten hatte und nun die Glocke läutete. Eine aufgebrachte Menge strömte in die Kirche und der Vogt stellte sich in Positur.

„Hergehört, hergehört!“, rief er und seine Stimme dröhnte von den Kirchenwänden zurück. „Pastor Julius ist das Opfer eines abscheulichen Verbrechens geworden.“

Ein Raunen ging durch die Menschenmenge.

„Hiermit ordne ich eine Ausgangssperre an! Von zehn Uhr abends bis sechs Uhr morgens will ich keine Menschenseele auf der Straße sehen. Dazu werden wir eine weitere Wache aufstellen und auch am Tage für Eure Sicherheit sorgen.“

„Na, das klappt ja gut!“, schallte es dem Vogt entgegen.

„Du sollst doch für unsere Sicherheit sorgen. Was machst du denn die ganze Zeit? Horster Pillen schlucken?“

„Großer Schnacker, aber nichts dahinter.“

Der Vogt sah sich nach allen Seiten um.

„Wer war das? Sagt es mir ins Gesicht, ihr feigen Hunde!“, brüllte er aufgebracht.

Jonathan seufzte und trat zwischen den Vogt und die Menge. „Beruhigt Euch! Allesamt!“

Er beäugte die Menge kritisch und hielt mit einer Hand den Vogt davon ab, sich auf die Urheber der eben vorgebrachten Anschuldigungen zu stürzen.

„Wir müssen jetzt alle aufeinander aufpassen. Ein einzelner Mann, und sei es auch der Vogt, kann das nicht allein. Dafür sind wir eine Gemeinschaft, ein Dorf. Damit wir solche Widrigkeiten gemeinsam überstehen und uns beistehen können.“

„Du gehörst doch nicht einmal hier her!“, grummelte es an Jonathans Seite, der sich davon jedoch nicht abhalten ließ.

„Geht nach Hause, bleibt zu Hause und passt auf euch und eure Familien auf. Dann wird nichts geschehen. Wir versuchen in der Zeit, den Täter endlich dingfest zu machen. Vertraut uns. Vertraut dem Büttel Hein Kelting“, er zeigte auf den Büttel, der gerade verstohlen in der Nase gebohrt hatte.

„Vertraut Piening, bei dem ihr immer ein offenes Ohr und einen Torfmoorbittern vorfinden werdet.“

Piening lächelte huldvoll in die Menge.

„Vertraut eurem Vogt und seinen Männern. Auch, wenn es euch schwerfällt.“ Diese Spitze konnte Jonathan sich nicht entgehen lassen. Erk von Moordeich zog geräuschvoll den Rotz in seiner Nase hoch und wollte fast vor ihm auf den Boden spucken, besann sich dann jedoch eines Besseren und nickte nur knapp.

„Und schlussendlich vertraut mir, dem Hofbieter des

Klosters Uetersen. Ich stehe zu euren Diensten und glaubt mir, wir werden den Täter finden und ihn seiner gerechten Strafe zuführen."

Mina griff Jonathans Arm und drückte ihn leicht. Er lächelte ihr zu und sprach dann weiter.

„Also, geht nach Hause. Wer das nicht möchte, kann sich gern hier bei Piening melden und zur Wache aufstellen lassen. Wir sind für jeden Mann dankbar."

Die Menge zerstreute sich missmutig und ein paar wenige Burschen blieben in der Kirche zurück, um sich freiwillig zu melden. Jonathan wischte sich den Schweiß von der Stirn und nickte dem Vogt zu. „Es geht nur mit gutem Willen und guten Worten, Moordeich."

„Papperlapapp!", schnappte dieser zurück und wandte Jonathan brüsk den Rücken zu. „Ich gehe raus zu meinen Männern. Wir übernehmen die erste Wache, bis Piening genug Leute zusammen hat."

Jonathan sah erleichtert, wie alle nun tatkräftig auf die Suche gingen, drehte sich dann zu Mina um und sprach sie an.

„Du solltest ins Hotel zurückgehen. Ich bin mir sicher, es wartet Arbeit auf dich."

„Sicher. Begleitest du mich?"

„Nichts lieber, als das!"

Er bot ihr seinen Arm an und gemeinsam verließen sie die Kirche. Den Dachboden würde er später nach weiteren Spuren absuchen, sollte der Büttel nicht von allein darauf gekommen sein.

Als Mina und Jonathan aus der Kirche traten, hatte sich der Tag vom sonnigen Vormittag in einen frühen Nachmittag gewandelt. Vereinzelt fielen einige Schneeflocken vom Himmel und es war, als würde der Allmächtige um den Verlust des Pfarrers ebenso trauern, wie das Dorf. Es waren kaum Menschen auf der Straße zu sehen, alle hatten dem Vogt Folge geleistet und diejenigen, die nicht in der Kirche anwesend waren, wurden durch ihre Nachbarn unterrichtet. Die paar Dorfbewohner, die grüßend an Mina und Jonathan vorbeiliefen, sahen bekümmert und zutiefst verängstigt aus. Jonathan wünschte sich, er könnte endlich die Last von den Schultern des Dorfes nehmen und den Mörder entlarven. Es gab nur so verflixt wenig Anhaltspunkte.

Er öffnete Mina die Tür zum Hotel und sie gingen zusammen auf sein Zimmer. Der Bollerofen hatte den Raum in wohlige Wärme gehüllt, die der Seele gut tat. Mina knöpfte ihren Mantel auf und hängte ihn an den Haken, dann wollte sie ihm aus dem Mantel helfen, aber der war wohl erneut auf der Strecke geblieben. Entschuldigend sah er sie an.

„Es tut mir leid. Anscheinend sind Mäntel und ich auf dem Kriegsfuß. Ich werde ihn nachher suchen, versprochen. Vielleicht sehe ich mich auch nach einem neuen Modell um. Immerhin kann ich nicht immer die Sachen deines Vaters auftragen." Er lächelte verschmitzt.

„Nein, das kannst du wirklich nicht. Du bist viel schmaler", grinste sie und rieb ihm die Arme warm.

Er küsste sie kurz und hielt sie dann auf Abstand, bevor

er fragte:

„Was hast du damit gemeint, dass die Sage wahr wäre? Die Stutenmarie faselte etwas von den Hexen. Was gibt es da?“

Mina musste lachen und winkte dann ab.

„Ach, das ist nur so eine alte Geschichte, die man sich im Dorf erzählt. Der Hexentanz soll so entstanden sein.“

„Alte Geschichten interessieren mich, immer. Ich bin ja selbst quasi eine“, grinste er.

„Nun, also, am ersten Tag nach den Weihnachtstagen im Jahre 1269 stellte der Pastor zu Horst kurz vor dem Abendmahl fest, dass er in seiner Trinksucht das Brot und den Wein selbst verzehrt hatte und für die Gemeinde nichts übriggeblieben war. Das Volk war schon zahlreich in der Kirche versammelt und alle warteten auf das Abendmahl, denn Brot und Wein waren ein willkommener Anlass, eine Kirche aufzusuchen. Um nicht zum Gespött des ganzen Dorfes zu werden, stieg der Pastor aufs Pferd und ritt wie der Teufel zum Hofe Dannwisch. Weil er währenddessen gotteslästerlich fluchte, lockte er dabei mehrere Hexen an. Diese machten sich über den Kirchenmann lustig und versuchten, seinen Rückweg zu verhindern. Der Pastor hatte Wein und Brot im Gepäck und die Hexen schlugen mit ihren Besen auf die Tasche des Pastors. Drei der vier Krüge Wein haben sie zerschlagen können, bevor er ein Stoßgebet zum Himmel schickte und ein Engel erschien. Die Hexen nahmen Reißaus und der Pastor wollte sich beim Engel bedanken. Als er auf ihn zuritt, bemerkte er die lodernden Augen und sah, dass es der Teufel selbst war, der ihn gerettet hatte und nun natürlich eine Gegenleistung forderte. Er ließ ihn am Leben, aber er musste fortan dem Volke zum Abendmahl so viel Wein ausschenken, wie es verlangte. Der Pastor willigte dem Handel ein und das Dorf versank in Unsitte. Die Dorfbewohner betranken sich hemmungslos und hurten sogar im Gotteshaus herum. Mit dieser Bürde konnte der Pastor nicht leben und erhängte sich an der Kirchturmspitze."

Jonathan hatte all dies schweigend vernommen und sah Mina dann skeptisch an.

„Was für ein Zufall, meinst du nicht?"

„Ich frage mich, was das alles soll. Wie hängen die Taten zusammen? Es muss doch eine Verbindung geben, oder nicht? Oder mordet der Täter einfach aus Lust und Laune?", fragte sie, während sie zur Kommode ging, zwei Gläser Wein einschenkte, die sie sich redlich verdient hatten und ihm eines davon reichte.

Er nickte bedächtig und nahm einen Schluck, bevor er unruhig Kreise durch den Raum beschritt und dabei redete.

„Nun, ich gehe nach wie vor davon aus, dass der Täter es auf die Tränke abgesehen hat. Nachdem wir den Pastor nun dort oben aufgefunden haben, bin ich mir sicher, dass der Täter auf jeden Fall einen Trank besitzt, der ihm unmenschliche Kräfte beschert. Ansonsten müssten es mehrere Täter gewesen sein und das glaube ich nicht."

„Warum nicht?"

„Wo Mitwisser sind, wird auch immer geredet. Aber es ist erstaunlich still im Dorf, oder nicht?"

„Ja, bisher haben alle nur Angst."

Jonathan sah sie an.

„Wenn ich mich doch nur an die anderen Tränke erinnern könnte. Es ist zum verrückt werden. Mein Hirn kann sich an Dinge von vor 200 Jahren erinnern, aber genau diese wichtigen Details sind mir entfallen."

Mina ging auf ihn zu und nahm ihn in die Arme, streichelte sanft über seinen Nacken und lächelte ihn an.

„Du wirst einen Weg finden. Ich bin mir sicher."

Er küsste sie sanft und schloss dann die Augen, um sich vielleicht doch noch zu erinnern. Plötzlich sah er sie an und lachte leise.

„Ich hab es!", rief er. „Mina, geh und hole nochmal deinen Trank und die Schatulle her, bitte. Ich will etwas nachsehen."

Sie ging schnellen Schrittes davon und kehrte nach wenigen Minuten zurück, in den Händen die wertvolle Schatulle. Sie gab sie ihm und er öffnete sie behutsam.

Der Trank schimmerte immer noch leicht bläulich und bewegte sich seicht in der Phiole hin und her. Unter der Phiole lag der Zettel mit dem Spruch und Jonathan hob ihn vorsichtig heraus. Beim ersten Mal hatte er den Zettel aufgefaltet und gelesen, was darauf stand, aber er hatte ihn nicht noch einmal umgedreht. Jetzt besah er sich das Schriftstück etwas genauer und ging damit zum Licht, hob den Zettel dagegen und tatsächlich konnte man ganz fein im Gegenlicht den Abdruck von weiterer Schrift erkennen. Mina sog scharf die Luft ein, als sie sah, was Jonathan vermutet hatte.

„Was steht da?“

Er legte das Blatt vorsichtig auf die Kommode, eilte zu seiner Reisetruhe und holte daraus ein kleines schwarzes Etui hervor. Er öffnete es und Mina sah feine Kohlestifte, wie Zeichner sie benutzen. Vorsichtig zog er den Stift in seiner ganzen Breite über die Notiz und die Schrift wurde, undeutlich, aber mit etwas Fantasie, lesbar.

Erneut hob Jonathan den Zettel gegen das Licht.

„Ich wusste es!“, stieß er begeistert hervor. „Er musste es irgendwo aufschreiben, damit er nicht vergaß, was schon vorhanden war und woran er noch arbeiten musste. Was für ein unfassbares Glück, Mina! Du bist mein Glück!“

Mina errötete und sah wieder auf das Blatt. Sie kniff die Augen zusammen, um die Schrift besser sehen zu können. Dann las sie folgendes leise vor:

Bärenkraft
Unsichtbar
Tierstimmen
Gedankenlesen
Gestaltwandel
Heilkraft

Hinter jedem Wort war ein Haken gesetzt, als hätte der Apotheker seine Liste nach und nach abgearbeitet. Schnell zählte Mina im Geiste nach.

„Das sind sechs.“ Sie sah Jonathan an und er wandte sich ihr langsam zu.

„Hattest du nicht gesagt, es gibt sieben Tränke?“

Jonathan atmete tief durch. „Der siebte Trank verleiht Unsterblichkeit. Verstehst du, warum es so wichtig ist, dass wir den Täter finden, bevor er alle Tränke für sich gewinnen kann? Wer so viel Böses in die Welt bringt, darf nicht für immer auf ihrem Antlitz verweilen. Das ist wider jede Ordnung."

Er rieb sich die Hände und faltete die Notiz sorgsam zusammen, verstaute alles wieder in der Schatulle und sah Mina an.

„Ist es für dich in Ordnung, wenn ich das hier sicher aufbewahre?"

Sie nickte leicht und seufzte.

„Also haben wir einen Täter, der Bärenkräfte hat, dazu noch unsichtbar ist und vielleicht noch weitere Fähigkeiten dazugewonnen hat. Wie sollen wir dem jemals habhaft werden?"

Er rieb sich die Stirn, hob die Schatulle auf und verstaute sie in seiner Reisetruhe, die er dreifach verschloss.

„Ich werde einen Weg finden. Mit deiner Hilfe und der Hilfe des Dorfes. Wir müssen es nur geschickt anstellen und vielleicht kommen wir vor ihm auf die Spur der anderen Tränke."

„Glaubst du, Erk von Moordeich hat etwas damit zu tun? Immerhin hat er dich gefangen nehmen lassen."

„Nein, ich denke nicht, dass er im Kern ein böser Mensch ist. Er würde seinen Untertanen sicher nichts antun, dafür ist ihm sein Ruf zu wichtig."

Mina überlegte kurz, bevor sie weitersprach.

„Wenn der Täter Gedanken lesen kann, haben wir dann

überhaupt noch eine Chance?“

Jonathans Mundwinkel hoben sich zu einem kleinen Lächeln.

„Vielleicht kann er die Gedanken von Menschen lesen. Aber ich bin kein Mensch. Zumindest nicht immer.“

Mina lächelte nun auch und sah von ihm zum Fenster, denn auf der Straße tat sich etwas.

Hoch erhobenen Hauptes ritt Erk von Moordeich vor zweien seiner Männer her. Wachsam behielten sie alles im Auge, was sich bewegte. Mina konnte sich auch nicht vorstellen, dass dieser Pfau im Stande sein sollte, einen Menschen umzubringen. Aber wenn es um Unsterblichkeit ging und der Täter wusste davon, wer konnte da schon widerstehen?

Sie wandte sich vom Fenster ab, hinter dem sich schon die Dämmerung abzeichnete und schmiegte sich an Jonathans Rücken.

„Übermorgen soll der Hexentanz stattfinden. Ich hoffe, dass bis dahin nichts weiter passiert“, sagte sie leise.

„Oh, etwas wird hier aber gleich noch passieren.“, erwiderte er mit rauer Stimme. Mina lächelte und ohne weitere Worte drehte er sich zu ihr um, zog sie an sich und küsste sie leidenschaftlich. Mit einer Hand öffnete er ihr Mieder und strich ihr fest über ihre wohl geformten Brüste. Sie wurde weich in seinen Armen und drückte sich an ihn, ihre Hände fanden seinen Hosenbund, geschickt glitt ihre Hand hinein und rieb sich an ihm. Er löste in Windeseile die Schnüre ihres Kleides und danach ihres Mieders. Kurz keuchte er auf, denn ihre Hand in seiner Hose hielt nicht still. Als er sie fast ausgezogen hatte, nahm er Abstand von ihr und drehte sich um. Er brauchte einen Moment der Besinnung, aber sie dachte nicht daran, ihm diesen zu gewähren. Sie schmiegte sich erneut an seinen Rücken, löste nun ihrerseits jeden Knopf an seinem Hemd, zog es ihm über die Schultern hinab und streichelte dann seinen Bauch hinab bis zu seinem Gürtel. Sie öffnete seine Hose, die auf dem Boden landete. Er konnte nun ihren warmen Körper an seinem Rücken spüren und allein dieser Reiz brachte ihn fast um den Verstand. Erneut fanden ihre Hände den Weg zu seiner Mitte und sie begann ihr Spiel von vorn. Nun war er aber nicht mehr bereit, sie länger spielen zu lassen und drehte sich abrupt um. Er hob sie geschmeidig vom Boden hoch und trug sie aufs Bett. Er hielt ihre Arme über ihrem Kopf gestreckt fest, knurrte bei ihrem Anblick leise und Mina dachte fast, Reißzähne in seinem lächelnden Mund gesehen zu haben. Er küsste sie mit solcher Leidenschaft, dass es ihr den Atem verschlug, bevor er mit einer fließenden Bewegung heftig in sie eindrang. Keuchend hob sie sich seinem Körper entgegen und nahm jeden seiner Stöße tief in sich auf. Ihre Beine umschlungen seine Hüfte. Seine Hände hielten die ihren fest und immer wieder sah er sie voller Verlangen an. Sie biss sich auf die Lippen, um nicht laut zu stöhnen und er machte so lange weiter, bis er spürte, wie ihr Körper in ein unkontrollierbares Zittern ausbrach. Mit einem langen Kuss beendete er seine Bewegungen und blieb auf ihr liegen. Er löste langsam seine Hände von ihren Handgelenken und sie streichelte über seinen Rücken. Er seufzte wohlig und schloss die Augen, ganz im Moment und in der Frau versunken, die ihm bisher nichts als Glück gebracht hatte.

26.12.1851

Die Nacht war herrlich ruhig verlaufen und damit so ganz anders, als die vorherigen Tage. Jonathan erwachte, als die Kirchturmuhr die achte Stunde einläutete. Mina lag in seinen Armen und er entfachte das Licht, versuchte sie dabei nicht zu wecken und betrachtete sie versunken. Vorsichtig strich er ihr eine Strähne ihres braunen Haares aus der Stirn und hauchte ihr einen Kuss auf die Wange. Sie schlug die Augen auf und sah ihn verschlafen an.

„Guten Morgen, Fräulein Hansen."

Sie streckte sich und zog sich die Decke bis an die Schultern.

„Gute Morgen, Herr Fenris. Habt Ihr wohl geruht?"

Er lächelte und küsste sie erneut.

„Ja, doch. Ich kann nicht klagen. Aber du solltest jetzt aufstehen und dich anziehen. Nicht, dass mir noch Klagen kommen. Argwöhnische Schwiegereltern kann ich mir nicht erlauben."

Sie stützte einen Ellenbogen auf das Bett und hob eine Braue.

„Gegen den Argwohn könntest du ganz leicht etwas unternehmen, meinst du nicht?"

Er lachte leise und lehnte sich an die Wand.

„Touché, Fräulein Hansen. Wird gemacht. Gleich heute, nachdem wir … " und mit diesen Worten beugte er sich erneut über sie und sie liebten sich noch einmal innig.

Danach zogen sich beide an, Jonathan wie immer äußerst sorgfältig und Mina ein wenig verschämt, als wenn sie sich nicht sicher war, wie ernst er es mit ihr meinte.

„Lass mich voraus gehen. Es sollen keine Gerüchte aufkommen“, sagte sie dann auch zu ihm, bevor sie das Zimmer verließ. Er schaute in den Spiegel, überprüfte den Sitz seiner Kleidung und vergewisserte sich dann noch einmal, ob die Reisetruhe sicher verschlossen war, bevor er ihr folgte. Sie stand bereits wieder hinter der Rezeption, als er die Treppe zum Empfangsraum hinunter ging. Geschäftsmäßig nickte er ihr zu und schlenderte dann in den Gastraum, suchte sich einen freien Platz und wartete auf Minas Mutter, die ihn heute bedienen würde. Kaum hatte er das Tischtuch glatt gestrichen, da kam Elisabeth Hansen aus der Küche gestürzt. Als sie ihn sah, setzte sie ein Lächeln auf und kam an seinen Tisch.

„Guten Morgen, Herr Fenris. Ich hoffe, Ihr habt Hunger?“

„Sicher, Frau Hansen. Das habe ich und Euer Mann kocht überaus gut. Ich habe sicher ein paar Pfunde zugelegt, seit ich bei Euch zu Gast bin.“

Sie lachte und wollte sich schon auf den Weg zur Küche machen, als er sich räusperte.

„Frau Hansen, wäre es Euch möglich, Euren Mann zu uns an den Tisch zu holen? Ich habe etwas mit Euch zu besprechen.“

Elisabeth Hansen verzog das Gesicht zu einer zerknirschten Grimasse.

„Wenn es um den Anschlag auf Euch im Bad geht. Es tut mir furchtbar leid, dass Euch jemand in unserem Hause an den Kragen wollte. Das ist mir in all den Jahren noch nicht untergekommen. Ich weiß gar nicht, was hier gerade so im Argen ist. Aber ich hoffe, dieses Vorkommnis veranlasst Euch jetzt nicht zur Abreise?"

„Aber nein." Jonathan winkte ab. „Es geht um etwas gänzlich anderes. Ich hoffe, der Boden im Bad hat nicht allzu viel Schaden genommen, nachdem ich ihn unglücklicherweise unter Wasser gesetzt habe."

„Nicht doch, wir sind nur froh, dass Ihr noch unter uns weilt. Ich gehe meinen Mann holen."

Sie rauschte davon und er dachte sich, dass ihm ein Kaffee ganz gutgetan hätte, bevor er nun bei Minas Eltern um ihre Hand anhalten würde.

Die Tür zur Küche öffnete sich und Martin Hansen erschien mit seiner Frau im Schlepptau. Sie setzten sich an Jonathans Tisch, sichtlich nervös. Er besah beide mit Nachsicht. Sie hatten auch nicht einfache Tage hinter sich und nun käme da noch sein Überfall hinzu. Aber er wollte Mina nicht im Ungewissen lassen und es ging ihm gegen den Strich, dass ihr Techtelmechtel nicht auf solider Basis stand. Er räusperte sich und Frau Hansen sprang auf.

„Ach herrje, Euer Kaffee!"

Sie eilte noch einmal in die Küche zurück und stellte dann einen dampfenden Becher vor ihm ab.

„Danke."

Er nahm einen Schluck und versuchte dann, die richtigen Worte zu finden.

„Herr Hansen, ich danke Euch zunächst für Eure Gastfreundschaft. Es ist überaus freundlich von Euch, mich hier so willkommen zu heißen und ich darf bemerken, dass ich nicht überall im Dorf so gern gesehen bin, wie bei Euch.“

Martin Hansen errötete.

„Tja, eh … nun.“, stammelte er.

„Bitte versteht die folgenden Worte jetzt nicht falsch. Aber sicher ist es Euch nicht entgangen, dass Eure Tochter und ich“, Jonathan räusperte sich erneut. Dies war schwerer, als seine Wolfsgeschichte zu erzählen. „Nun, dass wir Gefallen aneinander gefunden haben. Ich wollte Euch daher um die Hand Eurer Tochter bitten.“

Nun war es raus und er nahm schnell einen Schluck Kaffee, um sich und seine trockene Kehle zu beruhigen.

Martin Hansen sah sich Hilfe suchend nach seiner Frau um, der es kurzzeitig die Sprache verschlagen hatte.

„Ihr? Also, Ihr wollt Mina heiraten?“, fragte sie verdattert.

„Ja, in der Tat.“

„Mhm.“, machte Herr Hansen und rieb sich über die Brauen.

„Also, ich sach ma so: Will meine Tochter Euch denn haben?“

„Ach Martin, natürlich will sie“, fuhr ihm seine Frau dazwischen.

Jonathan musste schmunzeln.

„Sie hat mir gesagt, dass sie gern meine Frau werden würde. Wenn Euch das als Bestätigung nicht reicht, sollten wir sie vielleicht dazu holen, oder?“

Jonathan wollte aufstehen, aber Frau Hansen erhob sich.

„Ich mach das schon.“

Sie ging in den Empfangsraum und Jonathan konnte sehen, wie sie ihre Tochter freudig umarmte. Mit Tränen in den Augen kehrten Mutter und Tochter an den Tisch zurück.

„Also, Herr Fenris. Hier ist mein gutes Stück", sagte Herr Hansen, erhob sich ebenfalls und Jonathan beeilte sich, aufzustehen.

Martin Hansen nahm Minas Hand in die Seine und legte sie auf Jonathans ausgestreckte Rechte.

„Ich wünsche Euch Gottes Segen und allen Beistand, den er zu bieten hat."

Elisabeth Hansen zog geräuschvoll schluchzend ein Taschentuch aus ihrer Rocktasche und wischte sich die Tränen aus dem Gesicht.

„Ach Kindchen, dass ich das noch erleben darf."

Mina wurde rot und die paar Gäste, die das Hotel zur Weihnacht noch hatte, applaudierten dem glücklichen Paar. Die Sonne streckte erneut ihre Strahlen in den Gastraum und Jonathan dachte für einen Moment, dass die Welt in Ordnung sei.

Draußen belebte sich die Straße, denn die Ausgangssperre war für den Tag beendet. Schnee füllte die Straßen und war noch nicht zu Matsch zerflossen. Jonathan wollte zu Pienings Gasthof laufen, um dort eventuell den Vogt und den Büttel zu treffen. Vielleicht hatten sie etwas Wichtiges über Nacht erfahren und wären sogar bereit, es ihm mitzuteilen.

Als er die Gasthaustür öffnete, saßen besagte Männer

auch schon am Tresen und unterhielten sich angeregt. Jonathan versuchte, sich möglichst leise zu nähern, um noch ein paar Wortfetzen aufzuschnappen, bevor sie sich seiner bewusst wurden.

„Wir können den Hexentanz nicht absagen. Er ist Tradition“, grummelte Erk von Moordeich.

„Tradition hin oder her, da draußen läuft ein Mörder frei herum und du willst die Jungs durch das Holz schicken?“, fiel ihm der Büttel ins Wort.

„Ach Hein, was soll der Mörder denn mit den Dorfburschen anstellen? Bisher hat er es doch nur auf alte Weiber und verlebte Männer abgesehen“, raunte Theodor Piening.

Jonathan atmete im Rücken der Männer deutlich vernehmbar aus.

„Verlebte Männer. Als wenn der Pastor verlebt gewesen wäre.“

Piening zuckte zusammen und drehte sich dann zu ihm um.

„Ach, sieh an, was die Katze von draußen reingeschleppt hat“, sagte der Vogt in seine Richtung.

Jonathan entschloss sich, diesen Kommentar nicht gehört zu haben.

„Guten Tag, meine Herren. Gibt es etwas Neues aus der Nacht?“

Piening und Moordeich schüttelten die Köpfe, der Büttel schaute in sein Glas.

„Es war vollkommen ruhig. Niemand hat sich auffällig verhalten und niemand ist zu Schaden gekommen. Vielleicht hat der Mörder genug von seinem Treiben", sagte der Vogt.

„Das wäre zu wünschen. Aber ich glaube es nicht." Er stellte sich an den Tresen und Marga stellte umgehend einen Klaren vor ihn.

„Danke, nicht um diese Uhrzeit."

Er schob das Glas von sich. „Worum handelte sich Euer Disput eben?"

Piening nahm Jonathans Glas und kippte es herunter, wischte sich den Mund mit dem Handrücken ab und bedeutete seiner Frau, nachzuschenken.

„Um den Hexentanz morgen. Hein Kelting möchte ihn absagen. Er meint, es wäre zu gefährlich, die große Sause stattfinden zu lassen, auf die sich das Jungvolk schon seit einem Jahr freut. Erk und ich sind der Meinung, die Reiterei sollte stattfinden. Das wird alle auf andere Gedanken bringen und dem Dorf noch mehr Zusammenhalt geben. Was sagt Ihr?"

Jonathan überlegte. Er wollte dem Vogt nur ungern recht geben, aber bisher waren die Morde in der Nacht geschehen und er sah keine Gefahr für die Reiter, denn es würde sicher niemand teilnehmen, der einen Trank mit sich führte.

„Nun, ich denke, Ihr habt Recht, Piening", umging er die Klippe geschickt. Erk von Moordeich schnaubte verächtlich. „Wir sollten die Menschen ihren Spaß haben lassen und vielleicht dieses Jahr den Hexentanz dem Pastor zu Ehren abhalten lassen. Immerhin war es auch ein Pastor, der vor Jahrhunderten diesen Brauch ins Dorf brachte, nicht wahr?“

Moordeich sah Jonathan erstaunt und mit einem Quäntchen von Respekt an.

„Ihr kennt die Sage?“

„Ja, Fräulein Hansen war so nett, mich darüber in Kenntnis zu setzen. Ist es nicht seltsam passend, dass man Pastor Julius nun ebenfalls am Kirchturm hängend gefunden hat? Ein Schelm, wer Böses dabei denkt.“

Die Männer sahen verstohlen in ihre Gläser und Jonathan klopfte auf den Tisch.

„Wenn es sonst nichts Neues gibt, entschuldigt mich bitte.“

„Moment, Herr Fenris“, wurde der Büttel nun munter.

„Ja?“

„Ich möchte, dass Ihr mich zum Hof Dannwisch begleitet, um die nötigen Utensilien für das Rennen zu besorgen. So könnt Ihr gleich die Wegstrecke kennenlernen und seid für morgen gewappnet.“

Jonathan runzelte die Stirn.

„Warum sollte ich den Weg kennen wollen?“

„Weil Ihr mitreiten werdet“, knurrte Erk von Moordeich. Jonathan lachte leise auf.

„Wie bitte? Ich besitze nicht einmal ein anständiges Pferd und habe nichts mit Euren Bräuchen am Hut. Sicherlich werde ich einen Teufel tun und mitreiten.“

„Oh doch, Ihr werdet mitkommen. Wir brauchen Eure Unterstützung, falls etwas auf dem Weg passiert. Acht Augen sehen mehr, als nur sechs, Ihr versteht?“

Jonathan schnaubte und wollte abwinken, aber der Vogt

ließ es nicht dazu kommen.

„Keine Widerrede! Ihr reitet, wir reiten und alle werden aufpassen, dass meine Dörfler gesund und wohlbehalten ihren Spaß haben können."

Jonathan war kurz versucht, zu knicksen, ließ es dann aber bleiben.

„Gut. Herr Kelting, wollen wir dann?"

„Ja, sicher. Ich hole Euch eines unserer Pferde aus dem Stall", erwiderte Kelting und lief an Jonathan vorbei ins Freie. Dieser ging noch einen Schritt auf den Vogt zu und raunte ihm fast ins Ohr.

„Wenn ich reite, dann werde ich auch gewinnen. Macht Euch darauf gefasst."

Erk musste hart an sich halten, um Jonathan nicht einen harten Schlag in die Magengrube zu verpassen, aber Piening hatte die Worte gehört und ihm vorsichtshalber ein weiteres Glas Schnaps in die Hand gedrückt. Jonathan wandte sich um und ging dem Büttel hinterher bis zum Stall.

Dort suchte der Büttel einen schönen Rappen für Jonathan aus und stieg dann auf sein eigenes Pferd.

„Kommt, wir werden noch zu spät kommen."

Jonathan rieb dem Pferd beruhigend über die Nüstern, aber das Tier spürte, wer da seine Zügel halten wollte und scheute erst einmal vor ihm zurück. Leise sprach er auf das Tier ein.

„Ruhig. Ich werde dir nichts tun. Ich brauche nur deine Dienste, hörst du?"

Das Pferd schnaubte laut und senkte dann zweimal wie

zu einem Nicken den Kopf. Er schwang sich auf den Pferderücken und gemeinsam mit dem Büttel ritt er zum Tor zur Marsch hinaus.

Jonathan genoss den Ausritt durch die Allee, die nach dem Tor zur Marsch begann. Links und rechts des Weges ragten mächtige Eichen auf und streckten ihre kahlen Äste gen Himmel. Die Sonne versilberte die verschneiten Felder und nur ab und an drang der Schrei einer Krähe durch die Stille.

Von der Horster Anhöhe aus konnte er weit hinunter in die Marsch sehen. Für norddeutsche Verhältnisse war der Höhenunterschied zwischen Dorf und Vorland deutlich spürbar. Der Büttel trieb sein Pferd aufs Feld und Jonathan folgte ihm. Beide galoppierten zunächst über die Weite, die sich schier bis an den Rand der Welt erstreckte, bis sie einen kleinen Wald erreichten. Äste knackten unter den Hufen der Pferde und in der Ferne drang Rauch aus dem Schornstein einer kleinen Kate. Er sog den Waldesduft ein, der nun im Winter nur schwach zu vernehmen war. Am liebsten wäre er mit seinen eigenen Pfoten über den Waldboden gerannt und hätte seine Nase tief in den Schnee gesteckt. Aber das war nicht möglich und so genoss er die Umgebung still. Auch der Büttel schien in seine eigenen Gedanken versunken zu sein und ließ ihn unbehelligt. Das Pferd trug ihn sicher über die Kastanienallee bis zur Pforte von Hof Dannwisch. Der Hof selbst war größer, als er sich ihn vorgestellt hatte. Es gab ein großes Haupthaus und weitere Nebengebäude.

„Wusstet Ihr, dass hier sehr guter Käse hergestellt

wird?", fragte der Büttel, während er sein Pferd vor der Eingangstür zur Diele zum Stehen brachte.

Jonathan schüttelte den Kopf.

„Leider nein, aber das erklärt, warum im Reitersack Käse sein muss. Sehr geschäftstüchtige Leute, nicht wahr?"

Der Büttel lachte belustigt.

„Zeigt mir einen Bauern, der nicht geschäftstüchtig wäre."

Jonathan stieg neben dem Büttel ab und wartete bei den Pferden, während Hein Kelting alles Nötige für den Ritt besorgte. Er kam kurze Zeit später aus der Diele heraus, den Arm voll mit einem Satz Eier.

„Könnt Ihr mir bitte helfen?", fragte er kläglich und Jonathan sprang ihm bei.

„Aber natürlich."

„Da drin sind einige kleine Säcke Mehl, die müssen zusammen mit den Eiern und dem Wein auf den Heuschober. Dort müssen die Reiter die Waren einsammeln und heil nach Horst zurückbringen."

Jonathan sah sich in der Diele um und erspähte die Säcke und die Flaschen.

„Nur zu, geht voran", wies er den Büttel an, der es scheinbar doch gewohnt war, Befehle anzunehmen.

Er schleppte zwei Säcke Mehl über den Hof bis zur Tür der Scheune. Drinnen war es finster und er dachte bei sich, dass ein paar Knechte gut wären.

„He da, wir brauchen hier einmal Hilfe", rief er über den Hof einem Jungen zu.

„Gern, mein Herr", erwiderte der Junge, schnappte sich

in der Diele ein paar Weinflaschen und hielt Jonathan und dem Büttel die Tür zur Scheune auf.

„Kannst du die Knechte rufen, dass sie uns helfen?“, fragte Jonathan ungeduldig. Er wollte ins Dorf zurück und sich weiter mit dem Vogt und Piening unterhalten. Der Büttel schien keine Neuigkeiten für ihn zu haben. Stattdessen musste er nun hier Fronarbeit leisten.

Der Junge wetzte über den Hof, pfiff laut und sofort scharten sich einige weitere Kinder um ihn und Hein Kelting.

„Na also, geht doch“, knurrte er leise.

„Kinder, drinnen stehen Weinflaschen und ein paar Mehlsäcke. Bringt alles nach oben auf den Heuschober. Ihr wisst schon, für den Hexentanz morgen“, ordnete nun Hein Kelting an und die Kinder gehorchten.

„Hoffen wir, dass die Bengel nicht heimlich eine der Flaschen entwenden“, grummelte er.

„Wir können hier warten, bis die Arbeit erledigt ist. Dann seid Ihr auf der sicheren Seite“, schlug Jonathan vor.

Der Büttel nickte und schaute einer Magd hinterher, die eine volle Milchkanne vom Stall zum Haupthaus brachte.

„Das wird sicher guter Käse.“, murmelte er und Jonathan musste sich ein Schmunzeln verkneifen. Ein Schürzenjäger ist er also auch noch, dachte er bei sich und rieb sich dann die Hände, um die Kälte zu vertreiben.

Als alle Flaschen und Säcke ordnungsgemäß an ihrem Bestimmungsort angekommen waren, stiegen beide Männer wieder auf und ritten zurück. Jonathan unternahm einen letzten Versuch, etwas aus dem Büttel herauszubekommen.

„Habt Ihr nun einen Verdächtigen?“

„Ich hatte einen. Aber dieser Verdacht hat sich mittlerweile in Luft aufgelöst.“

„Aha? Und um wen handelte es sich?“

„Um Euch.“

Jonathan sah dem Büttel in die Augen und konzentrierte sich dann wieder auf den Weg vor ihm.

„Ich bin nicht der Mörder.“

„Das denke ich auch. Ihr wart immer am Tatort, aber Ihr hattet auch immer eine plausible Erklärung. Außerdem steht Ihr in einem Dienstverhältnis, bei dem man meinen sollte, dass sich Mord und Totschlag ausschließen lassen.“

Jonathan musste lächeln. „Die Institution Kirche war über Jahrhunderte nicht gerade für ihre Friedfertigkeit bekannt.“

„Nein, aber die Moral stand immer an erster Stelle. Ich weiß, dass Ihr selbst eine äußerst hohe Moralvorstellung von den Menschen im Dorf und von Euch selbst habt.“ Der Büttel pausierte kurz. „Mal abgesehen von dem kleinen Tête-à-Tête mit Fräulein Hansen habt Ihr Euch nichts zu Schulden kommen lassen.“

Jonathan hustete. „Woher wisst Ihr davon?“

„Ich bin vielleicht schon etwas älter, aber ich bin noch nicht blind, werter Fenris.“

„Nun, dieses Tête-à-Tête ist weniger verwerflich, wenn Ihr wisst, dass Fräulein Hansen bald meine Frau sein wird.“

Der Büttel ließ für einen Moment die Zügel aus der

Hand gleiten und klatschte in seine dicken Handschuhe.

„Ein wahrer Ehrenmann."

Jonathan deutete eine Verbeugung an.

Sie erreichten Horst ohne weitere Zwischenfälle und Jonathan hatte auf den restlichen Metern erneut Zeit genug, die Landschaft zu genießen. Sobald es sich einrichten ließ, würde er sich verwandeln und über die Felder laufen.

Hein Kelting nickte ihm noch einmal zu, als dieser vom Pferd stieg, es wohlgesonnen auf den Hals klopfte und ihm dann die Zügel in die Hand drückte.

„Wir sehen uns gleich bei Piening. Es ist Tradition, dass wir eine Runde Horster Pillen zu uns nehmen, wenn alle Vorkehrungen für den Hexentanz getroffen sind. Ich erwarte Euch da, Fenris."

Damit ritt der Büttel in Richtung des Gefängnisses davon.

Jonathan hatte wenig Lust auf dieses Trinkspiel, das ihm schon an seinem ersten Abend in Horst nicht schmeckte und das er kläglich verloren hatte. Aber vielleicht löste der Alkohol noch einige Zungen und das wäre für ihn nur von Vorteil.

Nun aber wollte er zunächst in die Kirche und endlich auf dem Dachboden nach weiteren Spuren suchen. Anscheinend hatte der Büttel keine weiteren Erkenntnisse gewonnen. Er wollte sehen, was er noch entdecken konnte. Als er die Warft zur Kirche hinauf stapfte, konnte er schon von Weitem die zahlreichen Kerzen sehen, die die Menschen vor den Kirchentüren aufgestellt und angezündet hatten. Der Tod eines Pastors traf eine Gemeinde schon zu normalen Zeiten besonders hart, aber unter solchen Umständen konnte er die Schockstarre im Dorf nachvollziehen. Umso unverständlicher fand er die Reaktionen des Vogts. Wie sollte ein Wettreiten die Moral unter den Bewohnern heben? Hatten die Menschen nicht anderes im Kopf, als sich darum zu scheren, wer am schnellsten reiten konnte? Den Einfluss, der auch eine kleine Freude auf die menschliche Seele haben konnte, war für Jonathan noch immer ab und an ein Geheimnis. Er bekam eine leise Ahnung davon, wenn er sich in Minas Nähe aufhielt.

Die Kerzen vor den Kirchentüren flackerten im Wind und in der beginnenden Abenddämmerung wurde ihr Lichtschein größer. Er nahm ein Kerzenglas und wollte die Tür zur Kirche öffnen. Der Küster hatte jedoch abgeschlossen und so sah er sich nach einem Seiteneingang um und fand tatsächlich eine offene Tür. In der Kirche war es dunkel und die fehlende Anwesenheit des Pastors war fast greifbar. Er eilte zur Treppe und stieg vorsichtig hinauf. Auf dem Dachboden war nichts Merkwürdiges mehr zu entdecken. Jonathan hatte es sich gedacht, denn der Täter hatte genug Zeit gehabt, Spuren zu verwischen. Er verfluchte gerade seine Schwäche, die ihn bei Mina hatte bleiben lassen, anstatt seiner Arbeit nachzugehen. Vor Wut trat er heftig gegen ein Brett, dass auf dem Boden gelegen hatte. Er beförderte es gegen einen Balken. Das Brett kippte auf die Seite und im dämmrigen Licht konnte Jonathan eine nasse Stelle am Holz entdecken. Er kniete sich vor das Brett, nahm es in die Hände und befühlte die Stelle, rieb die Feuchtigkeit zwischen seinen Fingern hin und her und beschnupperte das Brett schließlich. Die Spur war leicht ölig und roch nach Alraune. Er dachte eine Sekunde darüber nach, das Brett auch noch abzulecken. Doch er wollte kein Risiko eingehen. Für ihn stand fest: Das Brett hatte in einer öligen Substanz gelegen. Er ging dahin zurück, wo er das Brett gefunden hatte. Auf dem Boden waren deutlich Ölflecken zu sehen, die er beim Heraufkommen nicht wahrgenommen hatte. Er beugte sich über die Dachbodendielen und fuhr mit der Hand über die Ritzen. Ein scharfer Schmerz durchfuhr ihn. Er hob seine Hand hoch und sah einen Glassplitter aus seinem Zeigefinger ragen. Hier war etwas zerbrochen und dem Täter war es anscheinend wichtig, dass man nicht herausfand, was es war. Er besah sich erneut den Boden, fand aber außer weiterer Splitter nichts mehr. Er verließ den Dachboden und ging zurück ins Kirchenschiff. Den Mann am Kreuz würdigte er nur eines kurzen Blickes und dann murmelte er vor sich hin.

„Wohin soll das nur führen? Gib den Menschen Beistand, Herr."

Sorgsam schloss er die Seitentür und stellte die Kerze zu den anderen zurück. Er spürte, dass er dem Täter auf den Fersen war. Aber noch hatte er keinen entscheidenden Hinweis in der Tasche.

Jonathan überlegte, ob er einen kurzen Abstecher ins Hotel machen sollte. Er wollte Mina sehen und sich mit ihr beraten. Aber da sah er auch schon Erk von Moordeich mit seiner Wache über die Straße reiten. Sie hatten definitiv Pienings Gasthof im Auge und so wurde es auch für ihn Zeit, den Männern Gesellschaft zu leisten.

Schwungvoll öffnete er die Tür zur Kneipe und trat ein. Die Männer verstummten für einen Augenblick, sahen dann aber, dass es sich nur um den Klostermann handelte und unterhielten sich weiter. Die Dorfbewohner besprachen, wer wohl die beste Aussicht auf den Sieg beim morgigen Wettrennen haben könnte. Jonathan sagten die Namen wenig. Es war von Hohenfeldern, Steinburgern und Grönländern die Rede, während er sich dem Tresen näherte, an dem die wichtigen Männer standen und sich schon das Feuer auf den Gläsern der Horster Pillen im Lichtschein abzeichnete.

„Nun, meine Herren. Auf den morgigen Tag!“, sagte Erk von Moordeich und erhob sein Glas. Piening prostete ihm zu und kippte den heißen Schnaps hinunter, als wäre er so erfrischend, wie ein Schneeball im Nacken.

„Ah, das war gut! Fenris, kommt her. Marga, kipp nach!“, befahl er seiner Frau und Jonathan gleichermaßen. Marga stellte die Schnapsgläser auf den Tisch und entzündete den Schnaps. Jonathan hatte nicht das geringste Interesse an diesem Unsinn, machte aber gute Miene zum bösen Spiel. Mit einem leichten Grinsen betrachtete Erk von Moordeich ihn, als er sich erneut furchtbar die Hand verbrannte.

„Wenn Ihr so reitet, wie Ihr trinkt, habe ich keine Angst vor einer Demütigung morgen.“

Jonathan hustete und Marga stellte ihm ein Glas Milch auf den Tresen. Dankend hob er das Glas an seine Lippen und leerte es auf Anhieb.

„Ich bin sicher, dass ein nüchterner Reiter weiterkommt, als ein Angetrunkener. Wir werden es sehen."

Er hatte auch keine Lust mehr auf eine Konfrontation mit dem Vogt. Sollte er doch seine Zeit und Energie in sinnlose Kämpfe stecken, Jonathan hatte Besseres zu tun.

„Wir sollten langsam mit den Wetten beginnen", sagte Piening und wandte sich an die Anwesenden.

„Meine Herren, die Wetten sind eröffnet. Wer bieten will, bietet innerhalb der nächsten zehn Minuten."

Manche der Männer schauten in ihre Geldbörsen, andere riefen gleich ihre Wettbeträge in den Raum.

„Ich setze fünf Groschen auf unseren Vogt."

Erk von Moordeich quittierte den Ruf wohlwollend.

„Acht Groschen auf den Büttel."

„Ha, das ist ja jetzt schon verlorenes Geld", raunte Piening und Jonathan wunderte sich, woher die abschätzige Meinung des Gastwirts kommen mochte.

„Fünfzehn Groschen auf die Klostermaus.", hallte es aus dem Dunklen heraus.

Jonathan versuchte, den Bieter zu erkennen, konnte ihn aber nicht ausmachen. Erk schnaubte verächtlich.

„Ole Hinrichsen. Das ist zu viel. Denk an deine Frau und deine blassen Kinder. Das ist unvernünftig!", sagte Piening laut in die Runde. Der Angesprochene war deutlich betrunken und lallte:

„Nix da, Piening. Ich verdiene das Geld, ich darfs ausgeben. Mein Weib hat da überhaupt nichts zu melden, is das klar?"

„Aber ich habe etwas zu melden und ich sage dir, das

ist zu viel!“

„Pah“, spuckte Hinrichsen vor Piening auf die Dielen. „Der Teufel soll mich holen, wenn ich mir Vorschriften von dir machen lasse. Jeder weiß doch: Wer nichts wird, wird Wirt!“

Piening erhob sich langsam von seinem Stuhl und sah Hinrichsen lange schweigend an. Jonathan beobachtete die Szene interessiert.

„Sag das noch einmal und du kannst dir deinen Hintern von innen ansehen!“, zischte Piening mit mühsam unterdrücktem Zorn.

Draußen ruckelte der aufgefrischte Wind an den Fensterläden und die Tür klapperte.

„Was sagst du, Bierschubser?“

Hinrichsen hatte sich nun ebenfalls erhoben und überragte den Gastwirt um einige Zentimeter. Der kräftige Bauer schlug die rechte Faust in die linke Hand und Jonathan stellte vorsichtig sein Glas ab.

„Meine Herren, bitte beruhigt Euch. Wir finden sicher eine Lösung“, versuchte er zu schlichten.

„Nix da, schlichten. Ich hau dem Drecksack jetzt die Visage ein.“

Kaum hatte Hinrichsen diese Drohung ausgesprochen, donnerte es draußen und ein Blitz erhellte die Gaststube. Jonathan sah verwundert nach oben, konnte man doch deutlich Schritte auf dem Saal vernehmen. Die Männer wandten alle die Köpfe in die gleiche Richtung und eine schauerliche Stimme tönte von oben:

„Das Maß Eurer Sünden ist voll!“

Es folgte ein Poltern und durch den Rauchabzug der Decke ragte ein Pferdefuß.

Gestandene Männer brachen in Panik aus.

„Der Teufel!"

„Herrgott!", riefen sie durcheinander und einige rannten zur Tür hinaus, nur um auf der Straße in einen Hagelschauer zu geraten, der sich gewaschen hatte.

Ole Hinrichsen sank mit einem Schrei ohnmächtig zu Boden und Jonathan war nicht schnell genug, um ihn aufzufangen.

„Vater unser, der du bist", stammelte Erk von Moordeich in seiner Nähe. Draußen fuhr ein Windstoß um die Hausecke und lautlos verschwand der Spuk wieder.

Jonathan sah sich in der Gaststube um und ihm fiel auf, dass Marga nicht mehr hinter dem Tresen stand. Sie tauchte gerade erst wieder aus der Küche auf und schien etwas unter dem Tresen zu verstauen. Piening rieb sich die Augen, als müsste er einen schlimmen Traum vertreiben und Erk von Moordeich angelte über den Tresen nach einer Flasche Torfmoorbittern, öffnete diese und kippte sich den Schreck mit dem Schnaps hinunter. Jonathan half Ole Hinrichsen auf die Beine. Der Bauer war bleich wie ein Segeltuch geworden und noch unsicher auf den Beinen. Er stützte sich auf Jonathans Arm und setzte sich schwer atmend auf den nächstbesten Stuhl.

Margas Blick traf Jonathans und er grinste sie amüsiert an. Sie hob schnell entschuldigend die Schultern und kümmerte sich dann um die Gäste. Er war sich sicher, dass Marga für den Spuk auf dem Saal gesorgt hatte, um die

Gemüter zu beruhigen. Er musste ihren Einfallsreichtum anerkennen, auch wenn er die Aufführung natürlich nicht gutheißen konnte. In aller Ruhe trank nun auch er einen weiteren Kurzen und verabschiedete sich danach ins Hotel. Der morgige Tag versprach aufregend zu werden und er wollte sich ausruhen. Immerhin hatte er es hier nicht mit einem blutrünstigen Täter zu tun, sondern nur mit einer durchtriebenen Gastwirtin. Das konnte er auf sich beruhen lassen, ohne schlechtes Gewissen.

Er betrat das Hotel, lächelte Mina hinter der Rezeption zu und ging dann auf sein Zimmer. Er brauchte sie nicht mehr aufzufordern, ihm zu folgen. Sie trat wenig später ebenfalls ins Zimmer und küsste ihn leidenschaftlich.

„Ich habe dich schon vermisst", flüsterte sie ihm zu.

Er umarmte sie und beide sanken aufs Bett.

27.12.1851
Der Hexentanz

Nach einer ereignislosen Nacht erhob sich Jonathan am frühen Morgen. Er blickte versonnen auf Mina, die sorglos träumend neben ihm im Bett lag. Dann öffnete er seine Reisetruhe, holte die Schatulle mit dem Heiltrank heraus und öffnete die Phiole vorsichtig. Er roch daran und wie er vermutet hatte, roch auch dieser Trank nach Alraune. Die Konsistenz war ähnlich ölig, wie der Fleck, den er auf dem Kirchenboden gefunden hatte. Irgendwer hatte auf dem Dachboden einen Trank zerstört. Konnten daher die Verletzungen an Pastor Julius Körper kommen? Er hatte für sich den Entschluss gefasst, dass der Täter einen weiteren Trank suchte. Aber hatte es auf dem Heidhof auch einen gegeben? Er musste der Sache mit mehr Nachdruck nachgehen. Die bisherigen Erkenntnisse ließen doch sehr zu wünschen übrig.

„Wenn man nicht alles selber macht“, murmelte er und Mina öffnete verschlafen die Augen.

„Was sagst du, Liebster?“

Er legte die Phiole behutsam zurück und schloss die Schatulle wieder in seiner Reisetruhe ein. Dann ging er zu Mina, küsste sie auf die Stirn und schüttelte den Kopf.

„Nichts, mein Herz. Ich habe nur überlegt, wann wir dem Täter wohl endlich auf die Schliche kommen.“

Mina erhob sich, zog ihre Bluse und ihren Rock an und reichte ihm das Hemd.

„Irgendwann wird er einen Fehler machen und du wirst

zur Stelle sein und ihn fassen. Da bin ich mir sicher."

Sie betrachtete ihn einen Augenblick und er lächelte.

„Deine Zuversicht in allen Ehren, bisher tappe ich doch ziemlich im Dunkeln."

„Du bist doch ein Wolf", hob sie an und vergewisserte sich, dass Jonathan sie nicht grimmig ansah. „Zumindest manchmal. Könntest du nicht als Wolf die Spuren leichter finden?"

Jonathan lachte.

„Wie stellst du dir das vor? Mit der Nase auf dem Boden schnuppern und schon weiß ich, wer diese schrecklichen Taten verbrochen hat?"

Auch Mina musste lachen.

„Ja, so in etwa."

Er schüttelte den Kopf und hob bedauernd die Schultern.

„Tut mir leid, so leicht ist das nicht. Ich mag mich verwandeln können, aber wenn ich ein Wolf bin, übernehmen nach und nach die tierischen Instinkte. Der menschliche Verstand wird weniger mit jeder Stunde in Wolfsgestalt. Ich möchte nicht riskieren, mein Wissen zu verlieren, weil ich stundenlang einer Fährte hinterherjage."

„Hm", sagte Mina unbestimmt. „Also hast du gar keine Vorteile aus deinem Fluch ziehen können?"

Er lächelte, bevor er antwortete. „Nun, wenn du es so sehen willst, nein. Außer mein langes, sehr langes, Leben."

Sie strich ihm über die Wange und küsste ihn sanft.

„Ich werde dich dabei nun ein wenig begleiten. Vielleicht wiegt das die Nachteile auf."

Er nahm sie in die Arme und küsste sie erneut zärtlich und lang anhaltend, bis die Kirchturmuhr acht Schläge tat.

Sie verließen gemeinsam das Zimmer und sie verabschiedete sich vor der Küchentür. Er nahm ein leichtes Frühstück in Form von warmem Getreidebrei und Marmelade zu sich. Wenn er reiten sollte, wollte er sich nicht den Magen vollschlagen. Mina trat noch einmal aus der Küche heraus und trug ein paar Reithosen und einen Reitmantel über dem Arm.

„Hier. Du kannst doch nicht in deinen feinen Hosen auf dem Pferd sitzen und es riskieren, dass dir die zerbrochenen Eier auf den Kragen tropfen."

Er nahm die Hose und den Mantel dankend entgegen.

„Von wem ist es diesmal?"

„Unser Küchenjunge Hans hat in etwa deine Statur. Du solltest problemlos hineinpassen. Wir sehen uns dann später beim Start. Ich werde das Rennen eröffnen."

Er nickte und erhob sich, ging in sein Zimmer zurück, um sich dort umzuziehen und kam, durchaus gut gekleidet, wieder in den Gastraum, der sich bereits leerte. Er trank seinen Tee aus und stopfte sich, als niemand hinsah, noch einen großen Löffel Brei in den Mund. Dann ging er zur Tür hinaus und erwartete geschäftiges Treiben auf dem mit Fackeln erhellten Marktplatz.

Aber das war nicht der Fall. Die Menschen hielten sich nach den Morden noch zurück und waren nur vereinzelt auf der Straße unterwegs. Als Jonathan zum Startpunkt schlenderte, wartete dort schon Hein Kelting mit einem Pferd auf ihn.

„Hier, Fenris. Der gehört heute Euch."

Jonathan nahm die Zügel entgegen und trat vorsichtig an den Rappen heran. Das Pferd blähte die Nüstern und bemerkte den fremdartigen Geruch, der von diesem Wesen ausging. Einmal mehr versuchte Jonathan, das Tier zu beruhigen, sprach leise mit ihm und kurze Zeit später hatte der Rappe seinen Reiter akzeptiert. Nicht wohlwollend, aber immerhin soweit, dass er aufsitzen konnte, wenn er wollte.

Von hinten näherte sich Erk von Moordeich auf einem stolzen Holsteiner.

„Guten Morgen", grüßte er und tippte sich an den Hut. „Sind wir bereit für einen kleinen Ausflug?"

Jonathan nickte und Hein Kelting lächelte. „Bereit, wenn du es bist, Erk."

„Du hattest noch nie eine Chance gegen mich, Hein. Das wird dieses Jahr nicht anders sein."

Er ritt um sie herum und verschwand hinter der Schenke. Jonathan versuchte indessen, weitere Mitstreiter auszumachen. Aber Hein Kelting war so freundlich, ihm die Männer zu zeigen.

„Da haben wir Enno und Heinrich aus Grönland. Dort hinten steht Wilhelm aus Elmshorn. Aus Hohenfelde sind heute drei Männer mit dabei: Marten, Johann und Friedrich. Für Krempe reitet Arnold und für Steinburg treten Richard und Kai an."

Jonathan betrachtete die Männer, die alle unterschiedlicher Statur waren und rechnete sich die jeweiligen Chancen aus. Er würde definitiv auf den letzten Plätzen landen.

Aber das war ihm gleich. Gerade, als er sich dem Büttel wieder zuwenden wollte, ritt ein geschniegelter Mann über den Platz und hielt sein Pferd vor einer Reihe von jungen Damen an, die ihm schmachtende Blicke zuwarfen.

„Wer ist das?", fragte Jonathan den Büttel.

Hein Kelting sah zum Reiter, nach dem Jonathan sich erkundigt hatte und lächelte.

„Ah, ich hatte mich schon gewundert, wo er bleibt. Das ist Hagen Fries, der Sohn eines hiesigen Bauern. Er reitet nicht übel, hat aber mehr Augen für die Damen, wie man sieht."

Jonathan nickte.

„Sind es sonst noch mehr Reiter?", fragte er den Büttel.

„Durchaus. Ich denke, dass die Vorkommnisse in der letzten Zeit viele Männer davon abhalten, nach Horst zu kommen. Außerdem gibt es bei diesem Rennen keinen Preis, dafür aber viele Unfälle, wenn auch keine Toten. Es geht lediglich um die Ehre und darum, der beste Reiter in der Gegend zu sein. Viele lockt das nicht mehr an. Ehre zählt nicht mehr viel in diesen Tagen."

„Wie Ihr meint. Ich denke nicht, dass ich eine Chance haben werde und bin ganz zufrieden mit der Ehre, die ich verinnerlicht habe."

„Mein Großvater ritt unter Blankenstein im Husarenregiment Nr. 6. Das Reiten liegt mir im Blut. Es sollte schon mit dem Teufel zugehen, wenn ich nicht auf den vorderen Plätzen liegen werde", erwiderte der Büttel mit stolzgeschwellter Brust.

Jonathan nickte anerkennend. „Der Teufel hat in der letzten Zeit in Horst schon zu oft gewütet, meint Ihr nicht? Ich habe keinen Zweifel, dass Ihr auch ohne seinen Beistand gewinnen könnt."

Während der Büttel und Jonathan ihre Unterhaltung führten, ritt Erk von Moordeich auf den Platz hinter Pienings Schenke. Dort stieg er vom Pferd und sah sich um, aber niemand war ihm gefolgt. Er nahm vorsichtig seine Phiole aus der Rocktasche und schraubte sie auf. Kurz betete er, bevor er einen großen Schluck nahm. Er wollte die Pferde verstehen und mit ihnen reden können, bevor er sich ins Rennen wagte. Das würde ihm einen großen Vorteil verschaffen und so wollte er gewinnen. Ihm wurde schwindelig und er musste sich auf die nasse Erde setzen, um nicht ohnmächtig zu werden. Er konnte nicht sehen, wie sich hinter ihm eine Tür schloss und ein paar matschige Fußabdrücke am Boden sichtbar wurden. Kaum hatte er sich von den Nebenwirkungen des Trankes erholt, steckte er die Phiole zurück in die Rocktasche. Er stieg auf sein Pferd und klopfte ihm auf den Hals.

„So mein Guter. Trag mich zum Sieg."

„Halt dich gut fest, Mensch. Wir werden fliegen", antwortete ihm das Tier und von Moordeich lachte, als er den Hof verließ. Die Fußabdrücke entfernten sich von dem Platz, an dem Moordeich gesessen hatte und verschwanden im Inneren der Gaststätte. Die Tür knarrte leise, aber es war niemand zu sehen.

Der Start rückte langsam in greifbare Nähe. Der Markt füllte sich mit weiteren Zuschauern, aber die ausgelassene Stimmung fehlte. Alle wirkten gedämpft und sahen ab und an zur Kirche hinauf, wo die Kerzen für den Pastor wieder brannten.

Neben Jonathan und dem Büttel kam Piening hinzu und die Männer erwarteten auf ihren Pferden die Rede des Vogts, natürlich ebenfalls zu Pferde.

Erk von Moordeich baute sich vor den Reitern auf und räusperte sich. Es fiel ihm schwer, sich zu konzentrieren, denn die Pferde waren aufgeregt und ihre Gedanken schwirrten in seinem Kopf.

„Meine Herren, wehrte Damen“, eröffnete Erk von Moordeich dann doch noch. „Heute werden wir ein besonderes Rennen abhalten, zu Ehren unseres lieben, so tragisch verstorbenen Pastors Julius. Er wird schmerzlich vermisst, aber ich bin gewiss, er hätte seine Freude an unserem Wettstreit gehabt. Ich widme den heutigen Hexentanz unserem Pastor, der sich nie versündigt hat, indem er den Messwein leer getrunken hat.“

Leichtes Gelächter war aus der Menge der Zuschauenden zu hören, wussten sie doch, dass es durchaus vorgekommen war, dass Pastor Julius nach dem Gottesdienst den Kelch leerte.

Erk von Moordeich bat um Ruhe.

„Bevor wir beginnen können, muss ich auf die Spielregeln aufmerksam machen. Wer sie noch nicht kennt, bitte hergehört. Erlaubt ist fast alles.“

Wieder lachte die Menge.

„Bis auf Folgendes: Es dürfen keine Abkürzungen genommen werden. Jeder reitet den gleichen Weg. Es dürfen keine Schuss- oder Stichwaffen benutzt werden, um den Rucksack vom Reiter oder den Reiter vom Pferd zu holen. Einzig der Reisigbesen ist zugelassen, um das Gut im Rucksack auf dem Rückweg von Dannwisch zu zerschlagen. Wer vom Pferd fällt, scheidet aus. Wessen Güter als erstes heil wieder in Horst ankommen, hat gewonnen, selbst wenn der Mann nicht mehr ganz so heil sein sollte."

Einige Menschen klatschten Beifall.

„Also, meine Herren. Auf einen gelungenen Wettstreit. Möge der beste Reiter gewinnen! Möge Horst bald wieder vor Freude singen, anstatt zu trauern."

Jonathan überlegte, dass es noch sehr lange dauern mochte, bis das Dorf zur Normalität zurückfinden würde. Aber er behielt seine Gedanken für sich. Es war schon schwer genug, sich auf dem Rappen zu halten. Reiten gehörte wirklich nicht zu seinen Stärken.

Aus den Augenwinkeln sah er, wie Mina erhobenen Hauptes zur Startlinie vortrat. Die Reiter positionierten sich dahinter. Man hatte eine kleine Empore auf der Straße errichtet, die Mina grazil hinauf schritt.

„Meine Herren", klang ihre Stimme über die Menge. „Ich wünsche Euch einen guten Ritt. Möge der beste Reiter gewinnen." Sie fixierte Jonathan mit ihrem Blick und er lächelte ihr zu. Dann zog sie ein weißes Taschentuch aus ihrer Manteltasche und hob es hoch über ihren Kopf.

„Wenn das Tuch die Erde berührt, wird geritten!", rief sie und die Pferde schnaubten unruhig.

Erk von Moordeich hörte immer mehr ihrer Gedanken.

„Ich werde die Stute da vorn aus dem Rennen schicken“, dachte Pienings Wallach.

Jonathans Rappen hörte er ebenfalls. „Dieses komische Wesen auf meinem Rücken ist mir unheimlich. Vielleicht werfe ich ihn besser ab.“

Dann erreichte das Tuch die Straße und die ersten Reiter preschten vor. Erk von Moordeich gab seinem Holsteiner die Sporen und er meinte ein: „Nicht so fest. Wir fliegen los, halt dich fest, Mensch!“ gehört zu haben.

Der Boden bebte unter den vielen Hufen, die Kinder rannten den Pferden noch einige Meter hinterher, die Frauen wedelten mit ihren Tüchern und die Männer hoben die Hüte in die Luft. Das Dorf war nun doch auf den Beinen. Mina stand auf der Empore und seufzte, hatte ihr Mantel und ihr Rocksaum doch so manchen Schlammspritzer abbekommen. Ihr Vater half ihr hinunter und sie gingen zusammen zum Hotel zurück. Mina sah Jonathan noch kurz hinterher, der sich am Ende des Feldes sehr tapfer auf seinem Pferd hielt. Dann waren die Reiter auf sich gestellt.

Die Hufe der Pferde rissen Eisplatten und Erdbrocken aus dem Boden und Schlamm spritzte Jonathan ins Gesicht. Weiter vorn hatte der Elmshorner Wilhelm weniger Glück und statt Schlamm traf ihn eine schwere Eisplatte am Oberschenkel. Er brüllte vor Schmerzen und fiel vom Pferd. Die Reiter hielten nicht an, es ging weiter in vollem Galopp. Soweit Jonathan sehen konnte, war der Kremper

Arnold derzeit an der Spitze, gefolgt vom Vogt und Piening. Hinter Jonathan ritt Hagen Fries. Jonathan duckte sich gerade elegant unter einem Ast hinweg, als er ein Klatschen hörte. Er sah Hagen Fries hinter sich auf dem Boden liegen. Anscheinend hatte er den Ast übersehen, da er kurz zuvor noch einer holden Dame zugewunken hatte. Er überlegte, ob er anhalten sollte und ihm aufhelfen müsste, aber ein gewisser Ehrgeiz hatte ihn nun doch ergriffen und so ritt er weiter dem Feld hinterher.

Der Hohenfelder Marten und der Grönländer Enno kamen sich vor Jonathan auf einmal gefährlich nahe. Beide Männer zogen die Reisigbesen und schlugen aufeinander ein, keiner wollte dem anderen weichen. Der Hohenfelder verfehlte sein Ziel, woraufhin der Grönländer ausholte, den Hohenfelder knapp verfehlte und durch den Schwung aus dem Sattel gehoben wurde. Marten freute sich jedoch nur kurz, denn sein Besen verfing sich im Gestrüpp und er rutschte ebenfalls vom Pferd.

Jonathan sah bereits den Hof vor sich. An der Spitze hielt sich Arnold wacker, immer noch gefolgt von Piening. Erk von Moordeich war jedoch vom Büttel überholt worden und musste sich mit dem vierten Platz begnügen. Der Büttel ritt, als wäre es sein letztes Gefecht und Jonathan musste seinen Mut neidlos anerkennen. Der Vogt saß tief vornübergebeugt im Sattel. Jonathan konnte sein Gesicht nicht erkennen. Erk von Moordeich fühlte die Gedanken seines Pferdes und aller anderen in seinen Körper fließen. Er versuchte, sich auf Arnolds Pferd zu konzentrieren. So einfach würde er einem Fremden den Sieg nicht gönnen.

Er hörte, wie das Pferd des Krempers innerlich wütete. „Der Mensch tut mir weh. Meine Hufe können nicht schneller. Seine Sporen drücken mir ins Fleisch und seine Peitsche ziept an meinem Schenkel. Ich kann so nicht mehr lange mithalten. Es ist zu viel."

Erk von Moordeich nickte.

„Es ist gut, du bist bald erlöst. Ich helfe dir", sagte er zu sich selbst.

Das Pferd hatte ihn gehört und schnaubte.

„Vorsicht! Wildschweine!", rief Moordeich plötzlich und das Kremper Pferd scheute wie von der Tarantel gestochen. Arnold flog in hohem Bogen vom Pferderücken. Die auskeilenden Hufe des Kremper Pferdes trafen Piening mit voller Wucht und er wurde ebenfalls aus dem Sattel geschleudert. Sein linker Fuß hing noch in den Steigbügeln und nur mit äußerster Kraftanstrengung gelang es Theodor Piening, sich im Steigbügel zu halten. Arnolds Pferd scheute weiter und ritt an der Abzweigung zum Hof einfach weiter. Damit war dieser Kontrahent aus dem Rennen und der Büttel übernahm die Spitze, gefolgt von Piening und dem Vogt. Erk lachte siegessicher, denn Piening musste nun jeden Moment vom Pferd fallen. Aber der dachte gar nicht daran und zog sich mit unmenschlicher Kraft zurück auf den Pferderücken.

Jonathan konnte das alles aus sicherer Entfernung beobachten. Er wollte sich die Augen reiben, aber die Strecke ließ es nicht zu. Vor ihm übersah das Pferd des Steinburgers Kai eine Eispfütze, kam ins Stolpern und Kai stieg über den Hals des Pferdes ab. Sein Kompagnon Richard wendete sein Pferd und ritt ihm zu Hilfe. So langsam lichtete sich das Feld. Am Hof angekommen war inzwischen der Büttel, der so geschmeidig aus dem Sattel glitt, wie ein junger Kavallerist. Er eilte auf den Heuboden, angelte sich einen Rucksack und war gerade auf dem Rückweg zum Pferd, als Erk von Moordeich und Piening auf den Hof ritten. Hein Kelting stieg auf und ritt im wilden Galopp an Jonathan und den Hohenfeldern Heinrich und Johann vorbei. Erk schubste Piening fast von der Treppe und beide kamen fast zeitgleich mit ihren Rucksäcken aus der Scheune.

Jonathan stieg gerade von seinem Rappen ab, mit noch zittrigen Beinen, und betrachtete die Mitstreiter. Der Vogt schaute verbissen zu Piening, der mit einem hämischen Grinsen seinem Pferd die Sporen gab, als wäre er nicht eben fast im Graben gelandet.

Der Büttel hatte etwas Vorsprung und dachte gerade an seinen Großvater und dessen Reitkünste, als er einen scharfen Hieb auf den Rücken bekam. Piening hatte es an ihn herangeschafft und hieb mit dem Besen auf seinen Rucksack. Die Wucht des Schlages brachte den Büttel aus dem Gleichgewicht und er hatte seine schwere Not, das Pferd zu bändigen und darauf sitzen zu bleiben. Piening ritt an ihm vorbei und lachte lauthals. Hein Kelting musste kurzzeitig den Galopp mit Schritt tauschen und fiel auf die hinteren Plätze zurück. Der Vogt ritt wild fluchend an ihm vorüber und Jonathan folgte auf dem Fuße. Er sah sich kurz nach dem Büttel um, dem es aber gut zu gehen schien und wandte sich dann wieder dem Geschehen vor seiner Nase zu.

Piening bemerkte den Vogt in seinem Nacken, sah über die Schulter und meinte, Erk etwas flüstern zu hören. Er drosselte das Tempo und beide Pferde eilten kurzzeitig nebeneinander her. Gerade, als Erk Pienings Pferd manipulieren wollte, machte dieser einen gewaltigen Satz und sprang hinter den Vogt auf dessen Pferd. Sein eigenes wurde langsamer und blieb schließlich ganz stehen. Jonathan hatte gerade noch Zeit, dem plötzlichen Hindernis auszuweichen und sah nun den Gastwirt hinter dem Vogt sitzen. Aber dieser Zustand währte nicht lang. Erk war vor Schreck ganz starr geworden und so bemerkte er nicht, dass Piening ihm die Phiole mit dem Zaubertrank aus der Rocktasche zog. Als der Gastwirt hatte, was er wollte, riss er Erk von Moordeich aus dem Sattel und schleuderte ihn in die nächste Schneewehe.

Jonathan hatte die beste Sicht auf die Ereignisse vor ihm. Der Büttel hielt an und ließ Erk von Moordeich hinter sich aufs Pferd steigen. Jonathan machte sich an die Verfolgung von Piening. Er wusste nun, dass er den Täter genau vor sich hatte. Er hatte unmenschliche Kräfte und er hatte eben dem Vogt einen Trank aus der Tasche gezogen. Welche Tränke hatte er bereits genossen? Was fehlte ihm noch? Theodor Piening verschwamm vor seinen Augen und auf einmal saß Mina im Sattel und zog ein doppelläufige Schrotflinte aus dem Rucksack. Warum war ihm das vorher nicht aufgefallen? Hatte Piening die Waffe auf Dannwisch versteckt? Die Waffe kannte er. Jemand hatte damit auf ihn im Badezimmer des Hotels gezielt. Also konnte sich Piening auch noch unsichtbar machen.

„Unsichtbarkeit, Bärenkraft, Gestaltwandel!", zählte Jonathan auf und raste an den schneebedeckten Feldern vorbei. Mina zielte auf ihn und er versuchte, an die Waffe in seinem Stiefel heranzukommen. Sie drückte ab und der Schuss hallte laut über die Landschaft. Jonathan duckte sich und die Schrotladung verfehlte ihn um Haaresbreite. Der Hohenfelder Johann hatte nicht so viel Glück. Die Projektile zerfetzten seinen Hals und dunkel sprudelte das Blut hervor. Entsetzt schlug sich Johann die Hand an den Hals und ritt noch einige Meter weiter, bis er vom Pferd stürzte. Heinrich schrie auf und hielt neben seinem toten Freund an. Jonathan ritt voller Wut weiter. Er sah bereits die bekannten weißen Punkte am Rande seines Blickfelds aufleuchten, als vor seinen Augen aus Mina plötzlich Pastor Julius wurde. Der Pastor lachte irre, hielt in der einen Hand die Flinte und nahm mit der anderen einen Schluck aus der Phiole, warf diese dann im hohen Bogen in den Schnee und zielte erneut auf Jonathan. Aber nun hatte auch der seine Waffe gepackt, bemühte sich um eine ruhige Hand und ein Schuss hallte über die Ebene. Jonathan hatte getroffen, der Pastor hielt sich die Schulter. Er verriss seinen Schuss und traf statt Jonathan dessen Pferd, das tödlich verwundet in den Schnee sank. Jonathan hatte gerade noch Zeit, sich im Sprung zu verwandeln und seine Pfoten tauchten in den weichen Schnee ein. Er fletschte die Zähne und geiferte. Sein Körper war reine Wut geworden. Er wollte Piening zerfleischen und jede menschliche Regung war verschwunden. Noch gute zehn Meter trennten ihn vom Pferd mit dem unheimlichen Reiter, als er eine Stimme in seinem Kopf vernahm.

„Sag gute Nacht, du Hund!“

Er erkannte Pienings Stimme und wusste instinktiv, dass er wieder auf ihn schießen würde. Es knallte und Jonathan sprang zur Seite. Erneut hatte Piening sein Ziel verfehlt.

„Ich werde dich zerreißen“, hörte nun auch Piening Jonathans Gedanken.

„Soweit wirst du nicht mehr kommen. Angenehmes Sterben wünsche ich dir“, antwortete Piening und zielte genau zwischen die Augen des Wolfes. „Das ist eine gute Stelle!“, hörte Jonathan noch, bevor Piening abdrückte. Ein scharfer Schmerz durchfuhr ihn. Jaulend schlitterte er über den Boden und blieb dann im Matsch liegen. Aus dem Pastor auf dem Pferderücken, der nicht an sich halten konnte und laut lachte, wurde der Vogt. Von anderen Reitern war keine Spur mehr zu entdecken. Jonathan schloss die Augen und es wurde schwarz um ihn.

Piening ritt in Gestalt des Vogts über die Ziellinie. Die Dorfbewohner jubelten und klatschten.

„Da kommt unser Vogt. Erk von Moordeich lebe hoch!“, riefen ihm die Menschen entgegen und er sonnte sich in ihrer Begeisterung.

Er nahm direkt Kurs auf die Knechte, die in einer Ecke auf ihn gewartet hatten.

„Schnell, auf die Pferde. Die Gruppe wurde von einem riesigen Wolf angefallen. Er liegt irgendwo am Wegesrand. Schaut nach, ob er auch wirklich tot ist“, rief er ihnen zu und die Männer befolgten seinen Befehl. Die Menschen in der Nähe hielten erschrocken die Luft an.

„Was? Ein Wolf? Wie furchtbar!"

„Ich konnte ihm gerade noch so davonreiten. Es war ein Monster von einem Wolf. So groß habe ich noch keinen gesehen", stieß Piening in Erks Gestalt atemlos hervor. „Aber seid gewiss, ich habe ihn getroffen. Meine Männer werden ihn finden und ihn herbringen. Geht nach Hause und bleibt in euren Häusern. Zur Sicherheit."

Zustimmendes Gemurmel erhob sich und die Menschen zerstreuten sich langsam.

Mina kam aufgeregt auf ihn zugerannt.

„Was ist mit Jonathan? Wo ist der Büttel und Piening? Ist ihnen etwas geschehen?"

Piening musste kurz überlegen, besann sich dann jedoch, dass er nun in Moordeichs Gestalt unterwegs war. Er räusperte sich.

„Fenris war hinter mir, ich habe ihn aus den Augen verloren. Wo der Büttel und Piening sind, weiß ich nicht."

Mina machte sofort kehrt und rannte zum Dorfausgang. Sie wollte Jonathan suchen und Piening ritt ihr hinterher.

„Kommt schon, Fräulein Hansen. Zu Fuß braucht Ihr viel zu lange. Soll ich Euch nicht mitnehmen? Dann suchen wir gemeinsam."

Sie zögerte kurz, reichte dem Vogt dann jedoch die Hand und stieg auf.

„Wartet! Bringt mich zuerst zum Hotel zurück. Ich muss etwas holen", sagte Mina auf einmal und Piening konnte sich ein Schmunzeln nicht verkneifen.

„So? Was habt Ihr denn auf einmal vergessen? Eure Wärmkruke?“

Mina runzelte die Stirn ob dieser flapsigen Antwort.

„Nein. Wenn Herr Fenris oder jemand anderes verletzt ist, brauche ich meinen Tra … meine Tasche!“

Piening wurde hellhörig. Hatte die kleine Hansen etwa auch einen Trank? Das war ja zu schön, um wahr zu sein. Also ritt er mit ihr zum Hotel und sie stiegen gemeinsam ab.

„Wartet hier, ich bin gleich zurück.“, wollte Mina ihn abhalten, das Hotel mit ihr zu betreten. Aber Piening ließ sich nicht zurückweisen.

„Ach was, ich helfe Euch. Der Vogt ist doch gern für alle da.“

Schweren Herzens nickte Mina und so betraten sie beide das Hotel. Elisabeth Hansen eilte auf ihre Tochter zu.

„Hast du schon gehört? Ein riesiger Wolf treibt sein Unwesen. Als hätten wir in letzter Zeit nicht schon genug Leid durchgemacht. Nun auch noch das. Gib auf dich acht, Kind!“, rief sie ihrer Tochter zu.

Piening wurde ungeduldig. Wenn Mina einen Trank hatte, so wollte er ihn nun haben und die Alte hielt ihn nur auf. Mit einem Lächeln trat er an Elisabeth Hansen heran, sah sie freundlich an und zog dann seinen Dolch, den er tief in ihrem Bauch versenkte.

Mina schrie auf.

„Was um Himmels willen?“, aber weiter kam sie nicht, denn Piening schubste sie unsanft weiter.

„Lauf und hol den Trank, Mina. Es wird Zeit.“

Mit angstverzerrter Miene starrte Mina den Vogt an, sah dann zu ihrer Mutter, die stark blutend auf dem Boden lag. Sie rannte hinter den Tresen, holte den Generalschlüssel und eilte hoch in Jonathans Zimmer.

Sie riss an der Reisetruhe, die sich jedoch keinen Millimeter bewegte. Jonathan hatte sie gut verschlossen. Schließlich dauerte es Piening zu lange und er kam zu ihr ins Zimmer gerannt. Er sah die Truhe und mit einem gewaltigen, unmenschlichen Ruck riss er den Truhendeckel auf. Mina nahm die Schatulle an sich, rannte vor Piening die Treppe wieder hinunter und kniete sich neben ihre Mutter. Diese blutete stark, sah ihre Tochter an und nickte nur sanft.

Mina schrie und öffnete die Schatulle. Sie war leer. Piening stand hinter ihr und zur Abwechslung brüllte nun er.

„In drei Teufels Namen! Dieser Bastard!"

Vom Radau im Empfangsraum alarmiert, kam nun Martin Hansen aus der Küche gestürmt. Aber noch bevor er einen Fuß auf die Schwelle setzen konnte, flog Pienings Messer durch die Luft und blieb in seiner Stirn stecken. Wie ein gefällter Baum fiel Martin Hansen hintenüber und blieb reglos auf dem Boden liegen. Mina sackte ohnmächtig in sich zusammen und Piening rollte mit den Augen.

Er hob sie hoch und warf sie sich über die Schulter. Als er das Hotel verließ, sahen einige Dorfbewohner den Vogt mit Mina Hansen über der Schulter ein Pferd besteigen. Niemand kam auf die Idee, ihn aufzuhalten. Wenn er ein Schäferstündchen mit der hübschen Gastwirtstochter haben wollte, so stand ihm das als Sieger des Wettrennens nur zu. Kurz hinter dem letzten Haus in der Heisterender Chaussee nahm Piening seine eigene Gestalt wieder an und lachte leise in sich hinein, während er auf Nutzwedel zuritt.

Jonathan schlug die Augen auf. Der Schmerz in seiner Schulter war immer noch da, benebelte ihm die Sinne, aber er war wach. Seine Wolfsohren hörten die Reiter in der Ferne aus Richtung Horst herannahen. Aus der anderen Richtung konnte er Erks und Hein Keltings Stimmen ausmachen. Er war zu schwach, um sich zu erheben und schon scheute Keltings Pferd vor ihm.

„Was zur Hölle ist denn das?“, rief der Vogt und der Büttel traute seinen Augen nicht. Ein riesiger schwarzer Wolf lag vor ihnen auf dem Feldweg.

Erk von Moordeich war vom Pferd gestiegen und näherte sich vorsichtig dem Wolf. Der Büttel stand neben ihm und unterhielt sich leise mit dem Hohenfelder Richard, der seinen toten Kumpanen auf das Pferd hievte und langsam mit ihm davonritt. Dabei lösten sich die Stiefel des Toten und fielen in den Schnee.

Jonathan merkte, wie seine Kräfte schwanden und mit der letzten Willenskraft, die ihm geblieben war, verwandelte er sich vor dem Vogt und dem Büttel in einen Menschen zurück. Erk taumelte rückwärts und wollte nach seiner Waffe greifen, der Büttel holte bereits mit seinem Reisigbesen aus, um auf Jonathan einzuschlagen aber der hob abwehrend beide Hände hoch.

„Halt! Bevor Ihr mir etwas tut, wartet. Ich erkläre Euch

alles. Aber bitte, nicht schießen und nicht mehr schlagen", stieß er atemlos hervor.

Der Büttel ließ den Besen sinken und starrte den nackten Mann vor sich fassungslos an.

„Bei Gott, was bist du?", schrie Erk erschrocken.

Fenris fiel auf die Knie und zerrte an seinem Mantel, nahm die Phiole heraus und trank einen Schluck. Die Wunde an seiner Schulter heilte augenblicklich, aber er fühlte sich schwach und zermürbt. Nun hatte er den Täter so nah an sich herangelassen und es war ihm schon wieder gelungen, ihn zu verwunden. Das nächste Mal musste er besser vorbereitet sein. Die Kälte kroch in seine nackten Glieder und er schlüpfte schnell in den Mantel, ging dann ein paar Schritte, hob die Stiefel des Toten auf und zog sie an. Dann wandte er sich den beiden Männern wieder zu.

„Ich bin Jonathan Fenris, Hofbieter des Klosters Uetersen und, wie Ihr sehen konntet, ein Wolf."

Der Vogt rieb sich die Augen und schüttelte den Kopf.

„Das kann nicht sein. Wie ist das möglich?"

Kelting musste sich erst einmal in den Schnee setzen und hörte aufmerksam zu.

„Wir haben keine Zeit für lange Erklärungen. Ich wurde so geschaffen. Ich bin ein Mensch und ein Wolf gleichermaßen und jetzt steht auf. Piening ist der Mörder. Er hat auf mich geschossen und wer weiß, was er jetzt gerade anstellt."

Die Männer staunten noch, als über ihnen schon die ersten Schüsse hinwegfegten.

„Da ist er!", hörte er einen der Knechte schreien.

„Was soll denn das? Seid ihr verrückt geworden?", rief Erk von Moordeich seinen Männern entgegen.

Alle schauten nun zu den Knechten auf und diese traten an den Tatort heran.

„Lass den Büttel gehen, du Teufel!", zischte der Knecht in Erks Richtung.

„Wie bitte? Wie hast du mich genannt?"

„Was auch immer du sein magst, der Vogt bist du nicht. Der ritt eben über die Ziellinie. Also?" Der Knecht lud seine Flinte betont langsam nach.

Von Moordeich fasste sich an den Kopf und Hein Kelting sprang ihm bei.

„Ich muss doch sehr bitten, solchen Unfug zu unterlassen. Natürlich ist das Erk von Moordeich, unser Vogt. Ich war die ganze Zeit bei ihm. Dann hallten Schüsse durch die Gegend, der arme Hohenfelder hat es nicht geschafft. Irgendetwas ist mit Piening passiert und Fenris hier wurde verwundet. Wir mussten ihm die Kleidung ausziehen, um ihm zu helfen."

Jonathan bewunderte die Geistesgegenwart des Büttels, der so seinen ungewöhnlichen Aufzug erklärt hatte.

„Davon wissen wir nichts. Wir sollen einen Wolf finden und erlegen. Aber anscheinend hat sich das von allein erledigt. Der Vogt", hier sah der Knecht zweifelnd von Moordeich zum Büttel und zurück. „also derjenige, der eben im Dorf war, sagte, Ihr wäret angegriffen worden. Stimmt das?"

Erk kratzte sich am Kopf und der Büttel schüttelte seinen.

„Nein, es war kein Angriff. Wir haben keinen Wolf gesehen."

Auf einmal hörte Erk von Moordeich eine Stimme in seinem Kopf.

„Hör zu, wir haben wirklich keine Zeit für diesen Unsinn. Piening ist der Mörder. Er hat unmenschliche Kräfte, kann sich wahrscheinlich unsichtbar machen und seine Gestalt ändern. Und anscheinend kann er mit Tieren reden."

Verschreckt sah sich der Vogt um. Die Knechte wurden nervös.

„Entschuldigt. Es gibt mehr, zwischen Himmel und Hölle, als ich Euch erklären kann. Aber glaubt mir. Ich bin es, Erk von Moordeich, Vogt zu Horst. Und wir müssen jetzt nach Horst zurück."

Dann dachte er weiter.

„Wer bist du und warum weißt du das alles?"

„Ich bin es, Jonathan und ich habe es mit meinen eigenen Augen gesehen."

„Aber warum kann ich dich hören? Der Trank wirkt doch nur bei Tieren."

„Weil ich auch ein Tier bin. Jetzt beeilt euch. Ich erkläre alles später!"

Staunend sahen die Knechte und auch der Büttel zu Erk von Moordeich hinüber, der einfach nur in den Schnee starrte und verstummt schien.

„Wir müssen nach Horst", sprach er plötzlich und sah seine Männer eindringlich an.

„Wenn ihr mir nicht glaubt, fragt mich etwas, was nur

ich wissen kann. Vielleicht traut ihr mir dann."

Der Knecht kratzte sich am Kopf und überlegte.

„Nun gut. Wer hat letztes Weihnachten aus dem Nachttopf getrunken, weil er so besoffen war?"

Der Büttel runzelte die Stirn und Erk musste ob der ganzen Situation erst einmal lachen.

„Das war Jan, der Große!"

Der Knecht in Moordeichs Nähe lief rot an und die anderen klopften sich auf die Schenkel.

„Genau! Du bist es!"

Erk von Moordeich grollte nun laut: „Nichts anderes habe ich gesagt. Also los, wir müssen nach Horst zurück und Piening finden!"

Als die Männer das Dorf erreichten, gab es bereits einen großen Tumult. Erk von Moordeich wurde augenblicklich umringt von aufgebrachten Dorfbewohnern. Die Schreie des Mobs kamen Jonathan vertraut vor.

„Hängen soll er."

„Er ist der Teufel!"

„An den Pranger mit ihm!"

Die Knechte hatten genug und der Vogt ebenso. Er riss seinem Vordermann das Gewehr von der Schulter und schoss in die Luft. Die Menge verstummte abrupt.

„Hört mich an, verdammt noch Mal!", schrie Erk die Menge an.

„Ich bin euer Vogt. Dieses Scheusal namens Piening hat einen Trank, mit dem er sich in jeden Menschen verwandeln kann. So glaubt mir doch. Meinen Männern konnte ich beweisen, dass ich der richtige Vogt bin. Seid ihr nicht schlauer, als diese Burschen?"

Die Knechte sahen sich stirnrunzelnd an, als der Büttel ebenfalls seine Stimme erhob.

„Ich war die ganze Zeit bei unserem Vogt. Er ist es und nun gebt endlich Ruhe. Wir werden schnellstmöglich für Aufklärung sorgen."

Dann gellte ein Schrei über den Markt und eine Frau kam aus dem Hotel *Zur schönen Aussicht* gestolpert.

„Jemand hat die Hansens ermordet! Kommt schnell!"

Kaum hatte sie die Worte ausgesprochen, rief jemand von der anderen Seite des Platzes. „Und wenn der Vogt hier steht, wer hat dann Mina auf dem Pferd mitgenommen?"

Jonathan konnte sich kaum auf den Beinen halten, aber er hatte die letzten Worte richtig verstanden. Sofort setzte er sich in Bewegung und betrat das Hotel. Im Empfangsraum lag Elisabeth Hansen und blutete noch immer aus dem Bauch. Weiter hinten lag Martin Hansen, den Dolch in der Stirn stecken, die Augen geöffnet. Jonathan kniete sich zu Elisabeth, zog mit zittrigen Händen die Phiole aus dem Mantel und gab ihr den Rest des Trankes. Sie röchelte und er spürte die Wärme, die von ihr ausging.

„Bitte Herr, lass mich nicht zu spät sein", betete er leise. Minas Mutter schloss die Augen und fiel in einen tiefen Schlaf.

Jonathan blieb an ihrer Seite, bis er sehen konnte, dass sich ihre Brust in regelmäßigen Abständen hob und senkte. Dann lief er zu Martin Hansen, aber er sah nur bestätigt, was er befürchtet hatte. Minas Vater war tot und nicht mehr zu retten. Wütend sank er neben Martin Hansen auf den Boden und schlug mit der Faust auf den Teppich. Erst dann wurde er sich der Zuschauer gewahr, die sich mittlerweile vor dem Hotel und im Gastraum eingefunden hatten. Er drehte sich zu ihnen um und schrie in die Menge.

„Leute, hört her!"

Die Menschen wandten sich ihm zu und einige Witzbolde mussten lachen, als sie Jonathans Aufzug sahen. Ein Mantel und Stiefel und augenscheinlich keine Hosen.

„Ihr wurdet gerade Zeuge davon, dass es Tränke mit Zauberkraft gibt. Hier ist der Beweis." Er deutete auf die friedlich schlafende Elisabeth Hansen und zog die Phiole aus dem Mantel.

„Ebenso, wie es heilende Kräfte gibt, gibt es Tränke, die einen Menschen unsichtbar machen, unmenschliche Kräfte verleihen und eben auch andere Gestalt annehmen lassen. Ihr habt es mit euren eigenen Augen gesehen und ebenso habe ich gesehen, wie Piening sich verwandelt hat. Er ist der Mörder, der euer Dorf ins Unheil stürzt und nun gilt es, ihn dingfest zu machen und seiner gerechten Strafe zuzuführen. Der Vogt, der Büttel und ich werden uns auf die Suche nach ihm machen. Seid gewiss, ihr habt nichts mehr zu befürchten, wenn dieser Tag vorbei ist."

„Zieh dir erst mal Hosen an!", schallte es ihm entgegen.

„Was weißt denn du schon? Seit du hier aufgetaucht bist, gibt es doch erst die Scherereien!", schrie ein anderer und eine Frau in seiner Nähe geiferte: „Du bist der Teufel, der in den 12 Nächten zu den Menschen kommt, um sie zu verführen!"

Jonathan fasste sich müde an die Stirn. Er war es leid, sich zu rechtfertigen. Erk von Moordeich betrat das Hotel und stellte sich zu ihm.

„Glaubt ihm. Er weiß von uns allen vielleicht am besten, was zu tun ist."

Jonathan traute seinen Ohren kaum. Kam das gerade wirklich vom Vogt? Dem Mann, dem er einen Kerkeraufenthalt zu verdanken hatte?

Die Menschen beruhigten sich und der Büttel riss den Vorhang vom Empfangsraum herunter, teilte ihn mit einem Messer in zwei Hälften und reichte Jonathan die eine, bevor er mit der anderen den Leichnam bedeckte.

„Verhüllt Euch, Mann!", raunte der Büttel ihm zu und Jonathan sah an sich hinab.

„Entschuldigt mich, ich muss mich umziehen", grummelte er, verließ den Menschenauflauf ohne weitere Worte und lief in sein Zimmer.

Die Truhe war offen, ansonsten war alles unversehrt. Eilig nahm er seine Kleidung heraus und warf sie sich über. Dann zog er den Reitmantel wieder über und wandte sich erneut der Truhe zu.

Er betätigte einen geheimen Mechanismus und eine Klappe im Boden der Truhe sprang auf. Darunter kam eine weitere Phiole zum Vorschein. Er zog sie hinaus und betrachtete den rötlich schimmernden Inhalt mit zitternden Händen.

Jonathan füllte den Inhalt der Flasche in die leere Phiole des Heiltranks. Dann verschloss er alles sorgsam und ging wieder hinunter in den Empfangsraum, wo man Elisabeth Hansen mittlerweile auf einen Stuhl gesetzt hatte. Sie weinte um ihren Mann und rang die Hände.

„Meine arme Mina. In den Händen dieses Teufels!“, schrie sie und Jonathan stürzte zu ihr.

„Wo ist Mina? In wessen Händen?“, rief er und rüttelte an ihren Schultern.

„Er hat sie mitgenommen“, sagte Elisabeth Hansen voller Trauer.

„Wer? So rede doch!“

„Der Vogt.“

Jonathan knurrte und sah zu Erk von Moordeich, bis ihm klar wurde, dass Elisabeth nicht ihn, sondern Piening meinte. Stutenmarie kam von der Tür auf Jonathan zu und nickte.

„Ich hab sie gesehen, nech? Sie sind weggeritten. Wie'n nasser Sack hing sie über'm Pferd, nech? Sind nach Nutzwedel raus, nech?“

Jonathan drückte der alten Marie dankend die Hand und hieb Erk von Moordeich auf die Schulter.

„Sie sind auf dem Weg nach Nutzwedel. Wir müssen uns beeilen!“

Der Vogt wurde bleich.

„Meine Frau ist dort. Allein.“

„Also, worauf warten wir noch? Auf nach Nutzwedel.“

Entschlossen rannte er hinaus und der Vogt folgte ihm auf dem Fuße.

Draußen wartete der Büttel schon mit Erks Männern und einem Wagen voller Waffen und Munition.

„Während ihr da drin wart, habe ich mich nützlich gemacht“, sagte Hein Kelting und nickte den Männern zu.

Jonathan stieg auf den Kutschbock und betrachtete die Männer zu Pferd neben sich, die nun seine Verbündeten waren.

„Es ist an der Zeit, Eurer beschaulichen Gemeinde Horst wieder den Frieden zurück zu geben, der ihr von einem abscheulichen Fluch genommen wurde. Einem Fluch in Menschengestalt, der auch nicht vor Mord zurück schreckt um das zu bekommen, was er will. Auf nach Nutzwedel!“

„Auf nach Nutzwedel!“, hallte es aus vielen Kehlen wider.

27.12.1851
Nachmittag

Theodor Piening ritt in der Gestalt Erk von Moordeichs auf den Hof von Nutzwedel. Mina hing über dem Sattel und bewegte sich nicht. Sie war noch immer bewusstlos und Piening war das ganz recht. Kaum war er vom Pferd gestiegen, öffnete sich die große Eingangstür und Catharina von Moordeich eilte ihm entgegen.

„Erk, was ist passiert? Hast du das Rennen gewonnen?"

Sie stockte und betrachtete das Pferd genauer.

„Was um Himmels Willen macht denn Fräulein Hansen auf deinem Pferd?"

Piening trat an Catharina von Moordeich heran und lächelte, breitete die Arme aus, als wollte er sie in den Arm nehmen und hieb ihr dann mit voller Wucht seine Faust erst in den Magen und dann gegen das Kinn. Die ältere Frau fiel in sich zusammen und Piening schüttelte sich, bevor er seine eigene Gestalt wieder annahm.

Mit einer selbstverständlichen Leichtigkeit zog er zunächst die Frau des Vogts ins Haus zurück, bevor er Mina vom Sattel hob und beide Frauen, eine auf dem rechten Arm, eine auf dem linken, in den Turm der kleinen Festung des Vogts schleppte und sie dort auf den kalten Boden legte. Er ging hinunter ins Haus und zog zwei Gardinenkordeln aus der Wand. Damit machte er sich auf den Weg zurück zu seinen Geiseln, fesselte geschickt erst Mina, dann Catharina und schloss die Tür hinter sich ab. Piening lief die Treppe hinab, bis hinunter in den Keller und sprach vor sich hin.

„Die letzte Phiole sollte mir endlich zu Unsterblichkeit verhelfen. Dieser kleine Hundesohn Fenris wird bald schon hier auftauchen und dann zerreiße ich ihn mit meinen eigenen Händen und hole mir, was mir zusteht."

Piening lachte unheimlich und holte aus seiner Jackentasche eine blutbefleckte Karte hervor.

„Nun wollen wir doch mal sehen, ob der Tod des alten Jacob vom Heidhof zu etwas nütze war."

Er schlug die Karte auf und darauf zu sehen waren die Steine der Kellerwand. Eine Zahlenfolge auf den gezeichneten Steinen verriet ihm, in welcher Reihenfolge er sie berühren musste. Fest drückte er gegen die Wandsteine und als er die Zahlenfolge abgearbeitet hatte, knirschte es in der Wand. Ein Stück der Wand öffnete sich eine Handbreit, drehte sich halb um die eigene Achse und am unteren Ende sprang eine Schublade heraus. Piening rieb sich die Hände und lachte in sich hinein.

„Sehr gut. Es funktioniert. Wer hätte das gedacht."

Er öffnete die Schublade, die mit schwarzem Samt ausgekleidet war und fand darin sechs kleine Mulden aus schwerem Silber. Piening kramte in seiner Tasche und holte nach und nach die Deckel der Phiolen hervor, legte jeden einzelnen in die dafür vorgesehene Mulde und freute sich schon auf den Moment, in dem er endlich den letzten Trank in Händen halten konnte. Aber eine Mulde war noch leer. Man konnte im Silber den Abdruck des Tierkreiszeichens Waage erkennen.

„Nun gut, auch du wirst bald im Futter stecken. Du bist

schon unterwegs zu mir“, raunte Piening.

Er schloss die Schublade wieder, ließ die Wand jedoch geöffnet und bediente sich dann in der Waffenkammer des Vogts. Mit zwei großen Gewehren betrat er das Turmzimmer. Mina war aufgewacht und sah ihn wütend an.

„Du Mörder! Du Teufel! Was bist du nur für ein Mensch?“, spie sie ihm die Worte fast entgegen.

Er lachte nur und schnalzte mit der Zunge.

„Ts, ts, ts, Fräulein Hansen. Also wirklich. Mäßige deine Zunge, Kind“, erwiderte er, als er die Gewehre an die Turmmauer lehnte und aus dem kleinen Fenster auf die Straße zum Dorf schaute.

„Was...ist denn nur hier los?“, vernahm er kurz darauf die schwache Stimme Catharinas.

„Dieser Abschaum hat meine Eltern getötet und nun will er uns an den Kragen. Er kann sich verwandeln und bleibt doch immer nur eine Bestie, egal in welcher Gestalt er sich zeigt. Wahrscheinlich hat er auch die alte Anna und alle anderen umgebracht. Er ist ein Mistkerl, ein Scheusal, ein TEUFEL!“, schrie Mina.

Piening drehte sich zu Mina um und schlug ihr hart mit der Hand ins Gesicht. Minas Kopf prallte gegen die Steinwand und Catharina fing an zu weinen.

„Ich verstehe nicht.“

„Halt dein Maul, Weib.“ Piening rieb sich die Hand. „Es reicht doch wohl, wenn hier eine herumschreit. Oder willst du auch noch ein paar gelangt bekommen?“

Bedrohlich baute er sich vor Catharina von Moordeich auf. Sie schüttelte eingeschüchtert den Kopf und weinte stumm vor sich hin. Mina jedoch war noch nicht fertig.

„Jonathan wird kommen und dir den Kopf abreißen. Du wirst leiden und ich werde mit Freuden dabei zusehen. Du hast nichts anderes verdient. In der Hölle schmoren sollst du, wo du hergekommen bist!“

Piening lachte.

„Ach so? Wird er das? Ich bin gespannt, wie das für dich ausgehen wird, Mäuschen.“

Er trat auf sie zu, riss ihren Kopf an den Haaren hoch und gab ihr eine weitere harte Ohrfeige.

„Und jetzt sei still, oder ich erledige dich gleich hier und jetzt. Du nervst mich.“

Mina spuckte Blut auf Pienings Schuhe und funkelte ihn böse an. Piening gab sich nicht weiter mit ihr ab, nahm eines der Gewehre in die Hand, öffnete das kleine Fenster und sah gebannt auf die Straße zum Dorf hinab.

Auf der Straße zeichnete sich in etwas Entfernung ein Tross aus einem Pferdegespann und einer Handvoll Dörflern mit Forken und Äxten ab. Jonathan saß neben Erk von Moordeich auf dem Kutschbock. Grimmig hielt er den Trank in seiner Manteltasche fest und er merkte, dass auch der Vogt zu allem entschlossen war. Plötzlich nahm er dessen Gedanken in seinem Kopf wahr.

„Du bist gefährlich. Du bist zu gefährlich für unser Dorf. Du bist zu stark.“

Jonathan sah den Vogt an, der die Zügel auf die Rücken der Pferde schnalzen ließ.

„Du solltest kämpfen, wie ein richtiger Mann, nicht wie

eine Bestie."

„Gegen eine Bestie hilft nur eine andere", antwortete Jonathan in Gedanken und der Vogt zuckte zusammen.

„Ich habe vergessen, dass du mich hören kannst."

„Ja, das dachte ich mir schon. Ich bin nicht gefährlich. Ich töte niemanden mit Absicht."

„So, nicht mit Absicht? Aber unabsichtlich?"

Jonathan schnaubte und der Büttel, der neben der Kutsche her ritt, schaute zu beiden Männern hinüber. Auch er hatte tausend Fragen und wollte Antworten von diesem Wesen dort auf dem Kutschbock. Aber das musste warten. Hier waren zu viele Menschen.

„Nach dieser Sache verschwindest du aus unserem Dorf, verstanden? Ich kann dich hier nicht gebrauchen. Die Menschen kommen nicht zur Ruhe, wenn du hier frei herumläufst."

„Nichts lieber, als das, Herr Vogt."

Erk knirschte vor verhaltener Wut mit den Zähnen und auch Jonathan war es leid, neben diesem Mann sitzen zu müssen. Aber für Mina und das ganze Dorf mussten sie jetzt zusammenhalten.

Die Kutsche näherte sich Nutzwedel und Moordeich räusperte sich. Er warf Jonathan die Zügel zu und wand sich um zu seinen Männern und den Dörflern.

„Also Männer!", hob er an. „Wir müssen aufpassen. Der Hof ist gebaut, wie eine kleine Festung. Ihr könnt Euch glücklich schätzen, dass ich sie wie meine Westentasche kenne. Wahrscheinlich hat Piening meine Frau und Fräulein Hansen in den Keller gebracht und sie dort eingesperrt. Wir gehen hinter dem Haus hinein und befreien sie. Keiner schießt, bis ich es befehle, verstanden?"

Die Männer nickten unruhig.

Jonathan hielt die Pferde an und erhob sich dann ebenfalls. Erk sah ihn entgeistert an.

„Was willst du?"

Er antwortete ihm nicht, sondern richtete das Wort an die Gefolgschaft.

„Piening ist stark", sagte er warnend.

„Aber nicht stärker, als dreißig Männer!", grölte ein Knecht zurück. Fenris schüttelte den Kopf.

„Leider doch. Ihr solltet Euch in Acht nehmen. Keine Alleingänge, sonst habt Ihr keine Chance."

Die Männer murmelten und der Vogt setzte die Pferde wieder in Bewegung. Nach ein paar Metern hallte ein Schuss durch die Kälte und vor den Pferden zersplitterte ein Stück Holz.

„Keinen Schritt weiter!", schrie Piening aus dem Turmfenster heraus.

Erk von Moordeich zügelte die Pferde und rief zurück.

„Wo ist meine Frau, Piening? Gib auf und komm raus, oder ich werde dir mit meinen eigenen Händen den Hals umdrehen!"

Man hörte ein Lachen über die Wiesen schallen.

„Fenris, sei so nett und bring mir den Trank. Dann darf die olle Moordeich in die Arme ihres tapferen Recken sinken … vielleicht."

„Nein!", schrie Jonathan zurück und Erk boxte ihn unsanft gegen die Seite.

„Bist du verrückt geworden? Meine Frau ist da drin!"

„Du bekommst den Trank, aber Mina und Frau von Moordeich kommen dafür heraus."

Es wurde für einen kurzen Moment still, dann erklang erneut ein herzhaftes Lachen.

„Du bist nicht in der Position, Forderungen zu stellen, Freundchen.", erwiderte Piening.

„Entweder die Vogtin, oder niemand. Du hast die Wahl!". Man hörte das Durchladen des Gewehrs und Erk von Moordeich wurde panisch.

„Fenris, was soll das? Wollt Ihr, dass eine der Frauen stirbt? Wir holen jetzt meine Frau da raus, habt Ihr verstanden? Oder ich schieße Euch jetzt und hier über den Haufen und gebe dem Verrückten den Trank selbst."

„Schon gut. Wir schaffen das. Ich gehe hin und gebe ihm den Trank. Steckt Eure Waffe weg, Moordeich. Ihr werdet sie noch brauchen."

Jonathan sprang vom Kutschbock und holte die Phiole aus der Manteltasche hervor. Er hob sie in die Höhe und zeigte sie Piening.

„Ich komme, Piening. Komm herunter."

„Nichts da!", schrie Piening. „Du kommst nicht in meine Nähe. Einer von den Knechten bringt mir die Flasche, oder Mina stirbt jetzt."

Jonathan knurrte und übergab die Phiole an einen Knecht, der zitternd von Moordeich am Schlafittchen neben Jonathan geschleppt worden war. Der Knecht lief zögerlich zur Tür, die sich wenig später öffnete. Piening stand vor den beiden gefesselten Frauen, schnappte sich den Trank aus den Händen des verängstigten Knechtes und stieß Catharina von Moordeich aus dem Haus. Dann schloss sich die Tür wieder krachend. Erk rannte auf das Haus zu und kniete sich neben seine Frau, nahm sie behutsam in die Arme und strich ihr über das Gesicht.

„Ich bin da, du bist in Sicherheit!"

Dankbar schlang sie die Arme um ihren Mann und weinte erleichtert.

Jonathan stand wenige Meter von der Tür entfernt und knurrte, fast schon laut, vor sich hin. Piening hatte Mina noch immer in seiner Gewalt und dieser Trottel von Vogt war nicht in der Lage, sie zu befreien. Es war Zeit, dass er die Dinge in seine eigenen Hände nahm. Als er sich zur Tür aufmachen wollte, gab Erk seinen Männern ein Zeichen und sie hielten Jonathan fest.

„Keine Alleingänge!" hallte es in seinem Kopf.

Piening hatte sich in der Zwischenzeit mit Mina im Keller verschanzt. Seine Augen glänzten, als er die letzte Phiole betrachtete.

„Endlich!"

Mina lag auf dem Boden und rührte sich nicht. Das war Piening nur recht. Er schraubte den Deckel ab.

„Diesem Trottel aus Uetersen hast du es zu verdanken, dass deine Eltern tot sind!", prostete er Mina zu und trank den restlichen Inhalt aus. Ein wenig Heiltrank konnte ja nicht schaden, auch wenn er ihn gleich nicht mehr benötigen würde, wenn er endlich die Unsterblichkeit erlangt hatte.

Er steckte den Deckel in die silberne Mulde und verschloss sie vorsichtig. Dann holte er erneut die Karte hervor und drückte eine andere Steinkombination an der Wand. Die Steinwand drehte sich mit einem Knirschen erneut halb herum und verschmolz dann wieder mit den restlichen Steinen. Es dauerte einen Augenblick, bevor es am anderen Ende des Raumes einen dumpfen Schlag gab. Piening eilte in die Richtung des Geräusches und sah gerade noch, wie sich vier Steine aus der Wand schoben. Dahinter konnte er in ein Versteck greifen und eine weitere Phiole ertasten. Von tiefer Freude erfüllt, holte er den Schatz aus dem Versteck. Die Flüssigkeit in der Flasche schimmerte golden und funkelte im Licht der untergehenden Sonne, die in die Kellerfenster leuchtete.

„Gleich ist es vollbracht!", lachte Piening und öffnete die Phiole. Zitternd hielt er sie sich an den Mund und kippte dann, mit geschlossenen Augen, die gesamte Flüssigkeit in seinen Mund. Mit einem satten Schmatzen und einem kleinen Rülpser ließ er die Phiole auf den Boden fallen, wo sie in Scherben zerbrach.

Eine Sekunde später fiel auch Piening neben den Scherben zu Boden. Er krümmte und wand sich, wie ein Fisch auf dem Trockenen. Mina, die ihre Ohnmacht nur gespielt hatte, sah ihre Chance gekommen. Sie kroch zu den Scherben und durchschnitt die Gardinenkordel, mit der ihre Hände gefesselt waren. Danach öffnete sie die Fußfesseln und sah sich nach einer Waffe um. Sie fand einen alten Schmiedehammer und drosch damit voller Wut und mit all ihrer Kraft auf Pienings Schädel ein. Sie erwartete das

Knirschen von Knochen und Blutspritzer auf dem Boden, aber als sie hinsah, grinste ihr Piening ins Gesicht.

„Also wirklich. So ein kleiner Pikser ist doch nicht der Rede wert", tönte er und Mina ließ vor Schreck den Hammer fallen. Sie sah, wie Piening immer größer und kräftiger wurde. Seine Haut schien vor Muskeln fast zu platzen und er lachte lauter und hämischer.

„Es wirkt! Ich habe es geschafft. Niemand kann mich aufhalten. Keiner kann sich mir in den Weg stellen!", schrie er und stieß fast mit dem Kopf gegen die Kellerdecke. Mina versuchte, zurück zu weichen, die Treppen zu erreichen, aber sie konnte Piening nicht entkommen. Er packte sie und zerrte sie auf den Turm hinauf. Er öffnete eine Tür zu einem Rundgang und riss beide Arme in die Höhe, an einem die weinende und entsetzte Mina.

Jonathan und die Dörfler sahen von unten, wie ein überlebensgroßer Piening mit Mina auf dem Turmgang stand. Jonathan ballte die Fäuste und schrie Piening an.

„Lass sie gehen! Sie hat dir nichts getan. Du hast doch alles, was du wollest!"

Aber Piening wollte ihn nicht hören. Er hielt Mina über die Kante.

„Danke, Fenris, für den letzten Trank. Endlich habe ich gefunden, was ich so lange gesucht habe. Du bist nach Horst gekommen, um den Spuk zu beenden. Stattdessen hast du mir mit deiner Schnüffelei sogar noch geholfen. Erst wollte ich dich einfach nur töten, weil du ein dämlicher Lakai des Klosters bist, das uns schon so lange unter der Knute hat. Aber dann habe ich gesehen, was du wirklich bist. Eine Bestie. Ein Tier in Menschengestalt. Eigentlich war ich mir sicher, dass die alte Anna und ihr Schreien die Dorfbewohner genug gegen dich aufbringen würde. Aber man kann sich auf Irre nicht verlassen. Sie musste sterben, es ging nicht anders. Dann habe ich die Sache selbst in die Hand genommen und auf dich geschossen im Bad und zack, verwandelst du dich in einen Wolf und hetzt hinter mir her. Doch du konntest mich nicht sehen, ich war unsichtbar. Eine der Vorzüge der Tränke. Danach habe ich es geschickter angestellt und die Männer auf Nutzwedel getötet, die du nur leicht verwundet zurückgelassen hast. Ich dachte, die Dörfler würden es dir nicht verzeihen und dich selbst an den Pranger stellen. Leider habe ich nicht mit ihrer über alles gehenden Dummheit gerechnet. Jacob Schilling schließlich musste sterben, weil auf seinem Hof die Karte zu meinem Schatz versteckt war. Ja, richtig. Mein Schatz. Meine Flasche voller Unsterblichkeit. Das war es doch, was du gesucht hast, Fenris, oder?"

Piening hielt kurz inne und Mina schrie auf, als er sie an den Armen in die Höhe riss.

„Ach ja, der arme Pastor Julius sollte nicht vergessen werden. Wusstet ihr, dass er Gedanken lesen konnte? Er hatte den Zaubertrank gefunden, zufällig, wie ein Amateur. Und leider wusste er auch von den anderen Tränken, denn ein Pastor hört und sieht vieles und ich denke, er hat auch meine Gedanken gelesen. So jemanden kann ich doch nicht am Leben lassen, oder was meint ihr? Erst recht nicht, nachdem er dem Schnüffler noch eine Notiz zukommen lassen wollte, in der er ihn vor mir warnen wollte."

„Mörder!“, rief ein Knecht hinauf und die Dörfler reckten ihre Äxte in die Höhe.

„Ja, das bin ich und wisst ihr was? Ich bin es gern. Es macht Spaß!“ und damit ließ er Mina einfach fallen.

Jonathan sah das Unheil kommen und sprintete los, rutschte fast auf dem vereisten Boden aus, entledigte sich seines Mantels und verwandelte sich in einen Wolf. Die Menge schrie erstaunt auf. Alles passierte innerhalb von einem Bruchteil einer Sekunde. Er stürzte zum Turm und die schreiende Mina landete unsanft auf seinem Rücken. Beide fielen zu Boden, Mina rollte sich ins schneebedeckte Gras. Jonathan kam auf die Füße und fletschte die Zähne in Pienings Richtung, der noch immer auf dem Turm stand. Die Knechte waren verwirrt und legten ihre Gewehre auf Jonathan an, denn ein Monstrum von einem Wolf wollten sie schneller den Garaus machen, als einem Verrückten auf einem Turm.

Erk von Moordeich schrie noch: „Nicht schießen!“ und auch der Büttel brüllte ein „NEIN!“, aber es hatten sich schon ein paar Schuss gelöst. Ein Schuss traf Jonathan am Ohr und er jaulte auf, ein anderer traf seinen Oberschenkel und zwei weitere ließen Mörtel aus den Turmmauern aufspritzen.

„Feuer frei auf Piening!“, brüllte der Vogt und die Knechte schossen erneut.

Piening wurde von fünfzehn Kugeln in die Brust und in den Bauch getroffen. Verwundert sah er an sich herab und durch die Wucht der Kugeln taumelte er nach hinten, fiel über die kleine Mauer und landete krachend rücklings auf der Erde. Einige Männer aus dem Dorf rannten zu ihm und wollten das Ungeheuer aus der Nähe betrachten. Mina stützte sich auf ihre Hände und schrie auf.

„Nein, bleibt weg von ihm!"

Ihre Warnung kam zu spät. Piening öffnete die Augen, packte sich einen der Umstehenden und riss ihm den Kopf ab. Blut spritzte einen Moment aus dem Hals des Opfers, bevor der Körper auf den Boden sackte. Piening setzte sich auf und bekam den Nächsten zu fassen. Mit einem lauten Knacken brach das Rückgrat des Mannes und Piening warf ihn achtlos beiseite, wie ein Stück Holz. Die Dorfbewohner, die die Szene hautnah miterlebten, flohen lauthals schreiend.

Jonathan rappelte sich auf und sprang Piening auf den Rücken. Er biss in seinen Hals, seinen Arm und versuchte, seinen Kopf abzubeißen, aber es gelang ihm nicht. Piening schüttelte ihn ab, wie ein Insekt und er prallte gegen die Turmmauer. Die Knechte schossen eine Salve auf Piening, aber bis auf ein kurzes Straucheln war er nicht aufzuhalten. Er näherte sich dem Vogt und den Knechten, als ein einzelner Schuss zu hören war. Der Büttel stand hinter Piening und hatte ihm in den Kopf geschossen. Piening wandte sich dem Büttel zu und grinste hämisch.

„Dich hätte ich schon viel früher beseitigen sollen, du Trottel!", zischte er zwischen zusammengepressten Zähnen hervor. Gerade wollte er sich auf den Büttel stürzen und ihm ebenfalls das Genick brechen, als Jonathan dazwischen sprang und ihm ins Gesicht biss. Die beiden

Kontrahenten verkeilten sich ineinander und rollten über den Boden. Jonathan riss den Kopf hoch und hatte Pienings Nase zwischen seinen Lefzen, als er von Pienings Faust gegen die Schläfe getroffen wurde. Leblos sackte er zur Seite. Nun eilte ihm neben dem Büttel auch der Vogt zu Hilfe. Erk von Moordeich zog sein Messer und stach wie von Sinnen auf Piening ein. Der aber bekam ihn zu fassen und schleuderte ihn gegen einen Baum. Der Vogt blieb verletzt liegen und seine Frau rannte zu ihm. Als der Büttel versuchte, Moordeichs Messer aufzuheben, brach ihm Piening die Arme und ließ ihn liegen.

„Ihr könnt tun, was Ihr wollt. Ihr besiegt mich nicht!“, schrie Piening.

Langsam ging er auf den am Boden liegenden Jonathan zu. Er hob das Messer auf und kniete sich vor den Wolf.

„Dann wollen wir dem Wölflein einmal das Fell über die Ohren ziehen“, sagte er und hob das Messer.

Jonathan dachte bei sich, dass alles Leben irgendwann ein Ende hat und öffnete noch ein letztes Mal die Augen, um Mina zu sehen. Aber was war das? Piening verschwamm vor seinen Augen und wurde zum Pastor. Der sah sich hilflos und desorientiert um. Dann wurde der Pastor zu Erk von Moordeich und zum Büttel, bis schließlich wieder Pienings wahres Gesicht zum Vorschein kam. Er röchelte und blutiger Schaum stand ihm vor dem Mund. Piening sank auf das andere Knie und keuchte.

„Was passiert mit mir?“, fragte er Jonathan entsetzt und er hörte eine Stimme in seinem Kopf.

„Ironie des Schicksals. Der Heiltrank, der keiner war,

wird dich nun umbringen. Du stirbst!“

Das Wolfsgesicht zierte ein spöttisches Grinsen und Piening hob erneut die Hand mit dem Messer zum Todesstoß.

„Dein dämliches Grinsen werde ich dir noch aus dem Gesicht schneiden“, röchelte er.

Jonathan schloss für einen Moment die Augen und dachte an Mina, als er einen Schuss hörte. Pienings Körper zuckte und ein weiterer Schuss knallte durch die Abenddämmerung. Es folgten ein dritter, ein vierter und noch zwei weitere Schüsse, dann war es vollkommen still. Pienings weit aufgerissene Augen starrten schon ins Leere, als er nach vorne überkippte und auf Jonathan landete.

Der sah Mina mit seinem sechsläufigen Revolver hinter Piening stehen. Sie hatte seine Waffe gefunden, die er verloren hatte, als er sich in einen Wolf verwandelte. Zitternd und weinend stürzte sie neben Jonathan auf die Knie, schob den toten Piening von ihm herunter und vergrub ihr Gesicht in seinem Fell. Langsam bemerkte sie, wie das Fell schwand und nackte Haut zum Vorschein kam. Catharina von Moordeich eilte auf sie zu, in der Hand Jonathans Mantel und Mina schlang den Mantel schnell um ihn herum, als er sich langsam aufsetzte.

„Ich hätte es nicht ertragen, dich auch noch zu verlieren“, schluchzte sie. „Nachdem das Scheusal schon meine Eltern auf dem Gewissen hat.“

Jonathan schüttelte sanft den Kopf.

„Deine Mutter lebt. Ich habe sie retten können.“

Mina sah ihm in die Augen und konnte ihr Glück kaum

fassen.

„Wie bitte?“

„Sie ist wohlauf und wartet auf dich. Für deinen Vater kam jede Hilfe zu spät“, Jonathan seufzte. „Das tut mir so unendlich leid.“

„Mutter lebt? Ich will sofort zu ihr. Ich muss nach Hause.“, stammelte Mina und wollte aufstehen. Erk von Moordeich humpelte auf Mina und Jonathan zu, von seiner Frau gestützt. Auch Hein Kelting rappelte sich auf, bekam Hilfe von einem überlebenden Knecht und stellte sich neben Jonathan.

„Ohne Eure Hilfe hätte ich ihn nicht besiegen können.“, sagte Jonathan bewegt und blickte jedem in die Augen.

Alle waren fassungslos. Was sie eben erleben mussten, ging über ihre Vorstellungskraft. Man sah die Fragen in ihren Gesichtern.

„Entschuldigt. Ich erkläre es euch gern morgen. Aber für heute reicht es, denke ich. Ich bringe Mina nun nach Hause.“

Mina lachte und schüttelte den Kopf.

„Wer hier wohl wen nach Hause bringt.“

Sie half ihm auf die Beine und beide gingen zur Kutsche, um zurück nach Horst zu fahren. Der Büttel wurde hinter ihnen auf die Ladefläche gelegt, bedeutete aber noch den Knechten, jemanden wegen der Leichen nach Nutzwedel schicken zu lassen. Erk von Moordeich und seine Frau gingen in ihr Haus zurück und verschlossen die Tür.

Epilog

17.05.1852

Die Frühlingssonne strahlte hell auf die Tür der Horster Kirche und nichts erinnerte mehr an die düsteren Nächte der Weihnachtszeit. Mit einem fröhlichen Glockenläuten wurde der Gottesdienst beendet und die Gäste strömten aus der Kirche, allen voran das glückliche Brautpaar. Elisabeth Hansen schaute wohlwollend zu ihrer Tochter, die ab heute den Namen Mina Fenris tragen würde und weinte ein paar Freudentränen, als sie sie ein letztes Mal umarmte. Auch der Vogt und seine Frau ließen es sich nicht nehmen, dem Brautpaar ihre Glückwünsche zu überbringen und sogar der Büttel Hein Kelting kam. Allerdings hatte er noch immer einen Arm in einer Schlinge und konnte Mina daher nur halbherzig an sich drücken. Die Dorfbewohner standen Spalier und eine freudestrahlende Braut ging neben ihrem stattlichen Bräutigam zur bereitstehenden Kutsche. Jonathan Fenris öffnete seiner Frau den Verschlag und half ihr hinauf. Dann kletterte er hinterher und setzte sich neben sie. Lächelnd küsste er sie und die Menge applaudierte. Als er dem Kutscher das Zeichen zur Abfahrt geben wollte, kam der Zeitungsjunge auf ihn zu gerannt.

„Herr Fenris, Herr Fenris! Wartet!“

Jonathan bat den Kutscher um einen Moment Geduld.

„Was gibt es denn?“

„Hier, das wurde eben noch von einem Boten aus dem

Kloster überbracht. Er war in Eile, deswegen habe ich gesagt, er kann es mir geben und ich gebe es Euch und naja. Hier!"

Damit schob er Jonathan eine verplombte Schatulle aus Holz entgegen und er nahm diese dankend an. Er öffnete seine Geldkatze und warf dem Jungen ein Trinkgeld zu. Dieser fing es geschickt und rannte damit fort.

Jonathan setzte sich wieder neben Mina, nahm die Schatulle auf den Schoß und dann gab er dem Kutscher ein Zeichen. Sie fuhren eine Runde über den Marktplatz und dann hinaus in Richtung Marsch. Begleitet wurden sie von einer Kinderschar, die lachend und wie kleine Wölfe heulend hinter ihnen herrannten, bis es ihnen langweilig wurde.

Als sie das Dorf hinter sich gelassen hatten, seufzte Jonathan zufrieden auf. Mina küsste ihn erneut und flüsterte ihm ins Ohr.

„Ist es das, was ich denke?"

Er sah auf die Schatulle hinab und nickte.

„Ich denke schon. Lass es uns herausfinden."

Geschickt trennte er die Plombe vom Holz und öffnete das Kästchen. Darin lag ein Brief und darunter eine Phiole, deren Inhalt rubinrot glänzte und die von einem Deckel, den ein silberner Wolfskopf zierte, verschlossen war. Jonathan entfaltete den Brief und las Mina vor:

Jeder Mensch ist des anderen Menschen ein Wolf.
Achtet aufeinander und achtet einander.
Seid gesegnet.

Vorsichtig nahm Mina die Phiole aus der Schatulle und öffnete sie. Aufgeregt sah sie Jonathan an, der ihr zunickte und sie dann anlächelte.

Sie trank die Flüssigkeit und schloss die Augen. Jonathan nahm ihre Hand in die seine und streichelte über ihren Handrücken. Mina roch den Frühlingsduft in der Luft und dazu mischten sich immer mehr Gerüche. Sie konnte die Rehe hinter dem Knick riechen und die Hasen im Feld. Sie roch die Frischlinge in der Suhle und Jonathans unwiderstehlichen Wolfsduft und sie roch die Menschen in der nächsten Kate. Ein kleines wissendes Lächeln erhellte ihr Gesicht und kurz darauf knurrte sie in Jonathans Richtung. Er lachte leise und sah zufrieden über die Felder.

***

Anmerkungen

Wie in jeder Fiktion steckt auch in diesem Machwerk ein Körnchen Wahrheit. Zwar sind alle Charaktere frei erfunden und etwaige Ähnlichkeiten mit verstorbenen oder noch lebenden Personen sind rein zufällig und nicht beabsichtigt, aber auch hier gibt es Ausnahmen.

Die „Stutenmarie“ etwa hat es gegeben, nur nicht um 1850, sondern fast siebzig Jahre später. Sie hieß „Stutentrina“, mit richtigem Namen Trina Voß und versorgte die Horster mit Backwaren. Den Horster Männergesangsverein von 1843 gibt es in Kooperation seit 2008 mit dem Männerchor Hörnerkirchen von 1894 noch heute und der Schlitten, die „Eintracht“, war legendär. Pienings Gasthof war ursprünglich der alte Kirchspielkrug, der ein beliebter Treff im Ortskern war. Leider musste er aber trotz Widerstands durch die Horster Bürger*innen in den 2010er Jahren abgerissen werden und wurde durch ein wenig ansprechendes Mehrfamilienhaus ersetzt. Das Hotel „Zur schönen Aussicht“ wurde in späteren Jahren zur Gaststätte „Deutsches Haus“, musste dann in den 1980er Jahren aber leider einem Parkplatz weichen.

Die Horster Kirche steht, fast unverändert, noch am gleichen Platz und wenn man auf dem Kopfsteinpflaster um sie herum geht, meint man fast, Pastor Julius in der Kirchentür stehen zu sehen. Der Horster Bahnhof ist nicht mehr an der Stelle, an der Jonathan Fenris am Abend des 20. Dezember 1851 aus dem Zug steigt.

Den Heidhof gibt es noch, fast originalgetreu erhalten und

gepflegt, obwohl er in den 1980er Jahren kurz vor dem Abriss stand. Auch hier haben sich einige Horster Bürger*innen für den Erhalt eingesetzt und konnten so dieses bauliche Schmuckstück für uns bewahren. Was die Anlage Nutzwedel anbelangt, so haben wir uns einige Freiheiten erlaubt. Einen Turm gibt es dort nicht, aber das Kellergewölbe ist beeindruckend. Die Lefenauer Schmiede ist heute auch noch zu finden, aber nicht mehr in Betrieb.
Den Hof Dannwisch werden viele von Ihnen als biologisch-dynamischen Hof kennen und die Käserei hat einen Namen über die Grenzen Steinburgs hinaus.
Das Horster Gefängnis gibt es auch noch, allerdings ist es heute ein Wohnhaus. Eine kleine Holzplakette wurde jedoch angebracht, falls Sie bei einem Ihrer nächsten Spaziergänge in der Schulstraße darauf achten möchten.
Die Begebenheit mit dem Teufelsfuß auf dem Dachboden einer Gaststätte ist schriftlich belegt. Allerdings war es die Gaststätte *„Zur Börse"*, die in unserem Roman nicht vorkommt. Horst war über lange Zeit ein Dorf mit vielen Gaststätten. Wenn auch diese Szene stimmen soll, so gab es die Sage über den Hexentanz und den daraus entstandenen Wettbewerb leider nicht. Vielleicht liest das hier die Reiterjugend und wird kreativ?
Die Horster Woll- und Garnfabrik gab es in Jonathans Zeit natürlich noch nicht, ebenso wenig wie das Postamt in der Bahnhofsstraße. Für den Spannungsbogen und zur leichteren Verortung haben wir uns die Freiheit genommen, diese Gebäude einfach an den heutigen Platz zu setzen.
Die zwölf Nächte, oder auch „Rauhnächte", sind nicht nur

hier im Norden bekannt, sondern in ganz Europa eine Zeit der Einkehr und der besonderen Mythen. Es ist also kein Wunder, dass gerade dann das ein oder andere Unheimliche geschieht.
Wir freuen uns, wenn Sie, wehrte Leser*in, unser Dorf vielleicht wiedererkannt haben und wir Sie in die dunkle Zeit der zwölf Nächte entführen konnten.

Wiebke Till & Thorsten Pahlke im Frühjahr 2021

Danksagung

Die Autoren bedanken sich für die wunderbare künstlerische Covergestaltung und den regen Gedankeninput recht herzlich bei Katrin Umlandt. Zudem möchten wir dem Horster Ortsarchiv e.V., im Besonderen Renate Wolf und Werner Schlüter für ihr großes Wissen und die historischen Fotos danken. Weiter bedanken wir uns bei Sonia del Alamo und Manuela Kiesling für die gewissenhaften Korrekturen.
Unseren Familien danken wir für die Unterstützung in jeder Lebenslage und für ihre Geduld bei zahlreichen Autorentreffen.

Pienings Gasthof um 1850

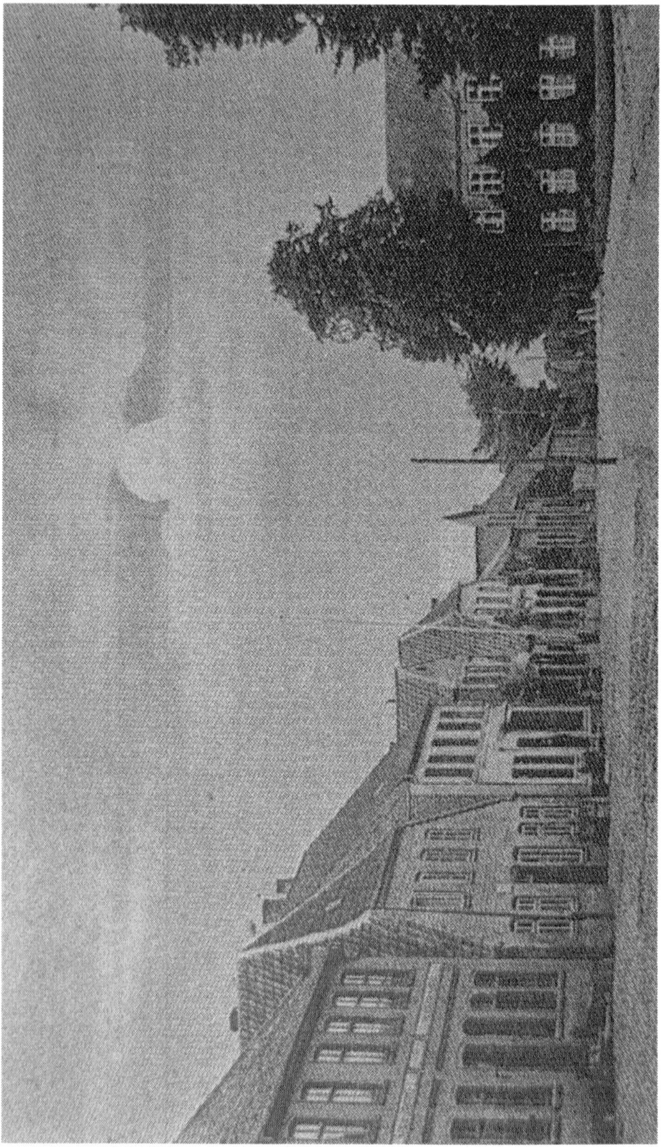

Am Markt um 1920. Hotel Zur schönen Aussicht (li.) und Pienings Gasthof (re.)

Heidhof. Aufnahme um 1940

Horster Gefängnis um 1930

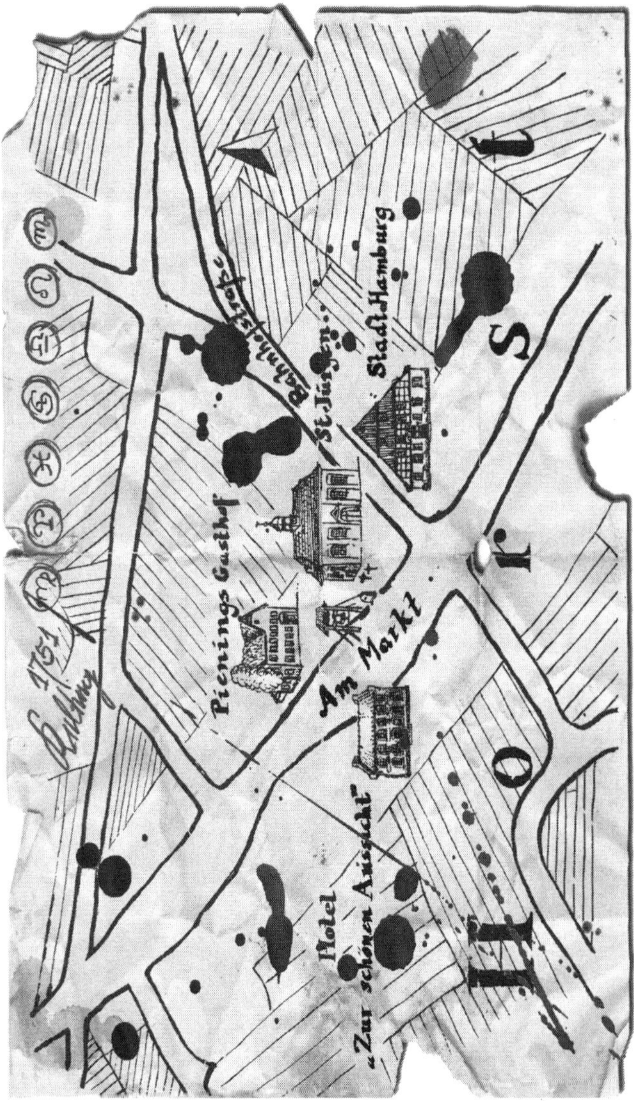

Die Karte zum Roman. Gezeichnet von Katrin Umlandt.

Zur schönen Aussicht um 1920

Horster Original: Trina Voß, liebevoll "Stutentrina" genannt. Aufnahme um 1900.

Die Eintracht. Diesen Schlitten gab es wirklich. Zeichnung von Nicla Jessen.

Horster Kirche. Coverillustration von Katrin Umlandt.